자전거 타기
그 매혹적인 중독

On Bicycles by Amy Walker
Copyright ⓒ 2011 Amy Walker
Original English edition published by New World Library, USA.
Korean translation rights arranged with New World Library, USA.
through PLS Agency, Korea.
Korean edition published in 2015 by Harmkke Publishing Co., Korea.

자전거 타기,
그 매혹적인 중독

개정판 1쇄 인쇄 | 2020년 9월 5일
개정판 1쇄 발행 | 2020년 9월 10일

엮은이 | 에이미 워커
옮긴이 | 주덕명
펴낸곳 | 함께북스
펴낸이 | 조완욱

등록번호 | 제1-1115호
주소 | 412-230 경기도 고양시 덕양구 행주내동 735-9
전화 | 031-979-6566~7
팩스 | 031-979-6568
이메일 | harmkke@hanmail.net

ISBN 978-89-7504-745-9 03840

자전거 타기
그 매혹적인 중독

에이미 워커 엮음 | 주덕명 옮김

함께
BOOKS

목차

자전거도 전염된다 - 에이미 워커 | 11

제1부 자전거를 타는 이유

그냥, 재밌으니까! - 테리 로우 | 25

자전거가 더 빠르다 - 라스 겔라 | 29

건강, 부, 자유에 이르는 길 - 토드 리트먼 | 33

자전거의 선물 - 크리스틴 스틸 | 38

자동차에서 자전거로, 그 환경적 이점 - 스테판 리스 | 45

단순함의 아름다움 - 에이미 워커 | 52

영원한 탐험 동지, 자전거 - 뎁 그레코 | 57

자전거와 지역 경제의 활성화 - 에이미 워커 | 61

자전거 보살이 전하는 말: 모든 존재에게 자유를! - 카르멘 밀스 | 68

제2부 지역사회, 그리고 문화

자전거 우주 - 마이클 한센 | 75

자전거 문화로 보는 자전거 - 에이미 워커 | 79

예의바른 자전거 - 뎁 그레코 | 84

자전거로 여행하기 - 숀 그랜튼 | 89

여성 운동과 자전거 - 엘리 블루 | 94

아이와 함께 자전거 타기 - 크리스 킴 | 99

공공 자전거 센터 - 에이미 워커 | 105

내 자전거 갖기(Earn-a-bike) 프로그램 - 존 그린필드 | 110

시클로비아: 차 없는 거리 축제 - 제프 메이프스 | 116

자전거 파티 - 댄 골드워터 | 122

제3부 진지해지기

자전거 친화적인 일터 - 보니 펜튼 | 133

자전거가 답이다: 소규모 자전거 사업과 그 효과 - 사라 머크 | 137

자전거 산업과 자전거 공예의 밝은 미래 - 에이미 워커 | 142

자전거의 발달 단계: 법적 권리를 위한 도전의 역사 - 데이빗 헤이 | 146

자전거 타기 운동의 역사 - 제프 메이프스 | 151

상상에서 현실까지: 풀뿌리 자전거 운동 - 크리스틴 스틸 | 156

뭉쳐야 산다 - 엘리 블루 | 160

안전하게 등교하기 - 뎁 허브스미스 | 164

자전거를 위한 도시 디자인: 도로포장 벗기기 - 로리 케슬러 | 168

자전거 셰어 프로그램의 효과 - 그렉 보르조 | 173

자전거 통행권 - 존 푸처 | 179

자전거 주차하기 - 존 푸처 | 185

자동차가 사라졌다?: 사람을 위한 공간 만들기 - 보니 펜튼 | 189

제4부 장비 갖추기

자전거 매장, 제대로 활용하기 - 울리케 로드리게스 | 197

도심 라이딩을 위한 간단 가이드 - 웬델 챌린저 | 206

자전거 스타일: 뭘 입을까? - 에이미 워커 | 214

아이와 함께 자전거 타기 5단계 - 크리스 킴 | 219

내부 기어 자전거 허브 - 아론 고스 | 226

빛나는 자전거 - 라스 겔라 | 234

수제 자전거와 수공예 운동 - 에이미 워커 | 238

화물 자전거 - 핀리 파간 | 245

괴짜 자전거 - 메굴론-5 | 249

고정 기어 자전거: 위험한 유행일까? - 마틴 닐 | 254

접이식 자전거 - 울리케 로드리게스 | 261

자전거의 인체공학적 진화: 리컴번트 바이크 - 뱅상 드 투도네 | 265

자전거는 모두의 것 - 론 리칭스 | 271

E-바이크, 도와줘! - 사라 리플링어 | 276

빗속에서 자전거 타기 - 에이미 워커 | 280

내 동료이자 사이클링의 기쁨을 나누는 친구였으며,

자전거 친화적인 환경을 만들겠다는 비전을 위해

한결같이 노력했던 고(故) 테리 로우에게 이 책을 바친다.

자전거도 전염된다

- 에이미 워커

경고! 본 기계에는 중독성이 있음. 핸들을 잡거나 안장에 엉덩이를 걸치면 돌이킬 수 없는 결과를 가져올 수 있으며, 일단 페달을 밟기 시작하면 절대로 멈추기 어렵다는 점 참고 바람. 그뿐만 아니라 일단 중독된 사람은 반드시 다른 사람을 끌어들이려 하므로 전염의 위험도 있음.

맛있는 것은 같이 먹고 싶고, 멋진 경치는 함께 보고 싶은 것처럼 좋은 것은 항상 누군가와 나누고 싶어지는 법이다. 자전거 타기는 쉽게 다른 사람과 함께할 수 있는 활동이다. 둘이서 적당한 속도로 나란히 달리며 대화를 나누는 것도, 친구들과 무리지어 질주하는 것도 즐겁다. 두 바퀴로 균형을 잡다 보면 신체 리듬이 깨어나며, 뇌파와 창의력도 활성화된다. 아인슈타인이 자전거를 타면서 상대성 이론을 생각해 냈다고 말한 것을 보면, 자전거는 우주의 법칙을 이해하는 데 도움이 되는지도 모른다. 자전거에 관한 에세이 모음이 상대성 이론만큼 세상에 큰 영향을 미치지는 못하겠지만 자전거를 타는 사람이라면 초보자는 물론이고 전문가들도 이 책에서 영감을 얻을 수 있을 것으로 생각한다.

자전거가 아니었다면 나는 지금과 완전히 다른 삶을 살고 있었을 것 같다. 나는 항상 세상을 탐구하고 삶을 내 나름대로 이해해 나가는 것에 흥미를 갖고 있는데, 20년 전 처음으로 자전거를 만났을 때는 삶의 중요한 퍼즐 조각 하나가 제자리에 딸깍 맞아 들어가는 소리를 들은 느낌이었다. 당시 16살이었던 나는 학교까지 45분 거리를 자전거로 통학하면서 자전거에 완전히 매료되었다. 자전거는 빠르고 접근성이 높은 교통수단이며 저절로 운동이 되고 환경에 대한 분명한 인식도 갖게 해 준다. 나는 내가 느낀 자전거의 장점을 다른 사람들과도 나누고 싶었다. 그러던 중 자전거를 주요 교통수단으로 삼자는 운동이 확산되고 있음을 알게 되었다. 나서기가 좀 쑥스럽긴 했지만 참여하고 싶었다. 그렇게 나의 자전거 멘토 카르멘 밀스를 만난 것이 2000년이었다. 그녀는 나에게 비전과 유머, 그리고 협동 정신이 무엇인지를 가르쳐 주었다. 그리고 우리는 뜻을 모아 이듬해 '모멘텀(Momentum)'이라는 잡지사를 설립했다.

내가 사랑하는 것을 다른 사람들과 나누면 배우는 것이 많다. 나는 모멘텀을 통해 너무나 많은 것을 배우고, 좋은 사람들을 만났다. 이 책의 집필 과정에 도움을 주었던 분들 또한 모멘텀을 계기로 인연을 맺은 사람들이 대부분이다. 그들과 자전거를 전파하겠다는 열정을 나누며 함께 일한 것은 나에게 영광이었다.

이 책이 자전거의 모든 면을 담고 있다고 할 수는 없다. 오히려 풍부하고 매력적인 소재의 겉껍질만 살짝 핥은 정도라고 하는 편이 더 맞을지도 모른다. 사실 자전거가 줄 수 있는 가치 대부분은 언어로 설명할 수 없으며, 오로지 직접 경험해야만 느낄 수 있다. 그러나 그렇다고 자전거 타기의 기쁨을 전하길 포기해야 할 것인가! 나는 누군가 이 책을 읽고서 자전거 여행을 떠나고 싶어졌으면 좋겠다는 마음으로《자전거 타는 사람들》를 썼다. 세계 일주를 떠나건 집 앞 슈퍼에 가건, 바퀴 두 개에 몸을 맡기고 마주치는 사람과 대화를 나누는 즐거움을 많은 사람이 누렸으면 한다.

《자전거 타는 사람들》의 저자들은 하나같이 자전거의 재미를 누군가에게 말하지 않고는 도저히 배길 수가 없다고들 한다. 이 책의 저자들은 서문에 어떤 내용이 적합할까 고민한 끝에, 누군가와 '함께' 한다는 것이 자전거의 중요한 부분이라는 데 의견을 같이하게 되었다. 그래서 자전거 생활을 공유하는 몇 가지 방법을 소개하며 이 책을 시작하려 한다.

제프 메이프스(시클로비아, 자전거 타기 운동의 역사의 저자)는 일부러 노력하지 않아도 자전거를 타는 것 자체가 자연스럽게 즐거움을 나누는 활동이라고 다음과 같이 말했다.

"생각해 보세요. 날씨가 엄청나게 꿀꿀해요. 게다가 출근길! 그런데도 당신이 미소 띤 얼굴로 날아갈 듯이 페달을 밟고 있다고 해 봐요. 그걸 보고 나도 자전거 타고 집 앞 공원에라도 가 볼까 하는 사람들이 생긴다고요. 반대로 쟤는 뭐야 하며 짜증을 내는 사람들도 있겠지만……."

자전거를 타다 보면 오래 지나지 않아 자신만의 노하우가 생긴다. 긴장을 풀고 자전거 타기에 푹 빠져드는 법이라든가, 가려는 방향에 시선을 고정하는 나만의 훈련법이 있을 수 있다. 날씨에 따라 옷은 어떻게 입어야 하는지, 언덕과 움푹 팬 곳, 극심한 교통 체증을 피하려면 어떤 길을 선택해야 하는지도 알게 된다. 스테판 리스(자동차에서 자전거로, 그 환경적 이점의 저자)는 자전거광이면서도 스스로 자전거에 대해 특별한 지식을 갖고 있다고 생각하지 않았다. 스테판이 자신의 지식이 다른 사람에게 도움이 될 수 있다는 것을 알게 된 것은 주변 사람들에게 자전거 전문가 대우를 받기 시작하면서였다. 그 후 그는 개인 블로그와 온라인 모임에서 자전거와 관련된 에피소드와 다양한 정보를 나누기 시작했다.

자전거를 함께 탈 때는 일대일이 최고라는 의견도 있다. 지인 중에 자전거에 입문하고 싶어하는 사람이 있으면, 단순히 같이 자전거를 타며 즐거움과 고민을 함께하는 것만으로도 큰 도움이 된다. 모든 일이 계획한 대로 술술 풀리지는 않을 수도 있지만, 사라 머크(자전거가 답이다의 저자)의 다음 말처럼 어쨌든 결국은 멋지게 해결되기 마련이다.

"인터넷 벼룩시장에서 200달러를 주고 엄청나게 무거운 탠덤바이크(좌석이 앞뒤로 된 2인용 자전거)를 샀어요. 부모님이 이 자전거를 같이 타면 정말 낭만적일 거라고 생각했거든요. 마침내 부모님이 저희 집에 놀러오셨는데 웬걸, 두 분 모두 타기 편한 일반 자전거를 타겠다고 하지 뭐예요. 그래서 남자친구와 제가 그 탠덤바이크를 타고 두 분을 따라가게 됐어요. 6월의 따뜻한 날이라서 등줄기에는 땀이 뻘뻘 흐르고……. 금요일 밤 노을이 물드는 걸 보면서 제법 떨어진 레스토랑까지 자전거를 탔죠. 전 그날의 하이라이트가 멋진 레스토랑 요리나 해 지는 풍경이었을 거라고 생각하고 있었어요. 그런데 오랜만에 자전거를 탔던 게 엄마한테는 예상치 못한 즐거움이었나 봐요. 탁 트인 주위를 둘러보면서 따스한 여름 공기를 느끼며 페달을 밟는 게 얼마나 좋았는지 모른다고 몇 번이고 얘기하더라고요."

자전거는 발명 초기부터 예술가들에게 영감을 주기도 했다. 마르셀 뒤샹은 1913년 자전거 바퀴를 의자 위에 거꾸로 설치해 놓고 수시로 바퀴를 돌려 보곤 했다고 한다. 그는 "그냥 지켜보고 있는 자체가 즐거워요. 벽난로 속에서 불꽃이 춤추는 걸 보면 기분이 좋은 것과 똑같은 거죠."라고 말했다. 2년 후 뒤샹이 레디메이드(이미 만들어져 나오는 제품을 본래의 용도가 아닌 다른 의미를 부여하여 조각 작품으로 발표하는 것)라는 형식을 시작했을 때, 그는 '자전거 바퀴'를 최초의 레디메이드 작품으로 삼기로 결정했다. '자전거 바퀴'는 또한 최초의 움직이는 조각으로도 알려져 있다. 후에 뒤샹은 "내 예술 세계에서 유일하게 중요한 것은 어쩌면 레디메이드의 콘셉트일지도 모른다."고 말한 바 있다.

뒤샹이 그랬던 것처럼, 이 책의 저자들도 자전거와 자전거 타기를 창의력의 원천으로 꼽았다. 울리케 로드리게스(자전거 매장, 제대로 활용하기의 저자)에게 자전거는 항상 자유롭게 고독을 즐기는 방식이었다.

"자전거를 누군가와 함께 타고 싶다고 생각한 적은 없어요. 다만 자전거 안장에 앉았을 때 보이는 세상을 누군가와 나누고 싶은 거예요. 전 그 세상을 정말 사랑하거든요. 1999년 3개월간 혼자 자전거 여행을 하면서 제 인생은 완전히 바뀌었어요. 태국과 라오스의 시골길을 자전거로 달리는데, 그때 있었던 일들을 차마 혼자 간직할 수가 없는 거예요. 그래서 잡지 모멘텀이랑 제가 운영하는 블로그 '마이티 미스(Mitey Miss)'에 그때의 에피소드를 하나하나 쓰기 시작했어요. 지금은 10년도 더 된 일인데, 아직도 누구한테든 얘기하지 않고는 참을 수가 없다니까요."

자전거 댄스는 자전거를 타는 신세대 도시인의 신체적·감성적인 면을 모두 엿볼 수 있는 표현 양식이다. 로리 케슬러(자전거를 위한 도시 디자인의 저자)는 다음과 같은 글을 남겼다.

"밴쿠버의 여성 전용 자전거 퍼포먼스 그룹인 '비씨클렛츠(B:C:Clettes)'에 가입하면서, 나는 자전거 전도사로서 몇 계급 특진한 기분이었다. 직접 디자인한 레드와 블랙 조합의 반짝이는 유니폼이 우리의 상징이었다. 우리는 자전거를 예찬하고 자전거 타기 운동에 동참을 촉구하는 퍼포먼스로 거리와 무대를 누비고 다녔다. 공연을 하면서 나는 다양한 관객들에게 자전거 사랑을 전파하는 데 당당히 한몫을 해 냈고, 진정으로 자전거 공동체의 일원이 되었다고 느꼈다. 우리의 주 활동 무대는 로스앤젤레스와 포틀랜드였는데, 지역 농산물 시장에서부터 브라우니 만들기 강좌, 록 스타들의 거리 공연까지 안 다니는 곳이 없었다."

보다 쉽게 다른 사람들과 즐겁게 자전거를 타고 싶다면 자전거 동호회에 가입하는 것도 좋다. 나는 매달 자전거 동호회의 정기 모임을 통해 마음이 맞는 사람들을 만나 여기저기로 자전거를 타러 나가곤 한다. 동호회에 가입하고 싶어도 조건이 맞는 곳이 없다면, 직접 하나 만들어 보는 건 어떨까? 숀 그랜튼(자전거로 여행하기의 저자)은 예술적 재능이 뛰어나고 환경 의식이 투철한 자전거 애호가다. 부드러운 리더십의 소유자이기도 한 숀은 자전거 탐험 동호회 어번 어드벤쳐 리그(http://urbanadventureleague.blogspot.com)를 창설했다. 회원들끼리 잘 알려지지 않은 도시의 이곳저곳을 탐험하는 동호회인데, 홍보 포스터가 정말 멋지다.

보니 펜튼(자전거 친화적인 일터, 자동차가 사라졌다?의 저자)처럼 자전거와 관련된 수요를 감지하고 이에 대응하려 노력한 사람들도 있다.

"밴쿠버에서 자전거 타기 운동을 몇 년간 하면서, 자전거를 타고 싶은 마음을 가지고도 망설이는 사람이 의외로 많다는 사실을 알게 되었어요.

도로에 나가기 두렵거나 어떻게 시작해야 할지 모르겠다는 이유로 주저하고 있는 거였죠. 이런 사람들에게 필요한 건 바로 적절한 교육이겠죠? 2005년에 시기가 잘 맞아떨어져서 '자전거 통근 강좌' 제안서가 통과됐고, 시에서 자금 지원을 받아 2006년 마침내 첫 강좌를 열 수 있었어요. 자전거 실력도 강의 실력도 최고인 훌륭한 강사를 섭외해서 수업을 시작했고, 지금까지 수천 명이 이 강좌를 수료했어요. 물론 수강생들은 도로에서 안전하고 자신 있게 자전거를 탈 수 있도록 훈련받았죠. 감사하다는 피드백도 굉장히 많이 받았어요. 이 강좌는 지금도 진행 중인데, 이 일을 시작한 사람이 저라는 사실이 정말 자랑스러워요."

엘리 블루(여성 운동과 자전거의 저자)는 처음 그룹 라이딩에 참여한 것을 계기로 자전거 타기 운동을 시작했다고 한다. 그녀에게 자전거는 세상과 타인을 이해하기 위한 노력의 일환이었다.

"포틀랜드 경찰들이 자전거를 탄 사람을 왜 그렇게까지 적대적으로 대하는지 이해할 수가 없었어요. 시민들의 문화적 의식과 교통수단은 뗄 수 없는 관계에 있단 걸 처음으로 깨달았죠. 그 후로 지난 6년간 자전거와 문화가 서로 어떤 영향을 미치는지를 연구하며 글을 쓰고 있어요."

자전거에 대한 사랑을 많은 사람들이 이해해 주길 바라는 마음으로 자전거 전파에 나서는 경우도 있다. 댄 골드워터(자전거 파티의 저자)는 이렇게 말한다.

"중국 쓰촨성 시골길을 자전거로 달리고 있으면, 미국인이라는 걸 알아본 사람들은 미소와 함성으로 우릴 반겨 줘요. 버스를 탄 대규모 관광단이라면 이 산악 지대를 매일같이 지나가지만, 자전거 여행자들은 좀처럼 보기 힘든 거죠. 왜 돈 많은 서양인들이 승용차나 버스가 아니라 자전거를 타는지 이해를 못하더라고요. 자전거를 타는 중국인들은 셀 수 없이 많아요. 그 사람들에겐 일상적인 일이니까요. 하지만 외국인인 우리가 자전거를 타고 도시로, 마을로, 시골로 돌아다니면서 중국인들에게 자전거 타기는 즐거운 활동이라는 생각을 조금이나마 심어 준 것 같아요."

자전거의 좋은 점을 이해시키려고 노력하다 보니 그 일이 어느새 인생의 소명이 되었다는 사람도 보았다. 토드 리트먼(건강, 부, 자유에 이르는 길의 저자)은 이렇게 회상했다.

"전문 교통 계획가 및 정책 분석가라는 내 커리어는 자전거를 워낙 좋아한 것에서 출발했어요. 대학 시절 워싱턴 올림피아에 있는 자전거 매장을 관리하는 일을 했고, 곧 그 지역 자전거 타기 운동에 참여하게 됐죠. 아무래도 수도에 있다 보니까 아메리칸 휠먼 리그(현 아메리칸 자전거 리그)의 주(州) 대표가 되어 달라는 요청이 들어왔어요. 자리가 사람을 만든다고, 이렇게 감투를 쓰고 나니 왜 자전거가 다른 교통수단과 동등한 위치를 보장받아야 하는지 설명해야 할 일이 종종 생기더라고요. 언젠가 도로에서 나한테 빵빵대던 운전자랑 한바탕 싸웠어요. 분을 못 이겨 씩씩대면서 자전거의 공공 도로 통행을 허용해야 하는 이유를 목록으로 만들었던 게 기억나요. 게다가 자전거는 비용 대비 편익이 크죠. 그 편익이 뭔지 요약해서 자료표를 만들었어요. 이런 과정을 거치면서 대학원에 가서 자전거와 교통 문제를 심도 있게 연구하고 싶은 마음이 생겼어요. 제 석사 논문은 '다양한 교통수단의 비용·편익 이해와 분석'이었는데, 예전에 만들어 둔 '자전거의 편익' 자료표를 일반화해서 적용한 거예요. 이후에도 www.viti.org/tca에 자료 업데이트를 계속했어요. 그 후에는…… 뭐, 아시는 대로입니다."

자전거 시장이 점점 커지면서 '자전거 전파'를 본업으로 삼는 사람도 늘어나고 있다. 모멘텀의 편집자 사라 리플링어(E-바이크, 도와줘!의 저자)는 이렇게 말했다.

"모멘텀의 편집자로 있다 보니 자전거가 인생을 바꾸어 놓았다든가, 자전거를 타기 좋게 도시를 새로 디자인했더니 저절로 자연 친화적인 도시가 되었다든가 하는 놀라운 이야기들이 쏟아져 들어와요. 제 직업에 대해 알게 된 사람들은 자신이 가지고 있는 자전거 이야기를 나누고 싶어 안달이 나는 것 같아요. '언제 밥 한번 먹자.'보다는 '언제 자전거 타러 한번 가자.'는 말을 항상 듣고 다녀요."

자전거 애호가들은 심지어 관련 직업에 종사하고 있으면서도 자전거와 상관있는 일이라면 언제든 기꺼이 떠맡곤 한다. 아론 Bike-shop을 운영하는 아론 고스는 이렇게 말한다.

"내가 자전거를 사랑한다는 사실을 새삼 느낄 때가 언젠지 아세요? 공짜 수리를 해 줄 때예요. 어린아이가 자전거를 타려고 기다리고 있는데 나사를 조여 줄 때, 노숙자의 자전거 체인에 기름칠을 해 줄 때 얼마나 짜릿하다고요. 제 힘으로 한 사람이라도 더 자전거를 타게 할 수 있다면, 세상에 조금이라도 보탬이 되는 일 아닐까요?"

자전거를 함께 타다 사랑이 피어나는 이야기도 종종 들을 수 있다. 존 그린필드(내 자전거 갖기 프로그램의 저자)도 그런 경험을 했다고 한다.

"몇 년 전에 정말 멋진 여자랑 만난 적이 있어요. 그녀는 일 때문에 대부분의 시간을 차 안에서 보냈고, 운동할 여건이 안 된다는 게 안타까웠죠. 그래도 자전거 타는 걸 강요하진 않으려고 했는데, 오히려 먼저 자전거를 사서 데이트할 때 타자는 거예요. 나중에는 미니애폴리스에서 시카고까지 400마일이 넘는 에이즈 후원 대회에 참가하자고 하더라고요. 초보자에겐 무리가 아닐까 걱정했지만, 꼭 해야겠다고 고집을 부리더니 결국 멋지게 완주를 해냈어요. 위스콘신 바라부 지역을 달릴 때였나? 급경사 언덕 꼭대기에 도착해서 숨을 돌리고 보니 그녀는 채 반도 못 올라온 상태였어요. 햇볕이 따갑게 내리쬐고 있었고요. 전 다시 언덕을 내려가서 그녀를 격려하며 나란히 정상까지 페달을 밟았어요. 나중에 그녀에게 '내가 끝까지 해냈어요! 당신 덕분이에요.'라는 문구가 적힌 감사 카드를 선물 받았어요."

때로는 마법 같은 일이 일어나기도 한다. 데이빗 헤이(자전거의 발달 단계의 저자)는 다음과 같은 이야기를 들려주었다.

"제 큰딸은 자전거에 쉽게 마음을 붙였어요. 그런데 작은딸이 자전거 타기를 좋아하게 되는 데는 좀 시간이 걸리더군요. 솔직히 만성 자전거 혐오증 환자에 더 가까웠어요. 작은딸이 여덟 살 때 산책 가자고 밖으로 데리고 나갔어요. 자전거를 가지고 가면 절대 안 가려고 할 테니 아예 말도 안 꺼냈죠. 하지만 전 딸아이 몰래 미리 그 아이 자전거를 공원 나무 덤불 사이에 숨겨 뒀어요. 공원에 도착해서 자전거를 발견하고 전 엄청 놀란 척하면서, 누가 네 자전거를 훔쳐가서 여기다 버린 거라고 호들갑을 떨었어요. 제가 이건 '운명'이라며 한 번만 다시 타 보자고 부추겼더니 딸아이는 웃으면서 그러자고 했어요. 공원에 콩가를 연주하는 남자가 있길래, 콩가 소리가 들리는 동안에만 혼자 자전거를 타 보자고 약속했어요. 그때까지 이 남자는 몇 초간 연주했다가 몇 초 쉬었다가를 반복하고 있었거든요. 제 딸도 그 정도면 해 볼만 하다고 생각했는지 동의했고요. 딸아인 자전거에 앉았고 전 잠깐 밀어주다가 손을 놨어요. 이때 처음으로 이 남자가 굉장히 긴 시간 계속 콩가 연주를 하지 뭐예요. 딸아이는 공원을 가로질러 달리고 저는 뛰어서 그 뒤를 따라가고……. 맞은편에 도착했을 때 콩가 소리도 마침 딱 멈췄는데, 조용한 가운데 바람에 흔들리는 덤불 소리가 웃음소리처럼 들려왔어요. 마치 우리 딸이 자전거 홀로서기에 성공한 걸 함께 축하해 주는 것 같았죠."

자전거는 누구에게나 이처럼 마법 같은 순간을 선물해 줄 수 있다. 나를 포함해서 이 책을 함께 쓴 저자들은 당신이 이 책을 즐겁게 읽고서 더 자주 자전거를 타게 되었으면 하는 소망을 가지고 있다. 우리 저자들은 자전거가 세상을 더 좋은 곳으로 만들 수 있다고 믿는다. 우리들의 글을 통해 자전거에 대한 사랑을 독자 여러분과 나눌 기회에 진심으로 감사하고 있다.

제1부
자전거를 타는 이유

그냥, 재밌으니까!

- 테리 로우

내 앞으로 급경사의 내리막길이 펼쳐져 있고, 멈춤 표지판 따위는 보이지 않는다. 이 산등성이에 올라서면 도시가 한눈에 내려다보인다. 아래로 하버 브리지가 있고 그 가까이에 북해안의 산맥이 어렴풋이 어른거린다. 언제 보아도 아름다운 내가 사는 곳 캐나다 밴쿠버의 전경이다. 내 자전거에 새겨 놓은 문구처럼 나는 '언제, 어디서든' 자전거를 타고 저곳을 누빈다.

자전거를 타는 것은 너무나도 특별한 일이다. 작고 가벼운 기계가 당신을 어디로든 데려다 줄 수 있다는 깨달음이며, 육체의 움직임과 얼굴을 스쳐 가는 바람을 느끼는 행복의 순간이다. 자전거를 타면 늘 만나던 세상도 모양과 빛깔과 정취를 달리한다.

발을 가볍게 굴러서 출발한다. 활강에 속력이 붙으면서 날아오르는 느낌이 든다. 얼굴에는 밝고 행복한 미소가 저절로 떠오른다. 어른들에게 자전거 타기란 어린아이들이 즐기는 놀이의 감각을 다시 느낄 수 있는 방법 중 하나다. 자전거를 탄 사람들이 전용로에서 마주치면 눈웃음을 교환하는 것은 이 느낌을 공유하기 때문이다.

자전거를 즐기는 사람들은 왜 자전거를 '타야만' 하는지 이유를 찾는다. (1) 환경친화적이고 개인이 배출하는 탄소량을 줄일 수 있어서, (2) 신체를 전반적으로 건강하게 해 주니까, (3) 승용차 대신 자전거를 타면 관련 비용을 엄청나게 아낄 수 있어서 등. 물론 다 맞는 말이지만, 나에게 이런 이유는 부수적인 것일 뿐이다. 내가 자전거를 타는 가장 큰 이유는 '재미있어서'다.

언덕을 급강하한다. 도로포장이 잘되어 있어서 구덩이가 있을까 걱정할 필요가 없다. 시야에는 차가 한 대도 없다. 페달이 미친 듯이 돌아가고 아드레날린이 솟구친다! 속도가 너무 빨라졌다. 시속 50km를 넘어가니 안경과 눈 사이에 작은 폭풍이 휘몰아쳐서 눈물이 차오른다. 눈앞이 잘 보이지 않으니 이제 멈춰 서서 숨을 좀 골라야겠다. 지금까지 분출된 엔도르핀 덕분에 내내 기분 좋게 집까지 갈 수 있을 것이다.

내리막길을 신나게 달리는 것은 자전거를 즐기는 수없이 많은 방법 중 하나일 뿐이다. 여름날 도시락을 싸서 단체로 자전거를 타고 유쾌하고 편안하면서도 즐거운 소풍을 떠나 보자. 저마다 특별 메뉴를 가지고 멋진 곳으로 이동해 나눠 먹는 것이다. 자전거는 아무 곳에나 세워 둘 수 있어서 이런 만남엔 제격이다.

한밤중에 무리지어 자전거를 타면 밝은 낮과는 또 다른 세상이 보인다. 놀라움과 발견의 연속이다. 요즘은 자정에 공원에 모여서 도심을 달리는 동호회도 많다. 조용하게 빛나는 밤의 도시가 색다르기도 하고, 교통 체증도 없어서 마음껏 달릴 수 있다. 도로를 장악하는 기분으로 신나게 무리지어 페달을 밟을 수 있는 것이다. 많은 사람과 함께하다 보면 한 번도 가 본 적 없던 장소도 자연히 알게 된다.

속력을 내지 않을 때의 자전거는 원래가 사회적인 교통수단이다. 자전거를 타고 다니면 아는 사람과 마주치지 않는 날을 손에 꼽을 정도다. 그간의 안부를 나누고 연락 좀 자주 하자고 약속하고, 다시 자전거를 타고 멀어진다. 모르는 사람이라도 자전거를 타고 있으면 고개를 까딱하면서 먼저 눈인사를 해 온다. 자전거를 타는 사람들은 대부분 친절하다.

혹독한 날씨도 크게 문제가 되지 않는다. 자전거 우의는 크게 비싸지도 않은데다가 어설프게나마 직접 만들 수도 있다. 계속 페달을 밟으면 자연히 추위도 사라진다. 소나기가 세차게 내릴 때면 지나갈 때까지 잠시 기다리면 되고, 빗방울 하나하나 반짝이는 조용한 저녁 무렵의 보슬비를 맞으며 달리는 건 오히려 아름답다.

겨울에는 징 박힌 타이어 한 쌍만 있으면 불가능하던 일을 할 수 있다. 나는 이 일만 생각하면 아이처럼 들뜨고 즐거워진다. 바로 빙판에서 자전거를 타는 아이스 자전거 하키. 눈 오는 날 콧등에 눈송이가 내려앉으면 기분이 그렇게 좋을 수가 없다.

자전거는 마치 내 신체의 일부처럼 느껴진다. 비용도 적게 들고, 수리도 쉽고, 자립의 느낌까지 준다. 나는 자전거가 얼마나 특별한 것인지, 내 노력에 어떤 보상이 돌아오는지 알고 있다. 나는 이 기계가 나를 얼마나 빨리, 멀리 데려갈 수 있는지도 알고 있다. 나는 남들이 모르는 조용한 길도, 피해야 할 험한 길도 알고 있다. 나는 언덕을 올라가는 완만한 길도, 심장이 요동칠 정도로 페달을 밟을 수 있는 급경사의 내리막길도 알고 있다. 나는 움푹 팬 길과 작은 물웅덩이까지 우리 마을의 모든 골목길을 하나하나 알고 있다. 나는 어떤 날씨에 바람이 어떤 방향으로 불면 어디까지 다녀오는 데 얼마나 걸리는지를 계산할 수 있다. 나는 내 자전거만 있으면 언제, 어디로든 갈 수 있다.

자전거를 타기에 특별히 더 좋은 날도 있고, 완벽에 가까운 날도 있다. 따뜻한 가을날 오후, 자전거 짐바구니에 소식지를 가득 싣고 시내로 향한다. 하늘은 밝은 푸른색이고, 길가의 나무에 막 단풍이 들기 시작해 불타는 주황색으로 물든 나뭇잎이 간혹 보인다. 교회 첨탑에 앉아 있는 대머리 독수리가 눈에 띈다. 아이들이 공을 가지고 놀다 학교 담장을 넘겨 버려서, 그걸 주워 주려고 잠시 멈춘다. 아이들은 행복한 함성을 지르며 나에게 손을 흔들어 인사한다. 놀랍게도 시내 교통은 오늘따라 나에게 호의적이다. 차선을 바꾸려 할 때마다 누군가가 양보해 준다. 차가 거의 없어 쉽사리 골목으로 꺾어 들어간다. 들어가려 하는 건물 앞에 자전거를 댈 만한 공간이 비어 있다. 점심식사를 마치고 사무실로 돌아가던 사람이 나를 보고 손을 흔들며 웃어 준다. 나도 미소를 보낸다.

이런 완벽한 하루는 보물처럼 소중하다. 내가 왜 자전거 타기를 그렇게나 사랑하는지 그 의미가 희미해질 때쯤이면 꼭 이런 날이 찾아온다. 자전거 타기는 정말이지 너무나 재미있다.

◎

테리 로우는 재능 있는 작가이자 편집자이자 시각 예술가였다. 그는 많은 친구와 동료에게 창조적 영감을 주었고 지원을 아끼지 않았다. 테리는 모멘텀 지의 편집자였으며, 자전거 타기 운동의 열성적인 지지자이기도 했다. 그는 2011년 1월 유명을 달리했으나, 밴쿠버의 비 오는 자전거 도로는 그의 미소 띤 얼굴을 기억하고 그리워할 것이다.

자전거가 더 빠르다

- 라스 겔라

내가 '자전거가 더 빠르다.'라고 하면, 대부분은 당장 '뭐보다 빠르다는 거야?'라고 반문한다. 그러면 나는 모든 교통수단, 특히 자동차보다는 빠르다고 대답한다. 상대방은 이제 내가 옛날 옛적 토끼와 거북이의 경주 이야기를 꺼낼 것이라 짐작하고 지레 지루해한다. 천천히, 그리고 꾸준히 가는 것이 결국 빨리 가는 것이라는 고리타분한 교훈을 떠올리는 것이다. 뭐, 자동차와 비교하면 자전거가 천천히, 꾸준히 나아가는 것은 사실이다(자전거는 어찌나 꾸준한지, 빨간불이 보이는 족족 무시하기로 악명이 높다). 하지만 안타깝게도 그 교훈은 헛소리다. 그 우화의 진정한 교훈은 '자만하지 말라, 세상에 당연한 것은 없다.' 정도가 아닐까 싶다. 이 말을 마음에 새기면 운전하는 것보다 빨리 목적지에 도달하는 방법이 보일 것이다.

10km 이하의 거리를 이동할 때는 자전거가 자가운전 차량보다 빠르며,

심지어 버스를 타는 것보다도 빠를 가능성이 높다. 이는 엄청난 속도로 달리는 사이클리스트에게만 해당되는 이야기가 아니다. 신은 자전거를 편애하셨던 것인지, 교통 표지판이라는 위대한 발명을 하셨다. 그래서 자동차는 달리는 속도와 이동 방향, 주차 장소의 제약을 받는다. 하지만 자전거를 탄다면 대부분은 목적지 바로 앞에 무료 자전거 주차장이 있다. 따라서 보통의 체력을 가진 사람이 짧은 거리를 이동하는 경우에는 자전거를 선택하는 편이 목적지에 더 빨리 도착한다.

주요 도심지에서 자동차를 모는 운전자라면 교통 체증 때문에 몇 시간을 지루하게 도로 위에 묶여 있었던 경험이 있을 것이다. 옆 차 운전자와 누가 더 할 일이 없는지 내기라도 하는 기분이다. 교통 체증은 땅 위에 던져진 커다란 바위와 비슷해서 자동차는 피할 수가 없다. 하지만 자전거는 막히는 법이 없이 우회하면 그만이다. 정말이지 숨 막히는 교통 체증을 보나, 지구의 기후변화를 생각해서나 자동차는 몰지 않는 것이 상책이다. 게다가 요즘은 더 이상 자전거를 타고 속력을 내기 위해 목숨을 걸고 차선 사이를 이리저리 헤쳐나갈 필요도 없다. 많은 도시에서 자전거 전용 도로를 만들고 있어서 자전거는 차보다 빠르고 안전하다.

운전자들은 누구나 느끼겠지만, 자동차를 타면 주차에 낭비하는 시간이 정말 많다. 차 댈 만한 곳을 찾아야 하는데다가 거기서 최종 목적지까지 걸어야 하고, 볼일이 끝나면 다시 차를 대 놓은 곳으로 걸어가야 한다. 데이트 중이라면 좀 걷는 것도 좋지만 그럴 때는 처음부터 속도가 문제 되지도 않을 것이다. 자전거 주차를 금지하는 곳은 거의 없어서 굳이 공사 중인 맨홀 위에 자전거를 떡하니 세워 두지만 않으면 자전거를 어디에 대든 아무도 신경 쓰지 않을 것이다. 나는 목적지에서 도보로 30초 이상 떨어진 곳에 자전거를 대 본 기억이 거의 없다.

유니폼을 맞춰 입고 달리는 동호회 회원들을 보고서 자전거를 타려면 저렇게 스판덱스로 온몸을 칭칭 감고 허벅지가 터지게 페달을 밟아야 하느냐고 묻는 사람들이 있다. 결론부터 말하자면 그럴 필요가 전혀 없다. 평상복 차림으로 편하게 달리고 오르막길에서는 슬렁슬렁 속도를 늦추는 편이 결국은 더 빠르다. 속도 내기에 열중하다가는 땀과 악취에 범벅이 되어 샤워를 하고 옷을 갈아입어야 하기 때문이다. 그 과정만 생략해도 적어도 15분은 단축할 수 있다. 하지만 TV에서 우연히 사이클 경주를 보았다든가 해서 오늘 한번 제대로 달려 보자 싶은 날이면 갈아입을 옷을 챙겨서 자전거 출근을 하는 것도 나쁠 것이 없다. 어떤 사람들은 1주일 내내 입을 옷을 사무실에 가져다 두고 주말에 가져와 한꺼번에 세탁한다고 한다. 커다란 짐가방을 매일 들고 다니지 않아도 직장에서 매일 샤워를 하고 깨끗한 옷을 갈아입을 수 있으니 얼마나 좋은가.

물론 좀 더 속도를 낼 수 있는 종류의 자전거가 있다. 도로 경주에 나서면서 굳이 산악자전거를 고르는 사람은 없다. 취미로 자전거를 즐기는 사람이라도 장비를 제대로 갖춰서 나쁠 것은 없다. 도시에서 교통수단으로 활용할 목적으로 자전거를 고를 때는 접지면을 최소로 하는 좁은 타이어가 효율적이다. 항상 바람을 가득 넣어서 도로에서 빠르게 굴러가도록 하자. 자전거를 정기적으로 점검하고 보수하는 것도 중요한데, 고장은 곧 속력을 떨어뜨리는 원인이기 때문이다. 마지막으로, 너무 호화스러운 자전거는 삼가야 한다. 도시에서는 자전거 도둑이 판치고 있고, 재수 없게 걸려서 집까지 걸어가려면 시간이 엄청나게 걸릴 것이다.

아직도 '자전거가 더 빠르다.'라는 말을 못 믿겠다면 Streetfilms.org에 접속하여 2007년 뉴욕 통근 레이스 영상을 보자. 브루클린의 포트 그린에서 출발해 맨해튼 유니언 스퀘어까지 7km를 달리는 레이스에서 자전거는 자가운전자와 대중교통을 가볍게 눌렀다. 자전거를 선택한 여성 참가자는 평상복 차림으로, 심지어 땀 한 방울 흘리지 않고 2위 참가자보다 6분이나 먼저 도착했다.

운전대를 잡기 전에 어디에 무엇을 하러 가는지 다시 잘 생각해 보면, 자전거가 더 빠른 경우가 꽤 많다.

◎

흐르는 세월과 쌓이는 경험은 토론토 드라이버였던 라스 겔라를 자전거 타는 사람들 가장 행복하다는 온화한 밴쿠버 사이클리스트로 바꾸어 놓았다.

건강, 부, 자유에 이르는 길

- 토드 리트먼

　자동차 광고를 만드는 사람들에게 조금이라도 양심이 있다면, 광고에 등장하는 운전자들은 비만으로 고생하고, 빚에 허덕이며, 스트레스를 받고 있어야 한다. 자동차에 의존하는 생활 방식의 결과를 가감 없이 말하자면 그렇다는 것이다. 그러나 자전거를 타는 생활은 사람을 건강하고, 부유하고, 자유롭게 해 준다.

　생각해 보면, 러닝머신이나 고정 사이클을 타려고 헬스클럽까지 자동차를 운전해 가는 것이 얼마나 아이러니한가? 하지만 대부분의 사람들은 이를 이상하다고 생각하지 않을 것이다. 운동은 시간과 돈과 노력으로 구입하는 상품으로 인식되고 있지만, 이런 사고방식으로 운동을 시작하면 실패할 수밖에 없다. 대부분 회원들이 며칠 오다 그만둘 것을 뻔히 아는 헬스클럽에서는 최대 수용 가능 인원의 다섯 배 정도 회원 등록을 받는 것이 보통이다.

헬스클럽보다 훨씬 효율적인 운동법은 걷기와 자전거 타기라는 '운동'을 일상생활에 결합하는 것이다. 비록 통근 시간은 길어질지 모르지만, 일부러 헬스클럽에 가는 것과 비교하면 오히려 시간도 돈도 절약하는 셈이다.

걷기, 자전거 타기, 대중교통을 조합하여 미리 계획을 세우면 먼 거리도 효율적으로 이동할 수 있다. 사실 미국에서 개인적인 외출의 대부분을 차지하는 친목 모임, 휴가, 쇼핑, 심부름, 통학 등에는 자동차보다 자전거와 도보가 이동 수단으로 훨씬 적합하다. 자가운전을 하려면 무척 많은 비용이 소요된다. 감가상각비, 연료비, 보험료, 등록비, 유지 및 관리비, 주차비 등을 계산했을 때 미국에서 자동차를 소유하려면 가장 저렴한 모델도 연간 3,000~5,000달러가 든다. 중하위 소득 가정이라면 차를 소유하는 것이 심각한 경제적 부담이 되고, 그 때문에 다른 지출을 포기하는 경우도 생긴다.

자가용 승용차는 어떤 면에서는 자유를 줄지 모르지만 다른 면에서 오히려 자유롭지 못하게 된다. 운전자들은 차량을 소유하면서 눈에 보이지 않는 비용을 치르고 있다. 차량 소유에 드는 비용을 충당하려고 초과 근무를 하거나 다른 소비를 줄여야 하므로 운전자들은 시간적, 경제적 여유를 잃게 된다.

차량 운전은 또한 자동차를 타지 않는 타인에게도 자동차 관련 비용을 부과하는 결과를 초래한다. 운전을 하지 않는 사람들은 도보와 자전거 환경의 악화, 대중교통과 택시 서비스 감소, 무분별한 도시 확장에 따르는 피해와 비용을 함께 감당해야 한다. 교통사고로 인해 부상을 입지 않을까 하는 우려는 도보와 자전거 이동을 한층 느리고 불편하게 한다(특히 아이들이나 빈곤층, 노인, 장애인에게는 심각한 문제다). 실제로 사고가 일어나 부상 또는 사망이라는 결과가 발생하면 경제적 손실뿐만 아니라 자유를 잃게 되는 셈이다.

자가운전은 공공 자원과 보조금에 의존하고 있으며, 환경 파괴 등 외부 비용을 일으킨다. 이는 타인의 자유를 박탈하는 행위라고 볼 수 있다. 납세자라면 누구나 도로와 주차 시설을 얼마나 활용하는지와 상관없이 강제로 관련 비용을 납부하고 있는 것이다. 그들은 이러한 비용을 거부하거나 다른 교통수단을 선택할 자유를 누리지 못하고 있다.

건강, 부, 자유에 이르는 길은 경우에 따라 다양한 교통수단을 자유롭게 활용하는 다중교통(multimodal) 생활양식을 영위하는 것이다. 가까운 곳으로 이동할 때는 걷거나 자전거를 타고, 대중교통이 적절한 경우에는 버스와 지하철을 이용하고, 꼭 필요할 때는 자가용으로 이동하는 것이다. 이를 실행하면 연간 수천 달러를 절약할 수 있다. 어떤 사람에게 이는 교육, 주택, 문화생활과 같은 다른 면에 더 많은 돈을 소비할 수 있다는 의미이다. 다른 이들에게는 일을 덜 하고 그 시간을 여행이나 가족, 기타 개인적인 관심사에 쏟을 수 있는 자유를 선사하기도 한다.

자전거를 타는 데 소요되는 비용은 차를 소유하는 것보다 훨씬 적다. 쓸 만한 자전거와 부대 소품은 새것으로 구입해도 1,000달러가 채 들지 않으며, 중고품을 구입한다면 더 저렴하다. 자전거의 수명이 넉넉잡아 10년이라고 한다면, 감가상각비와 유지비로 들어가는 연간 비용은 250달러 정도다. 물론 자전거는 음식이라는 형태의 연료를 필요로 하지만 우리는 이미 너무 많은 음식을 섭취하고 있어 초과 섭취한 칼로리를 태워 없애는 것은 오히려 이득이므로, 연료비를 추가로 계산할 필요는 없을 것 같다.

다중교통은 자전거로 편하게 이동할 수 있는 거리를 엄청나게 늘려 준다. 평균적인 신체 조건을 가진 사람은 시간당 16km를 이동할 수 있다. 이 속도는 일반적인 작은 도시의 넓이인 30평방마일을 20분 내로 이동할 수 있는 정도다. 대도시에서는 자전거 타기와 대중교통을 결합해서 운전보다 빠르게 도심의 목적지에 도착할 수 있다. 만약 자동차 없는 생활은 상상할 수도 없다고 한다면, 렌터카나 카셰어(carshare)가 해결책이 될 수 있다(요즘은 많은 대도시에서 이용이 가능해졌다). 차량 소유에 따르는 비용을 절감할 수 있을 뿐 아니라 차량 선택권도 넓어진다. 짐을 옮길 때는 트럭을, 친구 여러 명과 이동할 때는 밴을, 토요일 밤 데이트를 할 때는 멋진 스포츠카를 고를 수 있다.

다중교통 생활양식을 실천하려면 개인적인 준비와 지역사회의 공동 노력이 필요하다. 생활양식 전환의 기본이 되는 몇 단계를 소개하려 한다.

→ 집 근처를 최대한 많이 걸어 다니며 이웃과 안면을 익혀라.

→ 적절한 복장을 갖춰라. 신발, 모자, 우비, 우산 등이 항상 현관 앞에 준비되어 있도록 하라.

→ 자질구레한 일을 할 때 자전거를 타라. 자전거용 짐받이, 짐을 실을 수 있는 바구니, 조명, 자물쇠를 준비해라.

→ 차량 소유를 피해라.

→ 카셰어 프로그램을 이용하거나, 다수의 운전자들과 차 한 대를 공유하라. 필요시에 차량을 빌려 쓰는 것도 해결책이 된다.

→ 당신이 속한 지역사회에서 걷기, 자전거 타기, 대중교통 이용을 장려하라.

→ 현명한 토지 이용 정책을 지지하라. 밀집된 도심지 개발과 접근성이 높아 다중교통을 장려하는 도로 디자인, 효율적인 주차 시설 등.

→ 가능하다면 걷기와 자전거 타기만으로 살아갈 수 있는 지역사회를 거주지로 선택하라. 보도와 자전거 레인(lane)이 갖춰져 있으며, 차량 속도 제한이 있고, 다양한 생활 서비스(가게, 학교, 공원 등)가 가까이에 있는지 확인할 것.

→ 가능하다면 효율적인 버스나 전철 시스템을 이용할 수 있도록 대중 교통 이용이 편리한 곳에 살아라.

◎

토드 리트먼은 빅토리아 교통정책기관의 창립자이자 고문이다. 이 독립 연구 기관은 교통 문제에 관한 혁신적인 해결책을 개발하는 데 그 목적이 있다. 그의 연구는 교통수단과 관련한 정책 결정의 폭을 넓혀 주었으며, 평가 방법을 개선했고, 더 많은 사람이 접근할 수 있는 특수한 기술 콘셉트를 만들었다. 그의 연구는 교통 계획과 정책 분석에 세계적으로 활용되고 있다.

자전거의 선물

- 크리스틴 스틸

나는 나이를 거꾸로 먹도록, 매력적으로 보이도록, 초콜릿 케이크를 먹어도 살이 찌지 않도록, 페니스가 더 커 보이도록, 오르가슴을 자주 느끼도록 해 주는 '어떤 것'을 알고 있다. 말하고 보니 기적의 약을 파는 약장사 멘트 같지만, 내가 아는 해결책은 그 어떤 약보다도 낫다.

수많은 사람들이 약을 왕창 먹어대고, 제약 회사 임원들은 점점 부자가 되어 간다. 하지만 그보다 간단하고, 저렴하고, 위험하지 않은 치료법이 차고 안에 기다리고 있다. 그것의 이름은 '자전거'다.

자전거가 건강에 좋다는 것은 새삼 말할 필요도 없다. 하지만 사람들은 야심차게 자전거를 장만하고도 위험하지는 않을까 걱정하며 먼지가 쌓일 때까지 방치하곤 한다. 물론 자전거도 위험할 수 있지만 처방약 부작용의 위험성과 비교하면 아무것도 아니다. 약 광고는 보통 마지막에 다음과 같은 부작용이 있을 수 있습니다.'를 3배속으로 보여 주고 지나가지만, 나는 그 부분을 먼저 짚고 넘어가려 한다.

자전거를 타다가 심각한 사고를 당했을 경우에는 부상이나 사망의 위험이 있다. 그러나 이러한 위험은 상대적으로 낮은 편이다. 통계적으로 시간당 자전거 타기는 0.005건의 부상을, 축구를 할 때는 0.06건, 풋볼을 할 때는 0.19건으로 나타났다.

도심에서 자전거를 타면 스모그에 더 많이 노출될 수 있다. 그러나 2010년 예룬 요한 드 하토그를 비롯한 네덜란드 연구원들이 자전거의 장단점을 수량화한 연구에 따르면, 수명 연장과 단축 효과를 계산했을 때 연장 효과가 9배 이상 더 높다고 한다.

다들 알다시피 신체 활동을 하지 않는 삶은 매우 위험하다. 지나치게 적은 활동량과 과도한 칼로리 섭취는 재앙을 부르는 길이다. 2010년, 비만은 미국에서 예방 가능한 사망 원인 1위를 차지했다. 비만은 다양한 질병을 일으키며, 특히 심장병, 제2형 당뇨병, 수면 무호흡증, 암과 퇴행성관절염의 주원인이다. 2003년 발표된 한 연구에서, 40세에 비만이었던 성인은 평균적으로 동일 연령의 정상 체중 집단보다 6~7년 수명이 짧은 것으로 나타났다. 2010년 자전거·도보 연합의 보고서는 자전거와 도보로 이동하는 비율이 높은 국가의 비만, 당뇨, 고혈압 수치가 낮다는 점을 지적하고 있다.

운동은 따로 안 하고요, 자전거를 탑니다

내 친구 데이브는 자전거로 통근하고부터 운동할 필요가 없어졌다고 말한 적이 있다. 자전거 타기의 가장 좋은 점 중 하나는 운동처럼 느껴지지 않으면서도 운동의 이점을 가져다준다는 것이다. 나는 일부러 시간을 내서 자전거를 타는 일은 거의 없고, 식료품을 살 때, 친구를 만나러 갈 때, 행사에 참여할 때 등 일상적으로 자전거를 탄다. 네 명의 오스트레일리아 연구원들이 공동으로 시행한 조사에서, 운동은 '적정 강도로, 습관적으로, 계절에 따라 변동되지 않아야 효과가 좋다.'라는 것이 밝혀졌다. 이 연구원들에 따르면 이러한 요구 조건을 가장 잘 만족시키는 활동은 자전거 타기, 걷기, 정원 가꾸기이며, 이러한 활동이 에어로빅 수업 등 '상품' 형태의 운동보다 낫다고 한다. 운동을 위한 운동은 일상적인 신체 활동보다 위험하고, 많은 인구 집단(특정 연령층 등 그 활동에 적합하지 않은 사람들)을 소외시키며, 중도에 그만두기도 쉽기 때문이다.

일단 자전거를 일상 교통수단으로 활용하는 습관이 생기면 운동을 해야겠다는 의지는 거의 필요하지 않다. 운동 효과는 단순히 이동에 따르는 긍정적인 부산물일 뿐이다. 교통수단으로 자전거를 탄다는 것은 운동의 문제라기보다는 삶의 방식을 결정하는 문제다. 그래서 정기적으로 자전거를 타는 사람은 운동으로 배구나 농구를 하는 사람보다 그만둘 확률이 적다.

자전거를 탄 후의 달콤한 보상

내가 자전거 타기 운동을 막 시작할 무렵 며칠 간 진행되는 사이클링 이벤트 기획을 맡은 적이 있다. 그때 행사 기획자이자 탁월한 자전거 전문가인 찰스 폭스를 만났다. 그는 나에게 자전거 이벤트를 기획할 때 중요한 팁을 주었다. 그의 말에 따르면, "대부분의 사람들은 먹기 위해서 자전거를 탄다." 그래서 찰스는 이벤트에 꼭 음식을 준비한다고 했다. 초콜릿 케이크와 치즈 퐁듀가 찰스의 트레이드마크였다. 내가 행사를 진행해 보니 그의 말은 옳았다. 행사에 주로 참여하는 중년층은 160km를 자전거로 달려 수천 칼로리를 소모한 후에, 평소라면 뱃살 걱정에 못 먹을 음식을 마음껏 먹는 것으로 스스로를 칭찬했다.

자전거 타기는 시간당 소모 칼로리가 높은 활동에 속한다. 체중 80kg의 남성이 시속 16km로 직장까지 왕복 30분을 달리면 327칼로리를 소모할 수 있다. 이만하면 중간에 카페에서 먹은 크루아상과 카페라떼를 다 태우고도 남는다. 자전거를 타면서 소모되는 칼로리는 운동 시간과 강도, 개인의 몸무게에 따라 달라진다. 참지 못하고 간식을 먹어 버렸다면 당장 자전거에 올라타자. 간단히 그 칼로리를 태워 없앨 수 있다.

겨울 우울증을 이겨내는 법

자전거 타기는 겨울 우울증(및 기타 비슷한 정서 장애)을 이겨내는 좋은 치료법이다. 10만~25만 명 정도의 미국인들이 주로 겨울철에 많이 나타나는 계절성 정서 장애(SAD)로 고생하고 있다. 운동은 SAD를 치료하는 데 효과적이라고 알려져 있다. 고통에 둔감해지면서 행복감을 느끼게 만드는 엔도르핀을 생성하기 때문이다. 페달을 밟는 것처럼 반복적인 동작을 하면 세로토닌의 농도 또한 높아지는데, 이 호르몬 역시 기분을 좋게 하는 작용을 한다. 자전거 타기는 야외 활동이라 햇빛을 받을 수 있기 때문에 겨울 우울증을 이겨내는 데 매우 효과적이다. 햇빛 부족이 SAD의 주원인인 것으로 밝혀지면서 의료 기관에서는 빛 테라피를 실시하고 있다. 하지만 자전거를 타면서 우울증을 치료할 수 있다면, 굳이 비싼 병원 치료를 받을 필요가 있을까?

침대에서 불타오른다

자전거는 사람을 더 섹시하게 만들고, 실제로 성적인 능력을 향상시켜 주기도 한다. 일단 자전거를 막 타기 시작한 초보자들은 매력 지수가 높아지는 효과를 맛볼 수 있다. 페달을 밟아서 어딘가에 도달하는 과정은 성취감의 원천이다. 자전거로 국토 횡단을 하든 길 건너 식당에 가든, 바퀴 두 개에 올라 내 신체의 힘으로 어딘가 도달한다는 사실 자체가 자신감을 안겨 준다. 자존감이 높은 사람은 스스로 섹시하다고 느끼며, 타인이 보기에도 성적으로 매력적이다. 또한 맨즈 헬스 잡지사의 설문조사 결과 자전거는 남성의 가장 섹시한 신체 부위로 꼽힌 다리와 엉덩이의 탄력을 높이는 데 탁월한 효과가 있다. 게다가 성기 크기가 성생활에 중요한 영향을 미친다고 생각하는 사람들이 솔깃해할 만한 이야기도 있다. 자전거는 페니스를 커 보이게 하는 효과를 발휘한다. 남자가 나이가 들고 하복부에 지방이 쌓이게 되면, 페니스의 뿌리 근처도 두둑해지면서 그 일부를 파묻어 버린다. 4kg이 늘어나면 성기의 길이는 외관상 대략 0.6cm가 줄어든다고 한다. 자전거를 규칙적으로 타면 지방이 쌓이는 것을 막아 주기 때문에 페니스를 최대한 커 보이도록 유지할 수 있다. 자전거는 또한 성욕을 증가시킨다. 캘리포니아 대학 샌디에고 캠퍼스의 연구원들은 정기적으로 운동하는 남성들의 섹스 빈도가 30% 더 높으며 오르가슴을 경험하는 횟수도 30% 더 많다는 사실을 밝혀냈다. 연구원들은 18~45세의 여성 36명을 대상으로 성기 조직의 혈류를 측정하는 기기를 이용해서 성적 흥분도를 두 차례 측정했다. 대상자들은 20분간 격렬하게 자전거를 탄 직후에 첫 번째, 충분한 휴식을 취하고 운동 효과가 사라진 상태에서 두 번째 측정을 했다. 이 연구에서 성기의 반응은 정지 상태보다 운동 이후에 69% 더 활발하게 나타났다.

지나치게 오랜 시간 자전거를 타면 성기에 손상을 줄 수 있다는 말을 들어 본 적이 있을 것이다. 자전거 안장을 고르고 설치할 때 주의를 기울이면 이와 같은 일을 충분히 막을 수 있다. 너무 좁아서 엉덩뼈를 제대로 받쳐 주지 못하는 안장을 사용하면 회음부에 체중이 실리게 되는데, 이 경우는 가장 섬세한 기관에 지나친 압력을 가하는 셈이 된다. 다행히 많은 자전거 연구원과 제조사에서 인체공학적 디자인을 시작한 후로 이중 안장 등 회음부, 전립선, 꼬리뼈, 성기에 고통스러운 압력이나 손상을 주지 않는 다양한 종류의 안장이 출시되고 있다.

적절한 자전거 안장만 선택하면, 자전거 타기는 사실 중요 부위의 기능을 향상시켜 준다. 하버드 대학 공공보건학과의 한 연구는 하루 25분 정도 달리기를 하는 남성들에 비해 운동 부족인 남성들의 발기부전 확률이 30% 높다는 점을 밝혔다. 같은 연구에서, 체중이 많이 나갈수록 발기부전 문제가 흔하다는 점도 드러났다. 성기로의 혈류가 원활하지 않아서 발기가 일어나기 어려운 것이다. 자전거를 타면 심혈관계가 자극되어 성기 부위를 포함한 몸 전체의 혈류를 개선한다. 그리고 꾸준히 자전거를 타서 심폐 지구력이 잘 발달되면 침대에서 쉽게 지치지도 않는다.

젊음의 샘

운동을 많이 하는 사람들은 대부분 나이보다 젊어 보인다. 사실은 그렇게 보이는 것뿐 아니라, 실제로 노화가 천천히 진행되는 것이다. 최근 연구에 따르면 정기적으로 운동하는 사람들의 세포를 현미경으로 관찰하면 운동 부족인 사람들의 세포보다 훨씬 젊다고 한다. 이 연구에서는 DNA 염색체 양 끝부분 말단 소립의 길이를 측정했는데, 정기적으로 운동하는 선수들이 보통의 건강한 성인보다 더 긴 말단 소립을 가지고 있다는 점이 밝혀졌다. WebMD의 샐린 보일스는 다음과 같이 설명한다.

"신발끈의 양 끝에 있는 플라스틱 마감이 끈이 해지는 것을 막아 주는 것처럼, 말단 소립은 세포 분할을 통해 유전자를 전달하는 염색체를 보호하는 역할을 합니다. 이 말단 소립이 너무 짧아지면 세포 분할이 이루어질 수 없어서 죽는 것이지요."

연구원들은 말단 소립이 건강과 노화에 영향을 준다고 말한다. 말단 소립이 특정 길이보다 짧아지면 암이나 당뇨, 심장병과 같은 질병에 취약해지게 된다.

식욕 억제제, 항우울제, 그리고 자전거

나는 일상적으로 자전거를 타는 생활 방식이 많은 질병을 치료하고 더 행복한 삶을 약속한다고 자신 있게 말할 수 있다. 자전거를 타면 삶이 얼마나 바뀌는지, 직접 해 보기 전에는 절대 모를 것이다.

만병통치약은 앞으로도 지금처럼 판을 치겠지만, TV에 자전거 광고도 약 광고와 비슷한 빈도로 나온다면 세상은 얼마나 달라질까? 수백만 명이 우울증 치료제나 비아그라, 식욕 억제제를 버리고 오래된 자전거를 꺼내서 기름칠을 하는 모습을 상상해 본다.

◎

크리스틴 스틸은 자전거 · 도보 연합에서 활동하고 있으며 프리랜서 작가, 정원사로 북부 캘리포니아에 남편과 두 아이와 함께 살고 있다.

자동차에서 자전거로, 그 환경적 이점

- 스테판 리스

　20세기 후반에 들어서 자동차 배기가스가 기후변화에 지대한 영향을 미친다는 사실이 알려지기 시작하면서 자동차로 인한 환경 문제가 한층 더 심각하게 대두되었다. 하지만 이전에도 자동차 배기가스를 줄이려는 노력으로, 대기오염의 주원인인 일산화탄소, 아산화질소, 대기분진 등 배기가스에 대한 규제 사항들이 있었다. 단지, 큰 효과가 없었을 뿐이다. 예를 들어 가솔린 연소의 효율성을 개선하는 연구가 지속적으로 진행되었지만, 이 기술은 연료 효율성을 높이기보다 더 강력한 엔진과 대형 차체를 생산하는 데 사용되었다. 미국의 차량 연비 기준이 일반 차량에 비해서 소형 트럭에 훨씬 덜 엄격했기 때문에, 자동차 회사는 대형 차량 판매를 촉진하기에 이르렀고 이에 이 기술이 사용된 것이다.

　자동차 배기가스는 미국에서 배출되는 총 이산화탄소의 31%, 일산화탄소의 81%, 아산화질소의 49%를 차지한다. 또한 이는 스모그, 산성비, 오존층 파괴의 원인이 되기도 한다. 이제 온실가스를 줄이는 것은 모두의 과제로 다가왔다. 이에 따라 차량 연비 효율화와 대체 에너지 개발 분야에서 치열한 경쟁이 벌어지고 있다. 그러나 안타깝게도, 이러한 방식으로는 온실가스 문제를 해결하기 어렵다. 오늘날 우리가 직면하고 있는 많은 환경 문제는 차량에 의존한 결과로 나타난 것이며, 지금과 같은 생활 방식을 유지하는 한 환경오염은 앞으로도 더욱 악화될 것이다. 하지만 다행히도 주거 환경, 업무 환경, 교통수단 등 일상생활의 방식을 바꾼다는 선택지가 남아 있다. 승용차(또는 소형 트럭) 대신 자전거를 타는 것은 그 선택지 중 하나다. 이 선택은 우리 스스로에게, 또 지구 환경에 즉각적인 이득을 가져다줄 것이다.

자동차의 환경 비용

미 환경보호국에 따르면, 평범한 시민의 일상생활 중 환경오염에 끼치는 영향이 가장 큰 활동은 자가용 승용차 운전이다. 차량 운행 과정에서 생기는 환경오염은 문제의 일부일 뿐이다. 차량 제조에는 막대한 자원이 들어가고 막대한 양의 폐기물과 오염물이 나온다. 차량의 수명이 다했을 때 폐차하는 과정에서도 오염이 발생한다. 다음 자료는 유럽을 기준으로 하고 있으며, 대형 차량을 선호하는 경향이 있는 북아메리카의 경우에는 수치가 더 높을 가능성이 많다.

차량 한 대를 제조해서 폐차하기까지의 과정에서 발생하는 오염

→ 원자재 추출: 폐기물 26.5M/T, 오염대기 922,000,000㎥

→ 원자재 수송: 해양 원유 유출 12L, 오염대기 425,000,000㎥

→ 차량 생산: 고형폐기물 1.5M/T, 오염대기 74,000,000㎥

→ 차량 운전: 마모성 폐기물 18.4kg, 오염대기 1,016,000,000㎥

→ 차량 폐기: 오염대기 102,000,000㎥

이는 삼원 촉매 변환기(자동차 배기가스 정화장치)가 달린 중형차가 무연 가솔린 10L당 평균 100km를 이동한다고 가정하고 10년 이상에 걸쳐 130,000km를 달렸을 경우의 수치이다.

차량 의존에 따른 무분별한 도시 확장

차량 운전자는 자력으로 이동(도보, 자전거)하는 사람보다 훨씬 많은 공간을 차지한다. 도로를 달리는 대부분의 차들이 연료, 원료, 공간을 낭비하는 나홀로 차량이다. 도시의 한 차선은 이론적으로 시간당 750대의 차량을 수용할 수 있지만, 실제로는 방향 전환과 주차 공간이 필요하므로 그 3/4 정도밖에 감당하지 못한다. 한 차선에 해당하는 공간을 대중교통이나 자력 이동용 공간으로 전환하면 수용 가능 인원이 10배로 늘어난다. 그리고 차량 한 대를 주차할 수 있는 공간이면 자전거는 10~15대 정도를 주차할 수 있다.

현재 도로나 주차장으로 이용되는 공간을 절약하는 것은 미래를 위해 매우 중요한 일이다. 세계 인구가 늘어나고 석유가 희소해짐에 따라 주거 공간 가까이에 식량 재배를 위한 공간을 필수적으로 확보해야 하기 때문이다. '도로포장 벗기기'를 통해 얻을 수 있는 것은 농경지뿐만이 아니다. 차량 운행과 주차에 사용되는 공간을 줄이고 도심지를 밀집하여 최소화함으로써 녹지 공간을 확대하면 이를 휴식 공간으로 활용할 수도 있고, 종

㈜ 다양성을 보호하는 효과도 있다.

도로포장의 위험성

포장 구역(도로와 주차장)은 환경 문제를 초래한다. 특히 우천시에 그 문제가 나타난다. 차량에서는 석유, 윤활유, 부동액, 중금속이 유해성 액체 혼합물이 되어 차체 밑바닥으로 흐른다. 차량이 주차되어 있는 곳이라면 어디든 도로포장 위로 석유가 고이고, 부동액이 새어나오며, 배기구에서 오염물질이 떨어지는 것을 볼 수 있다. 비가 오면 땅에 고여 있던 이러한 유해물질이 흘러넘치게 된다.

도심 구역에는 보통 이런 오염수를 저장해 처리 시설로 보낼 수 있는 배수 시설이 갖추어져 있다. 그러나 강수량이 많을 때는 수용 한도를 초과한 오염물질이 근처의 물(강, 호수, 바다)로 흘러들어가 수중 생태계를 해치고 수자원을 오염시킨다. 사이트라인 인스티튜트(Sightline Institute)의 연구에 따르면, 도로 오염수는 오래전부터 산업 폐수를 앞질러 북서태평양에 도달하는 석유와 기타 유해 화학 물질의 원인 1위를 차지하고 있다.

차량의 환경 피해 줄이기

석유를 원료로 하지 않는 차량 개발에는 많은 이점이 있다. 그러나 이러한 대안도 나름의 문제점을 가지고 있다. 대안 차량도 여전히 차량이므로 차지하는 공간도 같고, 생산하는 데 같은(혹은 더 많은) 자원이 소모된다.

하이브리드 자동차는 가동 시 소모되는 에너지는 적지만, 차량 제작시 들어가는 특수 배터리가 채굴 과정에서 환경에 상당한 악영향을 주는 희소 광물 자원으로 만들어진다. 이 배터리의 생산은 이미 중국에서 심각한 오염 문제를 일으키고 있다. 게다가, 소위 '대체 연료'의 대부분이 휘발유와 같은 종류의 자원을 사용한다. 천연가스, 프로판가스는 탄화수소 화석연료의 다른 형태일 뿐이다. 하이브리드 자동차는 생산 시설과 충전 인프라를 갖추는 데 막대한 투자가 필요할 것이다. 수소 또한 비슷한 문제를 안고 있다. 수소를 자동차 연료로 가공하는 데는 엄청난 전기 에너지가 필요하며, 저장과 수송도 극도로 까다롭다. 이때 전기를 어떻게 생산하는지도 중요한 부분인데, 풍력, 태양열, 조력 발전 등 재생 가능 에너지보다는 석탄이나 원자력을 사용하게 될 가능성이 높다. 결국은 어떤 종류의 대체 연료를 사용하든 완전한 해결책이 될 수는 없다. 궁극적으로 차량 생산, 운전, 의존성의 감축이 불가피하며, 대체 연료는 그 시기를 어느 정도 늦추는 효과만 있을 뿐이다.

자전거의 환경적 이점

보통 도심지에서 차량에 의해 이루어지는 이동 거리는 상당히 짧아서 자전거로 쉽게 대체될 수 있다. 미국의 교통 설문에 의하면, 개인적인 이동의 25%는 집으로부터 1.6km 이내, 40%가 3.2km 이내에서 이루어진다. 그리고 근로자의 50%는 통근 거리가 8km 이하라고 답했다. 그러나 8km 이하의 거리를 이동하는 경우 82% 이상이 자가용 승용차로 이루어진다.

단거리(자전거로 쉽게 대체 가능한 거리) 차량 이동은 단위 거리로 분석하면 장거리 이동보다 훨씬 오염 정도가 심하다. 자동차 배기가스로 배출되는 오염물질의 60%는 차량 시동 후 최초 몇 분 안에 방출되기 때문이다. 이와는 대조적으로 자전거는 화석연료를 사용하지 않으며, 운행 시 탄소 배출이 없고, 이동 시에도 도로 표면에 오염물질을 거의 남기지 않는다.

또한 자전거 생산은 차량 생산보다 자원 소모가 훨씬 적다. 게다가 환경 의식이 있는 자전거 생산자들은 더 환경친화적인 자전거를 만들어 내려 한다. 한 예로 www.bamboosero.com에서는 대나무로 만든 자전거를 판매하고 있다. 그 지역에서 자란 재생 가능한 원료를 사용함으로써 배송과 제조에 드는 비용을 낮출 수 있고, 폐기해야 할 때가 오면 썩혀서 흙으로 돌려보낼 수 있는 것이다.

사람 스스로 이동할 수 있는 지역사회를 건설하면 많은 이점이 있다. 편의 시설이 잘 갖춰진 밀집 지역에 사는 사람은 상대적으로 운전을 덜하게 되며, 더 건강하다. 개발 구역을 밀집시키면 주거 공간 가까이에 식량 재배 공간을 확보할 수 있고, 미래를 위해 녹지 공간을 보호할 수도 있다.

교통 시스템은 화물 운송 기능보다 사람의 이동에 초점을 두고 만들어져야 한다. 이동성을 측정할 때 사람이 얼마나 쉽게 이동할 수 있는가의 관점에서 평가해야지, 운전이 얼마나 쉬운가가 기준이 되어서는 안 된다.

우리가 종종 잊고 있는 것 중 하나는 편리한 교통이 그 자체로 이점이 될 수는 없다는 사실이다. 이동은 대부분의 경우 다른 목적을 이루기 위한 중간 과정일 뿐이다. 밀집된 도심지를 건설하면 다양한 시설의 접근성을 높일 수 있으며, 이는 교통의 편의성보다 중요한 개념이다.

일상 교통수단으로 자전거, 도보, 대중교통을 활용하는 사람들이 많아 진다면 우리는 환경 피해를 엄청나게 줄일 수 있을 것이다. 이것이 생활화 되면 지구 환경을 해치지 않고도 즐겁고 편안하게 살아갈 수 있는 자전거 친화적인 밀집된 지역사회를 건설할 수 있을 것이다.

◎

스테판 리스는 1954년 영국에서 태어나 1988년 캐나다로 이민을 갔고, 1997년부터 2004년까지 밴쿠버 교통국에서 일했다. 밴쿠버 교통국에서는 그에게 무료 버스 이용권을 주었지만, 그는 자전거를 타고 집에 가는 편이 더 빠르다고 한다.

단순함의 아름다움

- 에이미 워커

내가 가진 것을 모두 뒤로 하고 집을 떠나 캠핑을 가면 가끔 마법과 같은 순간을 맞는다. 해변에서 직접 요리한 저녁을 먹고 모래로 설거지를 한 후에 백사장에 드러누우면 도시에서는 조명 때문에 볼 수 없었던 별빛이 쏟아진다. 그럴 때면 문득 인간이 원래는 이렇게 살도록 창조된 것이 아닐까 하는 깨달음의 순간이 찾아오는 것이다.

자전거 타기는 이와 비슷하다. 왜 자전거를 좋아하느냐고 물으면 적어도 자전거를 타는 사람들의 절반은 '자유' 때문이라고 대답할 것이다. 자전거는 나를 구속하지 않는 정말 단순한 기계다. 그러면서도 내가 움직이는 범위를 한껏 늘려 주고 짐도 제법 나를 수 있다. 하지만 자동차처럼 겹겹의 금속, 유리, 고무, 좌석 시트, 서류 작업, 휘발유는 필요 없다.

무제한의 힘을 가지고 있으면, 인간은 쉽게 유혹에 빠진다. 인간은 지나치게 쇼핑하고, 지나치게 먹고, 지나치게 운전해 놓고는 왜 통장 잔고가 없는지, 살이 이렇게나 쪘는지, 늘 피로한 상태인지를 이상하게 생각하는 것이다. 그래서 인간에게는 한계가 필요하다. 우리의 신체와 직관은 내부적 한계를, 사회라는 공동체는 외부적 한계를 규정한다. 한 장소에서 다른 장소로 이동할 때 자전거를 이용함으로써 운송 능력의 한계를 두면 충동적으로 이런저런 물건을 집에 가지고 들어가는 것을 막아 주는 긍정적인 효과가 있다.

늘 자전거를 타고 생활하는 사람들은 시내까지 가는 데 시간과 에너지가 얼마나 필요한지 정확히 알고 있다. 시간과 에너지에는 한계가 있으므로 여러 번 외출하는 대신 한 번 나갈 때 여러 군데 들러서 필요한 일을 볼 수 있도록 미리 계획한다. 절제된 소비 습관과 의도적인 단순성은 자전거를 이동 수단으로 하는 생활양식의 본질적인 부분이라고 할 수 있다. 자전거로 이동하는 사람들은 대형 상품을 구매하는 결정에도 신중하다. 이런 고민을 하지 않고 자동차에 쉽게 물건을 실어 나르는 것이 강력하고 매력적으로 느껴질지 모르지만, 그렇게 구매한 물건을 보관하고 유지하려면 불필요하게 에너지가 소모된다. 자전거를 주 교통수단으로 삼으면 스스로의 삶에 어떤 물건을 허용할지 결정할 때 자연히 신중해진다.

소비에는 단순한 금전적 비용 이상이 따른다. 어느 기업에서든 '의도적 구식화'를 적극적으로 시행하고 있기 때문에, 대부분의 소비재는 저렴하게 생산되어 빨리 망가지고 수리할 수 없어서 비극적으로 짧은 수명을 가지고 있다. 공장에서 찍혀 나온 제품은 몇 년 안에 쓰레기 매립지로 향하고, 주인은 이 제품을 버린 후에 같은 운명을 맞게 될 대체품을 사러 쇼핑을 간다.

우리는 소중한 삶의 너무 많은 부분을 관계보다는 소유물을 획득하고 유지하는 데 사용하고 있지는 않은가? 자연환경을 서로서로 착취하는 세상으로 만들어 스스로를 망치고 있는 것은 아닌가? 이에 따르는 비용은 눈에 보이지 않는 경우가 많지만, 보이지 않는다고 실제로도 존재하지 않는 것은 아니다. 이제는 눈을 뜨고 성숙한 의식을 가져야 한다. 삶의 우선순위를 새로 정해야 할 때다. 그러면 우리 인류가 스스로 만들어 낸 악몽과 공포와 걱정에서 벗어날 수 있다.

가진 것이 줄어들면 스트레스가 줄어든다. 소비를 줄이는 것은 저축의 증가로 이어질 수도 있다. 또는, 일하는 시간과 그에 따른 스트레스를 감소시켜 여가, 교육, 지역사회, 가족, 친구에 더 많은 시간을 쏟을 수 있는 능력을 의미할 수도 있다. 1950년대 이래로 평균적인 미국인의 소유물은 늘어났지만, 가까운 친구의 수는 적어졌고 행복 지수 또한 오히려 떨어졌다고 한다. 요즘은 많은 사람들이 행복과 불행에 대해 연구하고 있다. 찰스 몽고메리는 그의 책《행복한 도시(Happy City)》에서 우리가 도시와 거주지, 교통 시스템을 디자인하는 방식이 현대인의 스트레스와 고립감에 영향을 미친다고 설명하고 있다.

단순하게 산다는 것이 즐거움의 부재, 또는 의도적인 고통을 의미하지는 않는다. 감사하며 살아가는 삶, 이미 가진 것을 즐기는 삶은 그 자체로 이미 선물이다. 가볍게 살아가는 것은 우아하고 아름답다. 그러나 사람들은 때로 더 영리하거나 더 나은 인간으로 보이려고 복잡한 척을 한다. 그 결과 스스로 인생을 혼란에 빠뜨리고 삶의 만족도를 떨어뜨리는 경우가 많다.

단순하게 사는 것은 지구상의 다른 사람들과도 연결되어 있다. 산업화된 세계에 산다는 특권을 누리고 있는 우리들이 상품과 에너지 소비를 줄이면 상대적으로 빈곤한 국가의 국민들에게 실제적인 도움이 된다. 우리의 경제는 사실 이들의 노동과 자원 수출에 의존하고 있다. 우리가 노동력 착취로 제조된 상품을 거부하면 빈국의 노동자에게 가해지는 압박을 줄일 수 있을 것이다. 더 많이 소유한 우리들이 그 일부를 포기한다면, 아무것도 가지지 못한 세계의 빈곤층을 안정시키는 데 도움을 줄 수 있다.

환경 관련 교육을 통해 줄이고, 다시 쓰고, 재활용하는(Reduce, Reuse, Recycle) 3R을 들어 본 적이 있을 것이다. 3R의 가장 중요한 첫 번째가 줄이기(Reduce)라는 것을 염두에 두어야 한다. 의식 있는 구매 결정을 내려야 한다는 점은 모두 잘 인식하고 있다. 그러나 물건 구매량 자체를 줄여 생산과 폐기의 주기를 감소시키는 것 또한 필수적이다.

때로는 장기적으로 덜 소비하기 위해서 미리 더 소비해야 하는 경우가 있다. 의식 있는 소비자들은 수명이 길고, 수리가 가능하며, 원료 채취 과정이 지속 가능하고 양심적으로 이루어지는 고품질의 상품에 투자한다. 자전거의 훌륭한 점 중 하나는 유지와 보수가 쉽고, 부속품도 상대적으로 찾기 쉽다는 것이다. 자전거를 최상의 상태로 유지하는 데는 많은 돈이 들지 않고, 일반인들도 간단한 수리법 정도는 쉽게 배울 수 있다.

자전거는 지나치게 복잡한 이 세상에서 단순성과 우아함의 상징과 같다. 티셔츠나 광고에 자전거가 많이 사용되는 것은 그 때문이 아닐까? 자전거는 좀 더 단순한 삶의 방식으로 돌아가고자 하는 우리의 잠재된 욕구를 표현한다.

아끼는 자전거 한 대면 새로운 삶의 방식을 실천하기에 충분하다. 출근할 때, 등교할 때, 심부름을 할 때 자전거를 타는 습관을 기르자. 새로이 찾은 자유를 느끼고, 가벼운 이동이 가져다주는 성취감을 만끽하자. 천국은 멀지 않은 곳에 있다. 어쩌면 페달 몇 번 밟는 것으로 도달할 수 있을지도 모른다.

영원한 탐험 동지, 자전거

- 뎁 그레코

    목적지를 정해 두지 않고 돌아다닐 때 내가 가장 선호하는 수단은 단연 자전거다. 나는 천천히 걷는 것을 꽤 좋아하긴 하지만, 무작정 돌아다닐 때는 역시 좀 느려서 답답하다. 특히나 가파른 언덕 꼭대기에 뭐가 있나 한 번 보겠다고 터덜터덜 걸어 올라가는 일은 아마 절대 없을 것이다. 언덕길을 다시 걸어 내려가는 것은 올라가는 것과 별반 다를 게 없기 때문이다. 하지만 자전거를 타면 내리막에 대한 기대만으로도 기꺼이 오르막을 오르게 된다.

    그래서 샌프란시스코 리치먼드로 이사할 때 집 앞의 엄청나게 가파른 급경사 언덕에 크게 신경 쓰지 않았다. 새로 이사한 동네는 예전 군사 기지를 개조해 만든 도심 공원 프레시디오를 한편에 끼고 높은 지대에 위치하고 있어서, 금문교와 샌프란시스코 만이 한눈에 내려다보였다.

나는 팬핸들, 위글, 마켓스트리트의 자전거 전용로를 타고 시내로 출근하곤 했다. 이 도로들은 큰 언덕을 우회해서 경사 없이 뻗어 있기 때문에 자전거 통근자들 사이에서 인기가 좋다. 자전거를 타고 이 길을 지날 때면 꼭 아는 사람을 만났다. 한번은 10년간 보지 못했던 친구가 보드를 타고 지나가는데 우연히 마주친 적도 있다. 이거야말로 자전거 전용로의 묘미다.

그러나 프레시디오 공원을 따라 출근하는 새로운 길에서 자전거를 타면서 우연한 만남과 자전거 전용로에서의 솟아나는 동지애, 쉬운 페달링은 포기해야 했지만, 예상치 못한 보상을 받았다. 예전 출근길은 사람이 많이 다니는 길이라 항상 집중하고 긴장해야 했던 반면에, 프레시디오 공원은 사람의 발길이 잘 닿지 않고 자연이 잘 보존되어 있는 장소여서 훨씬 느긋하게 혼자만의 시간을 보내는 경우가 많았던 것이다.

한번은 산마루를 올라 숨을 몰아쉬며 평지로 들어서는 순간 다른 세상이 펼쳐진 느낌이 들었다. 키 큰 사이프러스(cypress)와 소나무, 유칼립투스에 안개가 걸려 있었고, 매 몇 마리가 머리 위로 큰 원을 그리며 지나갔다. 길 양옆으로 늦여름의 산딸기가 빨갛게 익어 가고 있었다. 한 줌 가득 따서 입에 털어 넣으니 싱그러운 자연의 맛이 느껴졌다. 내가 지금까지 맛본 최고의 아침 식사였다.

직장까지는 금문교가 보이는 언덕 꼭대기를 지나 계속 달려야 한다. 내리막길을 한 번 지나면 오르막이 하나 있다. 이 도로에는 속도 측정기가 달려 있어서 차들이 마음대로 속력을 못 내는 것이 제일 마음에 들었다. 차가 얌전하니 반대로 내 자전거는 맘껏 달릴 수 있어 아침마다 시속 55km라는 개인 최고기록을 깨려고 분투하는 중이다.

저녁 퇴근길은 또 다르다. 먼저 평지에서는 한참을 세찬 맞바람과 싸워야 한다. 그렇게 프레시디오 숲의 외곽에 이르면 계속해서 오르막이다. 아침에 짜릿하게 급강하할 때는 좋았는데, 이제 끝이 없는 오르막 꼭대기까지 느릿느릿 페달을 밟아야 한다. 나는 기어를 할머니 모드로 놓고 헉헉대며 땀에 푹 절어 꼭대기까지 오른다. 처음에 이 길을 오를 때는 자전거가 없느니만 못했고, 뛰어가는 사람들이 나를 속속 앞질러 갈 정도였다.

하지만 이 길에도 곧 익숙해져서, 그 엄청났던 급경사 언덕도 이제는 그냥 오르막길일 뿐이다. 이 길은 여전히 예상치 못했던 발견으로 가득하다. 최근에는 가 보지 않았던 산책길을 지나다가 '첨탑(Spire)'과 '나뭇결(Wood Line)'이라는 이름의 야외 조각 2점을 발견했다. 자연 예술가 앤디 골드워시의 작품이었다. 이렇게 통근길이 흥미롭다니, 언젠가는 다른 데 정신이 팔려 출근을 못하게 될지도 모르겠다.

이상하게 들리겠지만, 새로 이사 온 이곳에서 기억에 남는 자전거 나들이 중 하나로 장례식이 손에 꼽힌다. 도서관에 가는 길에 오토바이를 탄 경찰이 긴 장례 행렬 사이에서 수신호를 하고 있는 것을 보게 되었다. 멀리서 브라스 밴드(brass band, 금속악기로 이루어진 악대)의 경쾌한 소리가 들려왔다. 장례 행렬과 브라스 밴드의 조합에 궁금증이 일었고 페달에 속력을 붙여 가까이 다가가 보았다.

걸어서는 도저히 이 밴드를 따라잡지 못했을 것이고, 차를 타고 있었다면 아마도 차가 밀려서 짜증만 났을 것이다. 그러나 자전거를 타고 있다는 것은 마음이 끌리는 대로 따라가기에 완벽한 조건이었다. 나는 장례 행렬 바로 옆으로 따라붙어서 몇 블록 앞의 모퉁이에 자리를 잡고 밴드를 기다렸다. 밴드 소리가 점점 커지면서 이쪽으로 다가오는 것이 보였다.

완벽하게 갖추어진 브라스 밴드가 도로를 천천히 행진해 왔다. 모든 사람들이 흰 예복을 맞춰 입고서 음악에 맞춰 각자 악기나 흰 우산을 위로 올리기도 하고 또는 돌리면서 앞으로 나아갔다. 내 심장도 그들의 리듬에 맞춰 뛰었다. 아시아 음식을 파는 식당이 늘어서 있어 종종 간식거리를 사러 나가던 클레멘트 거리였지만, 그 순간만큼은 재즈의 심장 뉴올리언스로 변해 있었다.

수백 명의 이웃이 일요일 나들이를 잠시 멈추고 구경하거나 음악을 듣고, 같이 박자를 맞추며 미소 짓고 있었다. 밴드 뒤에는 커다란 금테 액자가 둘러진 망자의 초상이 따라오고 있었다. 샌프란시스코의 아시아 사람들이 장례를 치르는 방식을 나는 그날 처음 보았다. 실물보다 큰 초상은 맨 뒷자리에 꼿꼿이 앉아서 도시 전체를 내려다보며 마지막으로 의기양양한 행진을 하는 것 같았다. 차이나타운과 재즈 페스티벌의 만남이라니, 삶을 마무리하는 방식치고 멋지지 않은가!

일단 계획대로 도서관에 갔지만, 내 가슴은 이미 음악과 기쁨으로 가득 찼고 너무 들떠 있어서 도저히 들어갈 수가 없었다. 게다가 장례식은 순간을 즐기라는 신호가 아닌가? 나는 도서관을 그대로 지나쳐서 계속 페달을 밟아 결국 해변에 닿았다. 바다로 태양이 잠겨드는 것을 보며 한동안 멍하니 서 있다가, 어둠이 내려서야 라이트를 켜고 집에 돌아왔다. 나는 천천히 자전거 페달을 밟았고, 돌아오는 길에서 만난 모든 것들이 새로운 빛깔과 향취를 전하는 운치 있는 밤이었다.

◎

뎁 그레코는 책 읽기가 첫 번째, 책 쓰기가 두 번째로 재미있다고 생각하는 책벌레이다. 그녀는 정원 가꾸기, 비료 만들기, 자전거로 샌프란시스코 돌아다니기를 좋아한다.

자전거와 지역 경제의 활성화

- 에이미 워커

'생각은 글로벌하게, 자전거는 현지에 맞게'라는, 환경운동가들의 진언과 같은 문구가 동네 자전거 가게 문 앞에 붙어 있다. 오늘날 '생각은 글로벌하게, 실행은 현지에 맞게'는 우리의 삶을 설명하는 말이 되었다. 세계 70억 인구의 1/3 정도가 인터넷에 접속할 수 있다. 인터넷 선(또는 무선)으로 연결된 세계 시민으로서, 우리는 살면서 한 번도 대면하지 못할 사람들과도 친구가 되고 그들의 문화를 속속들이 들여다볼 수 있다. 게다가 하루면 지구 반대편까지 직접 날아갈 수도 있다. 아이팟만 켜면 스페인의 플라멩고, 인도의 뱅그라, 아프리카의 데저트 블루스 등 세계 각지의 고유 음악을 들을 수 있고, 북반구에서도 브라질 산딸기와 남미산 코코넛 즙을 먹을 수 있으며, 사막에도 초밥을 파는 식당이 있다. 확실히 지구는 과거에 비해 훨씬 작아졌다.

'지구촌'은 놀라움과 경이로움으로 가득 차 있다. 그러나 세계화에는 어두운 면도 있다. 각종 사업의 세계화가 심각한 빈부 격차를 불러왔다는 것이 대표적인 문제다. 소수 엘리트가 터무니없는 부를 소유하고 있고, 절대다수는 빈곤 속에 살아간다. 소득 상위 20%가 세계 상품의 76%를 소비한다.

일부 인구 집단의 막대한 이득은 불평등과 저렴한 유가를 기반으로 이루어진다. 저렴한 유가 때문에 대규모 공업형 농장에서는 석유를 원료로 하는 비료를 사용해서 식량을 대량생산하고 이를 지구 반대편의 시장으로 수송할 수 있다. 또한 저렴한 플라스틱 상품이 제조되고 대형 할인점이나 천원숍에 유통되어 우리의 삶과 환경 속으로 폭탄의 파편처럼 파고든다. 이들 제품은 땅에 묻어도 수천 년간 썩지 않는다. 저렴한 유가 때문에 사람들은 생각 없이 나홀로 차량을 몰고 시외로 출근하며 대기오염과 수질오염을 일으키고, 공간을 필요 이상으로 점유하며 문화경관을 해친다. 이러한 저렴한 유가의 시대는 이제 막을 내리려 한다.

이처럼 지속 불가능한 개발을 막고자 하는 노력으로, 자체 회복력이 있는 지역사회를 건설하고자 하는 네트워크 '전환마을(Transition Towns)'이 각 지역에서 활동하고 있다. 롭 홉킨스는 전환마을 토트네스 지사(영국)와 전환운동 네트워크(http://transition network.org)의 공동 창업자이다. 그는 또한 《전환운동 핸드북: 석유에 의존하는 삶에서 자급자족하는 지역공동체로(Transition Handbook: From Oil Dependency to Local Resilience)》의 저자이기도 하다. 전환마을의 목표는 피크 오일(석유 생산량이 기하급수적으로 확대되었다가 특정 시점을 정점으로 급격히 줄어드는 현상), 기후변화, 경제적 불안정성이라는 세 가지 주요 위협요소에 대한 방어력을 가진 대안적 공동체를 창조하는 것이다. 홉킨스의 글에 따르면, "무언가 강력한 것이 꿈틀거리며 세계를 뒤집어 놓으려 하고 있다. 사람들은 피크 오일이 항상 꿈꿔왔던 세계를 만들 수 있는 엄청난 기회라고 인식하기 시작했다."

소피 뱅크스는 영국 전환운동 네트워크의 트레이너다. 그녀는 사람들에게 "눈을 감고, 여러분의 자녀들이 어떤 미래에서 살아갔으면 하는지 상상해 보세요. 시각, 청각, 미각, 촉각, 후각을 모두 동원해서 창의적으로 생각하는 거예요. 뭘 먹고, 뭘 입고 살아가나요? 건물은 어떻게 생겼죠? 사람들은 매일 뭘 하나요? 그들의 눈을 바라보면 무엇이 보이나요?" 등의 질문을 하는 시각화 워크숍을 진행한다. '전환운동 1.0(In Transition 1.0)'이라는 제목의 영상물에서 그녀는 "이런 종류의 질문은 사람들이 체념과 순응의 태도를 벗어나 또 다른 미래의 가능성을 상상하도록 하는 데 매우 중요합니다. 우리가 이런 식으로 미래를 그리고 우리가 원하는 세계를 상상해서 그 방향으로 나아가지 않는다면, 결국은 우리의 자녀들이 살아갈 미래는 끔찍한 세상으로 변하게 되겠지요."라고 말했다.

처음에는 우리의 현재 상황을 의식하는 것이 힘들 수 있지만, 지속 가능한 세상을 향해 한 발씩 나아가면 그 걸음이 점점 쉬워진다. 먼저 통근, 직장 생활, 여가 생활, 지출 등 개인적 활동을 분석하는 것에서부터 상황 인식을 시작할 수 있다. 당신이 중요하게 생각하는 가치의 우선순위와 시간, 에너지, 돈을 소비하는 패턴이 모순되지는 않았는가? 다음으로는 당신이 가진 것, 사용하는 것 모두를 검토해 보자. 그것들이 어디서 왔고, 무엇으로 만들어졌는지 알고 있는가? 어떤 환경에서 이 물건들이 만들어졌는지 아는 바가 있는가? 한 번쯤은 스스로에게 이런 질문들을 해 본 사람도 있을 것이다. 그러나 우리 대부분은 익숙한 현실을 받아들이고 당장 눈

앞에 있는 저렴한 상품과 식품을 생각 없이 소비한다. "이 물건의 진짜 가치가 무엇인가?"라는 질문을 하지 않는 것이다. 물론 일반인이 일상적으로 사용하는 제품의 제조 및 유통 과정을 감시하는 것은 불가능할 수도 있다. 하지만 소비는 보통 사람이 가진 변화를 위한 가장 강력한 힘이다. 소비는 지갑에서 꺼내는 투표권과도 같다. 일반인들이 지속 가능한 세상을 위해 할 수 있는 일은 이 투표권을 행사하여 돈이 지역 내에서 순환하도록 하는 것이다.

저렴한 석유와 저렴한 노동력으로 저렴한 상품을 제조하는 것이 경제적 세계화의 기본이다. 이에 반하는 경제적인 지역화는 지역 내에서 자체적으로 유지할 수 있는 경제 구조를 건설하는 것이라고 정의될 수 있다. 화석연료 및 수입품에 의존하지 않고, 자급자족이 가능한 지역 경제를 만드는 체계적 전략인 것이다. 대중매체나 커뮤니케이션 기술처럼 세계화되어 다양성을 가질 때 이점이 더 큰 경우도 물론 있다. 그러나 식량을 비롯한 대부분 소비재의 경우, 에너지와 자원을 그 지역 생태계 내에서 순환시키는 경제적 지역화가 개인과 지역사회에 더 큰 이득이 된다.

자전거는 지속 가능한 지역사회로의 전환에 중요한 역할을 한다. 미국 자동차 연합에 따르면, 미국인은 차량에 매년 9,641달러를 소비(중형 세단차량, 연간 24,000km 주행 기준이며 융자 상환금은 제외)한다. 이 금액의 대부분은 지역사회 밖으로 흘러나간다. 주 교통수단을 자가용 승용차에서 자전거, 도보, 대중교통으로 바꾸면 이 금액이 지역 경제 내에서 순환하도록 할 수 있다. 한 도시에서 100명이 자동차 대신 자전거를 탄다고 하면 964,100달러, 즉 백만 달러에 육박하는 금액이 지역 내에서 소비되는 것이다. 시(市) 차원에서 자전거 전용로, 통행로, 주차 공간 등 자전거를 위한 기반 시설을 확충하면 사람들이 자전거를 주 교통수단으로 선택하는 데 긍정적 영향이 있을 것이다. 우리는 자전거를 탈 때 더 직접적으로 환경을 의식하게 된다. 또한 손쉬운 기계 조작이 아닌 신체적 노력을 들여 이동하기 때문에 소비와 구매의 선택에 좀 더 신중해지기도 한다. 자전거 친화적인 경제·교통 시스템은 효율적이고 자급자족적인 지역 내 경제 활동을 촉진할 것이다.

자전거로 이동하는 사람들은 음식을 연료로 인식하기 때문에 신체에 무엇을 투입할지에 대해 신경을 많이 쓴다. 지역 내에서 재배된 식품을 먹으면 개인의 탄소 발자국(특정 주체가 생활하는 과정에서 얼마나 많은 탄소를 만들어내는지 수량화한 것)을 덜 남기게 되고 건강에도 좋다. 2차 세계대전 중에 정부에서는 식량 부족에 대비해서 자급자족이 가능한 도심 농장 건설을 권장하고 지원했다. 1943년의 사진을 보면 샌프란시스코 시청 앞에도 식량이 재배되고 있었다는 것을 확인할 수 있다. 샌프란시스코 시에서는 시청 앞 공간을 7만 개의 소형 정원으로 나눠 식용작물을 재배했는데, 지금도 전시 식량 생산의 가장 성공적인 사례로 꼽힌다. 도시 농업은 최근에 다시 한번 폭발적인 인기를 누리고 있다. 위스콘신 밀워키의 2,500평 규모 사계절 도심 농장인 '그로잉 파워'나 뉴욕 브루클린의 170평짜리 '이글 스트릿 옥상정원'의 사례는 도시 환경에서도 농업이 가능하다는 것을 보여 준다. 도심의 지역 정원에서는 전통적인 농사법을 다시 도입해서 자라나는 아이들에게 식량은 어떻게 생산되는지, 농사는 어떻게 짓는 것인지 교육하고 있다.

단기간에 급증한 다국적 대형할인점(월마트 등)은 지역 소매점보다 저가로 상품을 공급하여 이들을 도산으로 내몰았다. 이런 대형할인점은 노동

조합 결성을 막고, 도시 확산 현상과 차량 수요를 늘리며, 지역의 생활 서비스 기반을 약하게 만든다. 대형할인점에서 소비된 돈은 지역 내에서 순환되지 않는다. 이 돈은 그 지역을 떠나서 본사로 들어가 주주들의 배당 이익이 된다. 지역 소매업의 붕괴는 곧 지역 경제를 떠받치는 풀뿌리 시스템의 붕괴와도 같다. 지역 경제의 자급자족 능력이 손상되면 경기 침체를 가져오고, 여기에는 스트레스, 고립감, 중독 현상과 같은 사회적 질병이 뒤따른다.

캐나다 밴쿠버의 전환운동 네트워크인 '빌리지 밴쿠버(Village Vancouver, www.villagevancouver.ca)'의 설립자 랜디 차터지는 말한다. "전환운동은 세계 곳곳의 지역사회가 창의력과 상상력, 유머 감각을 가지고 피크 오일과 기후변화에 대응하는 방법입니다. 긍정적이고, 해결책을 찾는 데 집중되어 있으며, 입소문을 잘 타고 재미있지요."

차터지는 이웃과의 활발한 교류가 사회적으로 긍정적 효과가 있을 뿐 아니라 경제적으로도 효율적이라고 설명한다. "두 해 전 여름에, 케일과 양상추를 넘칠 만큼 길렀지만, 토마토 농사에는 실패했어요." 그와 이웃의 다른 사람들은 남는 채소를 서로 교환하기로 했다. "온실을 운영해서 토마토가 남아도는 친구들이 있었거든요. 이웃 사람들을 몰랐다면 이렇게 지역 내 물물교환을 할 수 없었겠죠."

빌리지 밴쿠버는 포틀럭 파티(potluck party, 각자 본인이 만든 음식을 가지고 와서 즐기는 파티), 토론, 자전거 수리와 정원 가꾸기 수업 등의 잦은 모임을 개최해서 주민들이 서로 안면을 익히고 관계를 유지하도록 하였고, 이는 사람들의 삶을 바꾸어 놓았다.

"성공리에 시행되고 있는 프로젝트 중 하나는 씨앗 교환소예요. 자전거를 이용해서 이동식 교환소를 설치하고 이웃 간에 씨앗을 교환하고 있습니다."

지역사회를 어떤 모습으로 만들어 가겠다는 긍정적인 비전, 개인과 지역사회가 연계되어 있다는 느낌이 있어야 진정으로 지역사회를 사랑할 수 있다. 인류학자 마거릿 미드의 말을 빌리자면, "의식 있는 시민의 작은 모임이 세상을 바꿀 수 있다는 사실을 의심하지 마라. 사실 그것은 세상을 바꾸어 온 유일한 힘이다."

자전거 보살이 전하는 말: 모든 존재에게 자유를!

- 카르멘 밀스

우리와 불가분의 관계로 연결되어 있는 모든 곳의 모든 존재가 충만하고, 깨어 있고, 자유롭기를. 이 세상, 전 우주에 평화를, 우리 모두가 영혼의 여행을 함께 완성할 수 있기를.

라마 수리야 다스(Lama Surya Das), 새천년 염불(New Millenium Prayer) 중

예전에 나는 다친 무릎과 녹슨 체인, 상처받은 마음으로 코르테스 섬에서 자전거를 탄 적이 있다. 목적지도 없이 언덕 몇 개를 넘어 페달을 밟다가 낡은 자전거의 기어가 멈췄고, 나는 근처의 녹슨 교통 표지판에 무거운 자전거를 기대 세워 두고 걷기 시작했다. 등 뒤에서 불어오는 이상하게 따뜻한 바람이 내 팔을 간질이고 지나갔다. 멀리서는 풍경이 울리는 소리가 들려왔다. 흙먼지 이는 길을 따라 계속 걷다 보니 다즐링 달마 센터에 도착했다. 삼나무와 녹슨 금속, 하늘이 만들어 내는 티베트의 환상. 참

선의 방에 발을 들여놓는 순간, 그곳이 내가 있어야 할 곳임을 느꼈다. 도심에서 수년간 자전거를 타다 보면 용기가 생긴다. 나는 그 순간 그곳에서 내가 가진 용기를 모두 끌어모았다. 그날부터 나는 기도의 깃발 아래 앉아 불교 수행의 길과 자전거의 길이 하나로 녹아들 때까지 6개월을 보냈다.

다즐링에서 나는 2500년 전에 쓰인 진리의 글 하나를 찬찬히 읽어냈다. 깨달음에 이르는 길은 너무나도 많았다. 자전거 또한 해탈에 이르는 가시밭길 중 하나다. 세상의 여섯 살 아이들은 부모가 뒤에서 안장을 붙든 손을 놓을 때 처음으로 자유롭게 날아오른다. 스스로의 날갯짓으로 비상하는 경험을 통해 자유의 감각을 맛보는 것이다. 부모의 통제로부터, 더 커서는 정부와 사회적 굴레로부터 벗어나는 것이 어떤 느낌인지 미리 알게 되는 경험이다. 자전거는 TV 광고에서 보여 주는 완벽한 차를 소유하고 싶다는 강제된 욕망으로부터의 자유다. 전 세계적인 화석연료 중독의 행렬로부터의 자유. 권태와 건강 악화, 무기력감에서 오는 고통으로부터의 자유. 공허한 소비의 축축한 무게로부터의 자유. 인간을 한낱 노예로 만드는 금융 부채로부터의 자유. 오늘의 출근 시간을 단축하기 위해 미래를 팔아넘기는 이 세상에서, 인간을 집어삼키는 신용불량의 구덩이와 나쁜 업(業)으로부터의 자유. 자유, 그리고 인간. 나는 외쳐 본다, 자유!

자유는 선종(禪宗)의 교리에 살아 있다. 선종의 교리는 자전거의 기하학적 구조에 살아 있으며, 단순한 공구 박스와 기름 한 방울 안에 살아 있다. 자전거 타는 사람들 보낸 내 삶은 나를 최소한의 것에 감사하도록 훈련시켰다. 자전거를 이동과 오락의 수단으로 삼다 보면 많은 것을 깨닫게 된다. 스스로 만족하는 삶에 필요한 것은 사실 얼마나 적은지, 나의 삶이 얼마나 불필요한 것들로 과잉되어 있는지, 그리고 내 욕구라는 것이 얼마나 사소한지. 자전거 여행은 나를 미니멀리스트로 바꾸어 놓았다. 누가 필요 없는 짐을 끌고 오르막을 오르고 싶겠는가? 지금까지도 여행을 가려고 짐을 꾸릴 때마다 나는 탱크톱을 세 장 챙겨갈지 두 장이면 될지를 놓고도 고민한다. 집도 필요 없고, 차고는 당연히 없어도 된다. 바랄 것도 적고 빚은 전혀 없으니, 말할 나위 없이 나는 부자다.

자전거 타기는 명상에 좋다. 명상은 정신을 확장시키며, 마음을 가라앉히고 단단하게 해 준다. 나는 영화 〈2초간(Deux Secondes)〉의 한 장면에서 몬트리올의 신입 관광 안내원(여배우 샬럿 로리에는 정말 매력적이었다)이 멍하게 몽상에 빠져 자전거를 타다가 시끄러운 라디오 소리에 정신을 차려 보니 퀘벡의 평원 한가운데까지 와 있던 장면을 가끔 생각한다. 자전거를 타다 자신도 모르게 페달의 리듬에 녹아들어 자아의 경계가 흐려지는 경험을 해 본 모든 사람들이 공감할 수 있을 장면이다. 끝없이 원을 그리며 앞으로 나아가는 움직임 속에서 자아가 바람을 타고 흩어지는 느낌, 스스로가 모든 것이 되었다가 마침내 무(無)로 어우러져 대자연과 하나가 되는 그 느낌.

자전거를 타면 인간과 세계 사이의 물리적인, 개념적인 경계가 무너진다. 분리의 지독한 환상을 뿌리 뽑아 우리를 우주의 본질에 다가가게 해 주는 데는 자전거만 한 것이 없다. 대기와 콘크리트와 벌레와 차에 치여 죽은 동물의 시체와 나무, 모든 것들이 눈앞으로 다가온다. 사람이 금속 새장을 벗어나면 독이 되는 것부터 성스러운 것까지 어떤 냄새든 그 냄새 그대로 맡고, 어떤 소리든 그 소리 그대로 들을 수 있다. 우리는 대자연의 일부다. 자전거를 타면 속도를 늦출 줄 모르는 운전자들이 절대 볼 수 없는 이 세상의 공포와 광기와 아름다움을 모두 볼 수 있다. 우리는 빛나고 아름다운 우리의 자아를 볼 수 있다. 자전거를 타고 지나가던 이와 눈이 마주치면, 서로 모든 것을 이해한다는 웃음을 나누며 스쳐 갈 수 있는 것이다.

자전거가 주는 자유의 감각은 핏줄을 타고 흘러들어 온다. 몸의 경계를 의식하지 못하게 되고 이내 자아의 경계 또한 흐려진다. 경계를 잃은 육체의 감각을 통해, 우리는 스스로를 귀하게 여기는 것이 지구를 귀하게 여기는 것임을 알게 된다. 그 반대로 지구를 해치지 않고 보호하는 것이 스스로 더 건강해지는 길이라는 것도 느끼게 된다. 자전거를 타면 더 즐거운 삶을 살게 되고, 세상에 돌려 줄 것이 더 많아진다. 타인을 위해 하는 모든 일이 우리에게 다시 돌아온다는 것을, 이 세상에 타인이란 없다는 것을 알게 되기 때문이다. 자전거는 자신과 타인의 고통을 줄이는 선업(善業)을 쌓는 기계다. 자전거는 지구를 지키는 전사들에게 필요한 힘과 영혼과 옳은 길을 갈 수 있는 용기를 준다.

모든 존재에게 행복을, 모든 존재에게 자유를!

◎

카르멘 밀스는 밴쿠버를 기반으로 활동하는 자유 의지 기획자이며, 누구보다 독특한 이력을 자랑한다. 주요 경력 사항으로는 모멘텀 잡지의 공동 창업과 밴쿠버 차 없는 날 기획, 코르테스 섬 다즐링 달마 센터 관리가 있다. 카르멘의 블로그 http://bicycle buddha.org 를 방문하면 그녀의 글을 볼 수 있다.

제2부
지역사회, 그리고 문화

자전거 우주

- 마이클 한센

사람은 가만히 있을 수 없다. 최초로 선행 인류가 나무에서 내려온 이래로 인류는 항상 이동할 수 있는 능력을 갈망했다. 사냥하고, 모이고, 탐험하고, 세계를 확장하고, 서로를 피하고 쫓는 모든 활동이 이동을 기반으로한다. 인류의 신체가 이동에 적합하도록 만들어졌다는 사실에는 의심의 여지가 없다. 직립보행을 가능하게 하는 긴 근육질의 다리, 무게를 감당할 수 있는 강한 척추, 전력 질주를 할 때나 장거리를 움직일 때 효율적으로 체온 조절이 되도록 털이 없는 몸을 생각해 보라. 또한 인류는 도구를 사용하여 이동하는 영리한 동물이다. 신발, 배낭, 썰매, 바퀴, 수레, 안장, 재갈, 보트, 돛, 풍선, 자동차, 비행기, 로켓 등을 발명하며 우리의 영역을 넓혀 왔다. 사실 그저 '저기'를 '여기'로 만들어 보기 위해서 발명된 복잡하고 터무니없는 기계의 수는 믿을 수 없을 정도로 많다. 이동의 역사가 곧 인간의 역사라고 해도 과언이 아닐 것이다.

기술적인 면을 보아도 인류의 낭만적인 강박을 보아도 인류와 이동의 독특한 관계가 인류의 역사를 만들었다고 해도 좋겠지만, 이제 바로 그것이 치명적인 단점이 되려 한다. 우리는 수많은 물건을 수많은 이유로 수많은 방향으로 옮기려 하고 있고, 이때 필요한 연료에 대한 갈구가 우리의 환경을 질식시키고 있다. 아이러니하게도 우리는 지나치게 효율적으로 움직일 수 있게 되어서, 이동은 사무에 가까운 일이 되었다. 좌석을 둘러싼 일련의 버튼과 손잡이가 곧 이동이다. 즐거운 활동이 아니라 해야만 하는 귀찮은 일인 것이다. 더 이상의 한계는 없으며, 이 땅에 발견되지 않은 곳은 없다는 믿음으로 모험의 정신이 억압되고 있다. 탐험의 시대는 지나고, 이제는 바야흐로 출퇴근의 시대다.

그러나 이동의 매력을 아는 사람들은 아직 존재한다. 인류가 발명한 모든 이동 수단 중에 내가 가장 좋아하는 것은 자전거다. 이렇게나 아름다운 방식으로 인간 신체의 강점을 더 강화시킬 수 있다니. 자전거는 망치나 망원경처럼 우리에게 초능력을 부여한다. 평범한 자전거에 평범한 도로만 있으면 점심에 먹은 샌드위치의 힘이 우리를 지구 반대편까지도 데려다줄 수 있다.

자전거의 정신적 효과도 생각하자. 시시각각 변하는 풍경을 따라 자전거를 타며 스스로의 자리를 인지하는 것은 시각 신경을 자극하여 뇌를 활성화시킨다. 자전거는 당신을 깨워 세계에, 모두의 공간에, 길에, 벌판에 세워 놓는다. 자전거 타는 사람들 당신은 지금 보는 것이 현실인지 재빨리 판단한다. 정신과 육체가 하나가 되어 바람과 추진력, 중력, 균형의 힘을 통합하여 앞으로 나아간다. 자전거를 타면 평소에 보지 못하던 것을 볼 수 있다. 자전거가 관광에 좋은 이유가 바로 그것이다. 자전거를 타면 지금 달리는 길의 의도를 생각하게 되고, 도시 계획의 큰 그림이 보이기 시작한다. 그 길이 품고 있는 매력과 공포, 그 풍경의 아름다움, 추악함, 위험을 모두 느끼게 된다.

지각하는 방식이 변화한다는 것은 그 자체로 사람을 취하게 만든다. 게다가 자전거는 탐험하고, 발견하고, 지도를 만들고자 하는 인류의 본능을 자극하고 강화한다. 자전거를 타고 낯선 지역에서 진입이 금지되어 있는 고속도로를 건널 방법을 찾거나 급경사를 힘들게 오르다가 지름길을 발견하는 그 순간을 나는 말할 나위 없이 사랑한다. 막다른 길이라는 도로 표지판 옆에 찍힌 발자국, 자동차가 피해 가는 좁은 협곡, 고속도로를 따라 난 샛길, 새로 포장한 교외 지역의 산비탈을 보면 참을 수 없이 설렌다. 아, 이건 뭐지? 어디로 가는 길일까? 한번 가 볼까?

낯선 곳에 도착할 때마다 나는 얼마나 먼 거리를 왔고 얼마나 피곤하든 최우선적으로 자전거를 타고 탐험을 시작한다. 휴식은 우선순위에서 밀려난다. 그리고 자전거를 타고 세계 곳곳을 돌면서, 나는 자전거 안장에서 보는 세상이 내가 '자전거 우주(Bicycle Space)'라고 부르는 평행 우주의 한 차원이라는 사실을 알게 되었다. 아마 자전거는 '빨리 그곳으로 가는' 수단이 아니라 '지금 이곳을 느끼는' 수단이기 때문에 그럴 것이다.

많은 사람들이 자전거로 같은 공간을 돌아다니면 그들은 서로 만나고 길을 묻고, 기록을 비교할 수밖에 없을 것이다. 그리고 그 공간에 겹쳐진 그들만의 정신적인 지도는 이미 모두가 알고 있는 장소가 아닌 새로운 차원의 장소를 가리킨다. 이 특별한 지도가 나타내는 공간은 자전거를 타고서야 들어가고 나올 수 있으며 입구와 출구, 휴게소, 멋진 경치, 위험한 커브, 비밀스런 통로에서 모두 자전거의 느낌이 난다.

이것이 자전거 우주다. 자전거를 탄 많은 사람들이 자전거 우주의 팽창을 함께 경험하면 이는 공적, 사회적인 장소가 된다. 일반인들과는 다른 방식으로 공간을 지각하는 자전거를 탄 사람은 도시와 교외 지역의 어떤 구역을 어떻게 활용해야 할지 알고 있다. 이들은 야외 활동을 위한 가벼운 옷차림을 하고 완벽한 소풍을 위해 길을 나선다.

그리고 세계 곳곳의 도시에서, 자전거를 사랑하는 사람들은 정치적이고 직접적인 자전거 타기 운동을 통해 전용로를 엄청나게 확장시키고 있다. 우리의 관심과 걱정에 힘입어 자전거 우주는 지금도 생명력을 갖고 확장되고 있다.

다른 모든 공간이 부족해지면 인간은 자전거 우주로 뛰어들게 될 것이다. 우주 공간이 여전히 인류를 손짓해 부르고 있지만(화성에는 1인용 자전거 트랙이 있다는데, 믿거나 말거나), 자전거 우주는 오늘 이 자리, 바로 손닿는 곳에 있다. 개인적 · 국가적으로 자동차 우주를 자전거 우주로 바꾸려는 노력을 하면 모든 이를 위한 더 많은 공간이 생긴다. 해 볼 만하지 않은가? 인류에게도, 우리 별 지구에도 좋은 일이다. 무엇보다도 자전거 우주가 매혹적인 이유는 근본적으로 새롭고 신나는 탐험이 눈앞에 기다리고 있기 때문이다. 지금의 인류에게는 그 어느 때보다도 개척 정신이 필요하다. 그렇지 않으면, 우리는 지구의 모든 자원이 바닥날 때까지 쳇바퀴 돌듯 운전대만 잡고 있을 것이다.

◎

마이클 한센은 마법 같은 오리건 포틀랜드에서 온 마법에 걸린 유니콘이다. 여기서는 날씨가 항상 좋고 타이어 펑크가 저절로 고쳐진다. 그는 네 권의 책과 여섯 대의 자전거를 세상에 내놓은 작가다.

자전거 문화로 보는 자전거

- 에이미 워커

문화는 예술, 언어, 오락, 대화를 통해 우리 스스로를 이해할 수 있게 하는 거울이며, 음식과 물, 공기만큼이나 삶에 필수적이다. 우리의 이상과 호기심이 문화의 본질이며, 특정한 문화를 명료하게 이해했다 싶으면 더 많은 질문이 뒤를 따른다. 문화는 기본적인 생존을 해결하기 위한 행위를 제외한 모든 것이다. 여분의 시간이 주어지면, 인간의 상상력에 저절로 시동이 걸린다.

자전거 문화라는 것은 영상, 글, 음악, TV, 사진, 그림, 퍼포먼스 등 자전거를 표현할 수 있는 모든 형태다. 거의 옷을 입고 있지 않은 여성과 자전거가 함께 그려져 있는 19세기 포스터라던가, H. G. 웰스의 1896년 작 희극 소설 《기회의 바퀴(The Wheels of Chance)》라든가, 〈도시의 천재들(BMX Bandits)〉, 〈브레이킹 어웨이(Breaking Away)〉 같은 영화가 자전거 문화다.

크리티컬 매스(Critical Mass, 세계 300여 개 나라에서 한 달에 한 번씩 여는 자전거 타기 행사)나 세계 알몸 자전거 타기 대회 또한 자전거 문화의 일부다. 메신저 백(가방 한쪽 줄을 어깨에 매는 방식의 가방) 같은 자전거 전용 상품이나, 빌렌키, 바닐라, 에이언의 수제 자전거도 포함된다. 각종 자전거 영화제나, 모멘텀, 어반 벨로, 바이시클 타임스 같은 자전거 잡지도 마찬가지다. 미국의 드라마 〈플라이트 오브 더 콩코드(Flight of the Conchords)〉에 출연한 제메인 클레멘트와 브렛 맥킨지는 자전거를 타며 '다 씨X놈들(Too Many Motheruckers)'이라는 노래를 불렀는데, 이런 형태까지 포함해서 자전거 문화란 정말 폭넓은 것이다.

일단 '자전거 문화'라는 용어를 정의하는 것이 좋을 것 같다. 미국이나 캐나다, 기타 자전거를 주요 교통수단으로 이용하는 인구가 1% 미만인 국가에서는 여전히 자전거가 스포츠나 여가 활동으로만 인식되고 있다. 자전거 문화라고 하면 도로나 트랙 레이싱, 산악자전거, BMX, 혹은 건강과 오락을 위한 자전거 타기를 떠올린다. 자전거를 여가 활동으로 분류하는 문화와 교통수단으로 여기는 문화에는 공통점도 많지만, 꼭 같은 것만은 아니다. 그리고 여기서 나는 자전거를 교통수단과 생활 방식으로 간주하는 맥락에서 자전거 문화를 이야기하려 한다.

교통수단보다 여가 활동으로 자전거를 타는 사람이 압도적으로 많다. 그래서 자전거 산업의 홍보 및 판매 활동 또한 취미로 자전거를 타는 사람을 대상으로 이루어지고 있다. 그러나 이 패턴은 최근 서서히 바뀌어 가고 있다. 자전거 문화를 이끌어 가는 사람들은 다양한 표현 양식을 통해 일반인들도 '일상의 자전거'에 익숙해지도록 노력하고 있다.

일반 대중에게 자전거에 대해 교육하고 홍보하는 일은 자전거 타기 운동 단체나 독립적인 문화 운동가들이 맡고 있다. 더 많은 사람들이 자전거를 일상의 일부로 생각하게 되면 사회 기반 시설이나 산업, 정책, 법에 변화를 일으키는 것이 더 쉬워질 것이다. 자전거가 더 널리 받아들여지면 비만과 같은 건강 문제를 해결하는 데 도움이 되고, 경제적 기회를 창출하며, 도시 공간을 늘리고, 삶의 효율성과 행복도를 높이는 데 기여할 것이다.

나는 TV나 영화에서 자전거로 일상생활을 하는 캐릭터를 사랑한다. 자전거 문화의 은밀한 상징처럼 느껴지기 때문이다. 그들은 자전거의 이미지를 명백하게 남기지 않고도 우리의 의식으로 스며든다. 자전거는 줄거리에서 중요한 부분은 아니지만 캐릭터가 자연스럽게 하는 활동이다. 자전거를 타는 캐릭터가 우리 주위에 있는 보통 사람이라면 더 좋고, 섹시한 남자라면 더할 나위 없이 좋다.

예를 들어서, 데이빗 러셀의 철학적인 코미디 영화 〈아이 하트 허커비스(I Heart Huckabees)'는 결혼한 부부 비비안과 버나드 자페(릴리 톰린과 더스틴 호프만)가 운영하는 탐정 사무소의 두 고객 이야기를 담고 있다. 스토리는 탐정 부부와 그들의 두 고객, 그리고 허커비스 대형 할인점의 직원들을 중심으로 전개된다. 러셀은 이 이야기에 미묘한 방식으로 자전거를 끼워 넣었다. 토미 콘(마크 월버그)은 석유 반대 운동과 관련된 존재의 위기를 겪고 있으며, 앨버트 마르코프스키(제이슨 슈워츠만)는 환경 운동가이다. 하지만 이 영화에서 다루는 다른 요소들이 너무 많기 때문에 이들이 자전거를 타고 다닌다는 사실은 전면에 떠오르지도 않고 전혀 화제가 되지도 않는다. 한 장면에서 마르코프스키와 콘은 자전거를 타고 극심한 교통 체증을 쉽게 빠져나가는데, 미팅에 늦은 허커비스의 마케팅 직원 브랫 스탠드(쥬

드로)는 망연자실한 표정으로 차 안에 앉아 있다. 현대인의 불안과 그 해결책을 다루는 영리하고 멋진 이 영화에서 자전거가 나오는 장면은 가벼운 보너스 정도지만 그 존재가 나에게는 값을 매길 수 없을 정도다. 영화나 드라마를 볼 때마다 그런 장면이 또 등장하지는 않을까 기대한다.

'바이크 스나브'라는 별명의 한 블로거는 멋진 자전거 문화를 만들어 가고 있다. 사이클링의 모든 면에서 즐거움을 찾고, 이야기를 전하고, 일반인들이 자전거 방언에 익숙해지게 한다. 그의 신랄한 농담에 진지한 사람들은 움찔할지도 모른다. 유행을 쫓는 어린 자전거광, 자전거 배달원, 자전거 산업, 역주행하는 자전거('연어'라고 불린다), 자전거 타기 운동가 등 자전거와 조금이라도 가까운 곳에 있으면 누구든 풍자의 대상이 된다. 처음에 익명의 개인 블로거로 시작한 바이크 스나브는 엄청난 수의 충성스러운 팔로어를 거느리게 되었다. 3년간 베일에 싸인 채로 자전거계의 엘리트를 비웃던 그는 책을 출판하며 가면을 벗었다. 지금은 작가가 된 에번 바이스는 바이시클링 지에 정규 칼럼을 기고하고 있다. 이제 그는 자전거 박람회에 참가하는 등 공식 활동이 많아져서 그의 신랄한 풍자글은 더 이상 볼 수가 없게 되었다.

자전거 문화를 만드는 것은 누구의 책임이며, 미래에는 어떤 문화가 형성될까? 요즘은 모두가 문화를 만든다. 모든 매체가 민주화된 시대다. 사람들은 영상, 사진, 블로그를 통해서 일상을 공유하고 문화를 만들어 간다. 단순하고 평범한 방식으로 일상을 바꾸는 지역사회 운동을 하는 사람들이 진정한 영웅이 될 수 있는 시대인 것이다. 과거에는 나쁜 일이 일어나야 매스컴을 탔다. 하지만 이제는 수많은 사람들이 자기만의 매체로 세상과 소통하고 있고, 수천 가지 방식으로 문화를 만들고 공유한다. 이런 기회가 언제까지 계속될지는 아무도 알 수 없지만, 지금은 문화를 창조하는 것이 기적 같은 일이면서도 누구나 할 수 있는 평범한 일이다. 자전거가 지금보다 성장하면 더 이상 하위 문화로 볼 수 없는 시기가 올 것이다. 아마도 익숙한 일상의 한 부분이 되지 않을까. 그러나 나는 언제고 자전거를 특별히 숭배하는 문화는 사라지지 않으리라 생각한다. 자전거는 아름다운 역설이다. 도구이면서 장난감이고, 실용적이면서 즐겁고, 재미있으면서도 효율적이다. 내가 상상하는 미래에는 자전거를 기념하는 동상이 세워져 있다. 그리고 사람들은 그 앞에서 이렇게나 간단한 기계가 인류의 우아함과 균형을 찾아 주었다는 사실을 돌이켜 보게 될 것이다.

예의바른 자전거

- 뎁 그레코

자동차 운전자들은 자전거에 올라타면 시신경이 마비되느냐, 차가 오는 것도 안 보이냐고 투덜거리곤 하는데, 사실 그 말은 어느 정도 사실이다. 얼마 전까지만 해도 나는 안장에 오르면 뇌에서 나사 하나가 풀리기라도 한 듯이 눈에 보이는 것도 없고, 다른 사람들의 존재를 의식하지도 못했다. 매일 아침 상쾌한 공기와 아드레날린으로 충전되어 단순한 목표만 생각하며 직장까지 자전거로 달리곤 했다. 회사까지 한 번도 멈추지 않고 주행하기, 최소 발에 땅을 대지 않고 가는 것이 그 목표였다. 그러다 보니 빨간불을 무시했다가 사거리 중간에서 시내버스에 가로막혔다. 그 버스와 얼마나 가까이까지 갔던지, 바로 앞에서 핸들을 확 틀어서 가까스로 충돌을 피했다. 오른쪽 다리에 버스 몸체가 스치는 것을 느낄 수 있었다. 버스 운전자도 급브레이크를 밟았고, 창문으로 머리를 내밀고 공포에 가득찬

눈으로 나를 쳐다보며 소리를 질렀다. "멍청한 새끼! 엿 먹어!" 나도 맞서 소리를 질렀다. "너나 엿 먹어!" 그가 액셀을 거칠게 밟는 바람에 타고 있던 사람들이 사정없이 휘청거렸다. 졸지에 넘어질 뻔한 사람들이 나에게 냉랭한 눈빛을 보냈다. 사거리의 다른 운전자들도 심술궂은 얼굴로 고개를 저으며 나를 쳐다보고 있었다. 자전거가 계속해서 지나갔고, 한 사람은 "시내버스 운전자들 원래 형편없어요!"라며 동정의 말을 던졌다. 나는 한 번 크게 웃어 주고는 계속 페달을 밟았다.

이론상으로는 빨간불에 달리는 것이 위험하다는 사실을 알고 있지만 실제로는 그닥 신경 쓰지 않았다. 처음으로 자전거를 타기 시작했을 때부터 항상 나는 교통 표지판과 신호를 무시했다. 어렸을 때는 그냥 빨리 가고 싶어 그랬지만, 나이가 들면서 이런저런 이유를 붙이게 되었다. 나는 단지 페달을 밟는 힘으로만 이동하는 데 비해 운전자들은 내부 연소 엔진의 힘을 활용하고 있으므로, 혼자서 내 통행권이 우선이라는 결론에 도달한 것이다.

이후 나는 자전거를 사랑하는 아름다운 여자 마사를 만났다. 그녀는 나보다 훨씬 예의바른 사람이었다. 그녀 또한 열렬한 자전거광이라 우리는 곧 함께 자전거를 타고 다니게 되었다. 이런 끔찍할 데가, 마사는 신호등에 빨간불이 켜지는 즉시 자전거를 세웠다. 게다가 맙소사, 그녀는 모든 '일단 정지' 표지판을 볼 때마다 실제로 일단정지했다. 세상에! 그녀의 옆에서 발을 땅에 딛고 같이 기다리고 있자니 강력 범죄라도 저지르는 기분이었다. 그리고 한 블록만 더 가면 정지 표지판이 또 나타나고⋯⋯. 그 표지판은 시내버스 기사들이나 보는 거라고! 자유의 상징 자전거와 교통 표지판이라니, 안 될 말이라고! 하고 싶은 말이 많았지만 겨우겨우 속으로 삼켰다.

그러나 곧 반듯한 예의범절과 자전거가 상호 배타적이지 않다는 사실을 알게 되었다. 마사와 함께 하면서 예전에 내가 길에서 성질 더럽게 달리던 것이 도시 교통에 얼마나 큰 해악을 끼쳤는지 돌이켜 보게 되었다. 자전거에 탄 사람이 정지 신호등을 무시하고 교통을 끊어 먹는 것을 보게 되면, 우리와 같은 도로를 공유하는 운전자들이 불편하고 불쾌해 한다는 사실을 인식할 수 있었다. 자전거 배달원과 픽시(Fixed Gear Bike, 기어가 하나인 자전거)를 탄 학생이 러시아워에 자동차 사이를 멋대로 활주하는 것을 보면 그들이 다른 운전자들에게 일으키는 분노(와 공포)가 눈에 보였다. 예전에는 함께 자동차에 대항하는 반군으로서 이런 광경이 흐뭇하고 고소했으며, 내가 속도를 잃지 않는 것보다 중요한 일은 없었다. 그러나 어쩐지 속도를 줄이고 보니 눈을 뜨게 되었고, 같은 도로를 달리는 다른 사람들에게 공감할 수 있게 되었다.

이런 시각의 전환은 마사와 함께 자전거를 타던 몇 주에 걸쳐서 서서히 일어났다. 하지만 어느 날 특별한 사건을 겪으며 내 자전거 주행 스타일이 얼마나 많이 변했는지 자각했고, 확고한 신념이 생겼다. 나는 어느 여름날 자전거가 길게 늘어선 발렌시아 거리를 달리고 있었다. 교차로에서 초록불이 들어온 것을 확인하고 속력을 내려 하는데, 내 바로 앞으로 들어오려는 시내버스가 있었다. 나는 그가 백미러로 나를 볼 수 있도록 속도를 늦췄다. 그는 나를 보고 손을 흔들어 먼저 가라는 신호를 보냈고, 나는 예전처럼 쌩 출발하는 대신 미소와 함께 '당신 먼저'라는 수신호를 보냈다. 찰나의 순간에 백미러를 통해 마주 웃어 주고서 그는 내 옆을 지나갔다.

그 시내버스와 나는 그날 앞서거니 뒤서거니 하며 열두 번도 더 마주쳤다. 그 길에는 버스 정류장과 교차로와, 주차할 곳을 찾지 못하고 뱅뱅 돌고 있는 승용차들과 무단 횡단하는 보행자들이 있었다. 그러나 그날 버스 운전기사와 나는 라포르(rapport)를 형성했고 서로 존중했다. 그가 나에게 우선 통행권을 내주는 친절을 베풀었고 나는 그걸 도로 양보했다. 그리고 그는 운전 내내 내가 위험하지 않도록 배려했다. 우리 둘에서 자동차와 자전거의 이분법을 깨 버린 것 같았고, 나는 관용과 존중과 미소로 같은 도로를 공유하는 것이 얼마나 기분 좋은 일인지 결코 잊지 않을 것이다.

이 일을 시작으로 자전거를 타고 있지 않을 때조차도 도로에서 내 의식을 바꾸어 놓는 경험을 여러 차례 맞게 되었다. 하루는 집 근처를 걷고 있었는데, 그 길은 샌프란시스코의 가파른 언덕을 둘러 갈 수 있어 자전거를 타는 사람들에게도 인기가 좋았다. 나는 교차로에서 커브를 돌아 길을 건너려던 중에 휙휙 지나가는 자전거 대열에 치일 뻔 했다. 그들 중 누구도 정지 표지판을 보고 멈추거나 적어도 속도를 조금 늦추려 하지 않았던 것이다. 나도 자전거를 타는 사람이다 보니 그들의 사고방식을 충분히 이해한다. 그들은 내 위치를 확인하고 완벽하게 나를 피해 지나갔다고 생각할 것이다. 하지만 보행자의 입장이 되어 보니 얼굴에 바람이 느껴질 정도로 가까이 자전거가 스쳐가는 것은 매우 불안한 일이었다. 나는 뒤로 물러서서 그들이 지나가도록 길을 내주었는데, 그들은 내가 우선 통행권을 양보했다는 사실도 눈치 채지 못한 것처럼 윙윙 소리를 내며 지나쳐 갔다. 내가 양보하는 것을 당연한 권리로 생각하는 것 같았다. 예전에 내가 자동차의 파도를 지나는 고결한 자전거 탑승자로서 우선 통행권을 얼마나 당연하게 생각했는지 떠올리니 마음이 불편해졌다.

이 일 이후에 나는 보행자들을 위해서 엄격하게 정지 표지판을 지키기로 마음먹었다. 보행자 바로 옆을 지나치고, 차량 운전자를 무시하고, 다른 사람들을 열 받게 만드는 자전거가 나를 앞질러 가도 나는 계속해서 멈추고 또 기다렸다. 최근까지만 해도 나 역시 도로 규칙을 무시하는 것이 낭만적인 반항이라고 생각했었다. 그러나 잠시 속도를 늦추니 얼마나 이기적이고 바보 같은 생각이었는지 깨닫게 되었다. 그리고 나는 불현듯 깨달았다. 우리는 모두 비슷하다. 우리는 모두 이기적으로 행동하며 좀 더 빨리 가고 싶어한다. 이 불편한 생각은 그날 이후 항상 나를 괴롭히고 있다. 그리고 모두가 먼저 갈 수는 없기 때문에, 나는 매일 멈추고, 속도를 늦추고, 우선 통행권을 양보하려고 노력한다. 내가 양보한 사람이 다른 누군가에게 양보의 수신호를 보낼지 누가 알겠는가? 그런 일이 없을 수도 있지만, 최소한 나는 길 위에서 존중을 요구하기만 하는 대신 먼저 타인을 존중했다는 만족감을 얻고 있다. 그리고 하나 더 알게 된 사실은, 예전보다 출근길에 나에게 웃어 주는 사람이 훨씬 많아졌다는 것이다.

◎

뎁 그레코는 책 읽기가 첫 번째, 책 쓰기가 두 번째로 재미있다고 생각하는 책벌레이다. 그녀는 정원 가꾸기, 비료 만들기, 자전거로 샌프란시스코 돌아다니기를 좋아한다.

자전거로 여행하기

- 숀 그랜튼

　나는 여행에 대한 채워지지 않는 갈증이 있다. 차가 있을 때는 휴가 때마다 장거리 자동차 여행을 떠났다. 운전을 그만두고는 기차 여행의 낭만에 빠졌다. 그리고 10년 전 포틀랜드로 이사 오고 나서, 나는 자전거병에 걸렸다. 자전거는 도심을 탐험하는 완벽한 방법이었다. 걷는 것보다 빠르게 멀리까지 이동할 수 있고, 대중교통 시간을 맞추려고 스케줄을 조정할 필요도 없다.

　처음에는 포틀랜드 밖을 여행할 때면 자전거를 집에 두고 대중교통으로 만족했다. 튼튼한 부츠를 신고 지하철 노선도를 뚫어지게 훑으며 이곳저곳을 돌아다녔다. 하지만 곧 포틀랜드 시내를 탐험하던 방식으로 다른 곳을 여행하고 싶어졌다. 바로 자전거 타기! 하지만 나는 실행 계획을 짜다가 미리 질려 버렸다. 자전거를 어떻게 가져가지? 가서 빌릴까? 길을 잃어버리면 어떡하지?

　새로운 곳으로 내 자전거를 가지고 몇 차례 여행을 다녀 보니 걱정은 대부분 사라졌다. 자전거 여행의 모든 장애물은 미리 조금만 생각하면 극복할 수 있는 것들이다. 지금부터 그 과정을 안내하려고 한다.

내 자전거 가져가기 VS 자전거 임대하기

　자전거를 가져가는 여행의 가장 큰 장애물은 바로 자전거를 가져가는 것, 그 자체다. 내 자전거를 가져간다는 것은 낯설고 검증되지 않은 기계가 아니라 믿을 수 있는 나만의 애마를 타고 여행한다는 의미다. 낯선 장소를 돌아다닐 때는 익숙한 자전거를 타는 쪽이 아무래도 마음 편해 걱정거리가 하나 줄어드는 것이다. 하지만 추가 비용을 주고 자전거를 특수 포장·배송해야 하는데, 그 때문에라도 자전거를 빌리는 게 낫지 않을까 생각하게 된다. 그러나 자전거 임대에는 또 그 나름의 단점이 있다. 대부분의 임대 자전거는 신체 조건이 다른 사람들이 어떻게든 탈 수 있는 '하이브리드 컴포트' 형이다. 이 자전거는 강가의 평지를 한두 시간 달리며 여행 기분을 내려는 관광객들을 위한 것이라는 것을 알게 된다. 하루 종일 도시를 헤집고 다니려는 여행자에게는 맞지 않다.

낯선 곳에서 자전거 타기

　낯선 곳에서 자전거를 탈 때 가장 큰 장애물이라면 '어떤 루트를 선택해야 할까?'하는 고민일 것이다. 잘 아는 곳에서 자전거를 탈 때 선택하는 길은 도보나 운전 시 다니는 길, 또는 관광 가이드북에서 제안하는 길과 다르다. 낯선 곳에서 이 문제를 해결하는 가장 쉬운 방법은 자전거 지도를 준비하는 것이다.

나는 여행지에 도착하기 전에 자전거 지도를 산다. 현지에서 자전거 매장을 찾아 지도를 사는 방법도 있지만, 시간이 더 들 수도 있는데다 그런 간단한 필수품도 갖추고 있지 않은 곳이 의외로 많다. 그러니 가능하다면 여행을 떠나기 전에 우편으로 받아 볼 수 있도록 미리 주문하자. 대부분의 주요 도시는 자전거 지도를 갖추고 있다. 시 홈페이지에 들어가 보면, 주로 교통국이나 그 비슷한 부서에서 자전거 관련 정보를 관리한다. 프린트가 가능한 자전거 지도가 제공되는 경우도 있다.

지도를 구했으면 방문 장소를 정하고 경로를 짜 보자. 하지만 융통성을 발휘할 것. 지도를 보고 미리 경로를 계획하는 것도 중요하지만, 체험에서 나온 충고보다 더 좋은 것은 없다. 나는 자전거 매장을 한두 군데 들러서 여행 경로를 짜는 데 도움을 받고 급경사나 교통 혼잡 등으로 피해야 할 길을 물어본다.

특정 장소의 자전거 관련 정보는 인터넷에서 찾을 수 있다. 어떤 도시에서는 자전거 관련 소식과 정보가 모이는 웹 사이트를 갖추고 있는데, 포틀랜드가 대표적이다. 미니애폴리스처럼 전자 게시판이 활성화되어 있는 경우도 있다. 이런 웹서핑은 자전거광이 자전거 매장, 관련 인프라, 에피소드, 자전거 타기에 좋은 장소 등의 정보를 모으기에 딱 좋은 방법이다.

여행 중에

꽉 짜인 여행 일정표나 시간 제한이 없다면, 그저 물 흐르듯 자전거를 타는 것이 새로운 도시를 탐험하는 가장 좋은 방법이다. 물론 하루를 시작할 때 방문지 두세 군데 정도는 마음에 정해 두고 출발하겠지만, 우연히 발견한 강가의 아름다운 자전거 도로를 달리거나 멋진 마을을 둘러볼 여지를 남겨 두자. 가고 싶은 곳이 너무 많을 수도 있지만(내 경우엔 항상 그렇다), 모두 방문할 수 없다면 다음을 기약하며 몇몇 장소는 포기해야 할 것이다.

도로가 너무 붐빈다면 자전거를 타기 적당한 조건의 길이 나타날 때까지 자전거를 끌고 보도를 걷는 것을 부끄럽게 생각하지 말자.

현지인 되기

자전거를 타는 것은 나의 여행하는 방식과 도시를 바라보는 시각을 바꾸어 놓았다. 먼저 나에게는 훨씬 많은 선택권이 생겼다. 이전에 대중교통과 도보로 이동할 때는 주로 도심지와 잘 알려진 여행지에서 머물렀다. 자전거를 타게 되니 여전히 관광 명소도 돌아보면서 더 멀리까지도 돌아다닐 수 있게 되었다. 멋진 자전거로를 보면 얼마나 걷다가 돌아와야 하나, 돌아오는 버스를 어디서 탈 수 있을까 하는 걱정 없이 그저 따라가고 본다. 시애틀, 매디슨, 미니애폴리스 같은 곳에서는 자전거 전용로를 따라 멀리까지 탐험을 하고 돌아왔었다.

자전거 여행을 하면 새롭고 흥미로운 시각으로 도시를 관광할 수 있게 된다. 많은 사람들이 미쳤다고 했지만 나는 로스앤젤레스에서 차를 렌트하는 대신에 자전거를 탔다. 만성적인 회의론자들은 LA는 교통량이 너무 많고 대기오염이 심하고 위험해서 자전거를 타기에 좋지 않다고 말하겠지만, 직접 가 보니 그리 나쁘지 않았다. 오히려 도로에 그저 금속상자처럼 쌓여 있는 LA의 자동차 사이에서 교통 체증을 뚫고 편하게 돌아다닐 수 있었다.

자전거를 타면 현지인이 된 느낌을 받을 수 있다. 어떤 사람들은 관광객이 되는 것을 마다하지 않지만, 나는 그 기분을 별로 좋아하지 않는다. 가이드북이나 지도를 보는 정도는 어쩔 수 없지만, 그 밖에 '나는 관광객이다!'를 드러내는 어떤 행동도 내키지가 않는다. 자전거를 타고 여행하다 보니 내가 길을 물어보는 횟수보다 현지인들이 나에게 길을 묻는 횟수가 더 많았다.

여행을 다니는 사람은 여행지에 해를 덜 끼치는 방식으로 여행하는 법을 배워야 한다. 명백하게 환경적으로 나쁜 영향을 끼친다는 것 말고도, 자동차는 사람을 세상으로부터 고립시킨다는 단점이 있다. 자전거를 타면 세상과 나 사이의 장벽이 사라진다. 주변 환경, 만나는 사람들과 상호작용할 수 있다는 데서 자유가 찾아온다. 게다가 자전거 여행은 재미있다! 서두르지 않고 궁금증이 이끄는 대로 따라가면, 발길이 많이 닿지 않은 곳을 여행하는 데 자전거만큼 좋은 방법이 없다.

◎

숀 그랜튼은 오리건 포틀랜드 주민으로, 자전거를 사랑하는 예술가이기도 하다. 그는 어번 어드벤쳐 리그(Urban Adventure League)라는 자전거 및 도보 여행 단체를 이끌고 있으며, 모멘텀지에 글을 쓰기도 한다.

여성 운동과 자전거

- 엘리 블루

나는 자전거가 여성 해방에 세상 무엇보다도 중요한 역할을 했다고 생각한다. 자전거는 여성에게 자유와 자립의 느낌을 주었다. 나는 자전거를 탄 여성을 볼 때마다 자리에서 일어나 환호한다. 속박받지 않는 자유로운 여성성의 상징과도 같은 그 광경······.
- 수잔 B. 앤서니(Susan B. Anthony), 1896년.

자전거는 1888년 공기 주입식 타이어가 발명된 직후 대유행하게 되었다. 빠르고 자유로우면서도 적정 가격으로 살 수 있는 개인 이동 수단으로 하이휠러나 페니파딩으로 불렸던 초창기 자전거(앞바퀴는 아주 크고, 뒷바퀴는 아주 작았던 초기 모델)와는 달리 좌석의 위치가 높지 않아서, 앞바퀴가 돌이라도 밟으면 그대로 고꾸라질 것 같은 불안함이 없었다. 그리고 이 새로운 형태의 안전한 기계는 치마를 입고도 탈 수 있었다. 여성들은 개인적인 이동과 복장의 자유를 목마르게 원하고 있었고, 자전거는 그런 여성들에게 예상치 못하게 찾아온 아주 요긴한 물건이었다.

1890년대에 현대 페미니즘의 첫 물결이 일어났다. 참정권 운동이 한창 무르익었고, 수십 년간 끓어오르던 의복 개혁 운동을 통해 여성용 바지는 서서히 주류 문화로 편입되는 과정에 있었다. 그리고 빅토리아 시대를 지나며 여성에게 부여된 제한적인 성 역할도 격렬한 저항을 마주하고 있었다.

이런 시대의 중심으로 자전거는 포효하며 뛰어들었다. 어디서든 그 영향력이 화제로 올랐고, 여러 면에서 즉각적인 변화를 이끌었으며, 곧 일상 구석구석으로 스며들었다. 이 시대의 사진에서는 스타킹을 신은 다리를 무릎까지 드러내고 자전거를 타는 여성들을 볼 수 있다. 만화가들은 즉시 이 새로운 패션 트렌드에 달려들어, 남성 복장을 하고 다리를 쩍 벌린 채 컨트리클럽에서 담배를 피우는 여성과 그 옆에 세워진 자전거를 그리기 시작했다. 한 만화에는 자전거 복장을 한 여성이 다른 친구와 이야기하는 장면이 나온다.

거트루드: 사랑하는 제시, 그 자전거 옷은 뭐하려고 입은 거야?

제시: 뭐하려고 입다니, 그냥 옷이야.

거트루드: 넌 자전거도 없잖아.

제시: 하지만 재봉틀이 있는 걸!

기술과 사회의식이 동시에 엄청난 진보를 이루던 시기였다. 이를 잘 이용한 여성들의 일상에는 대단한 변화가 찾아왔다. 그리고 한 번 시작된 사회적 변화의 가속은 멈출 줄을 몰랐다. 바지를 입은 여성이 자전거를 타고 센트럴 파크를 전속력으로 달리는 풍경을 보는 것 같았다.

긴 치마를 입었더라도 새로운 형태의 자전거를 타는 데는 전혀 지장이 없었지만, 여성들은 활동성을 높여 주는 반바지나 블루머(40년 앞서 이 패션을 시도했다 실패했던 아멜리아 블루머의 이름을 딴 것으로, 아주 헐렁한 무릎 길이의 바지)를 선호했다. 그리고 필연적으로 이 의상은 일상복으로 섞여 들어오게 되었다. 코르셋을 입고는 제대로 숨을 쉴 수도 몸을 굽힐 수도 없기 때문에 기본적으로 자전거와 양립이 불가능하다. 코르셋의 시대는 어차피 오래 가지 못할 것이었다. 코르셋의 인기가 식지 않던 시절에도 점점 타이트하게 조이는 코르셋에 대한 논란이 많았던 것이다. 하지만 숨을 쉬고 몸을 굽혀야 탈 수 있는 자전거의 대유행이 코르셋이 역사 속으로 사라지는 날을 조금 앞당겼던 것은 분명하다.

오늘날 자전거의 영향은 100년 전과는 다르다. 자전거가 처음 선사했던 개인적인 이동의 자유를 자가용 승용차가 가져다줄 수 있게 되면서, 자전거는 운전을 할 수 없거나 하지 않기로 선택한 사람들의 이동 수단이 되었다. 성(性)과의 직접적인 관련은 없어진 것이다.

요즘의 자전거는 광범위한 인구 집단이 이용할 수 있는 저렴하고 민주적인 교통수단이라는 인식이 높아지고 있다. 도시 기획에서 기준 교통수단이 되는 것은 자가용이지만, 자전거는 다른 대체 교통수단보다 저렴하고 이동성이 좋으며 재미있다. 자동차의 황금시대에는 자전거가 사회적인 오명을 쓰고 있었다. 모든 사회 기반 시설이 차량 중심으로 만들어졌기 때문에 자전거는 자동차보다 열등한 교통수단이며, 어리거나 가난해서 자동차를 탈 수 없는 사람들이나 타는 것으로 취급되었다.

자전거는 차량 운전으로 발생하는 개인적·사회적 비용이 늘어나면서 그 인기를 더해 가고 있다. 자전거는 사람들에게 이동성과 건강, 지역사회에 대한 의식, 행복, 스트레스로부터의 자유를 가져다준다. 정비 과정도 단순하다. 자전거를 타는 것은 세계적인 환경 문제를 해결하는 데 직접적인 기여를 하는 것이기도 하다.

그러나 여성들은 자전거가 가져다주는 이점을 남성들만큼 손쉽게 누릴 수 없다.

우리의 도시와 교외 지역이 자가운전을 전제로 계획되었기 때문에 집과 직장, 쇼핑하는 곳, 기타 목적지 전부가 서로 멀리 떨어져 있다. 식료품점에 들러서 볼일을 보고, 아이를 데리고 다녀야 하고, 집에 일찍 들어가서 저녁을 준비해야 하는 것은 대부분의 경우 남성보다는 여성이다. 자전거로 이런 일을 모두 해내는 것은 때로 벅차고 때로는 아예 불가능한 것이다.

남성의 여가 시간은 여성보다 40%가 더 많다. 반면 여성의 소득은 남성의 76.5%밖에 되지 않는다. 맞벌이 부부일 경우 아이를 돌보거나 요리, 청소 같은 무보수 노동은 보통 여성의 몫이다. 남성의 육아 휴가를 제한하는 정책 때문에 여성들이 아이를 돌볼 수밖에 없다. 아이를 학교에 데려다 주고, 다시 축구 연습에 데려가고, 장을 보고, 이리저리 떨어진 장소를 방문해야 하는 엄마들이 선택할 수 있는 교통수단은 사실 자동차가 필수적이다.

자전거 친화적인 환경에서는 자전거 인구의 성비가 거의 반반이다. 네덜란드에서는 전체 이동의 27%가 자전거로 이루어지는데, 자전거 인구의 55%가 여성이다. 독일에서는 여성이 49%를 차지한다. 미네소타 미니애폴리스는 2009년 미국에서 가장 자전거 친화적인 도시로 선정되었고, 2010년에는 자전거 인구에서 여성의 비율이 미국 내에서 가장 높은 45%로 조사되었다.

미국 여성에게 자전거를 타게 하려면 어떻게 해야 할까? 2008년 사이언티픽 아메리카 지에서 다루었던 포틀랜드 여성을 대상으로 한 연구에 의하면, 여성들은 목적지까지 먼 길을 돌아가는 것을 감수하고라도 큰길보다는 교통량이 적은 골목길이나 자전거 전용로를 택하는 경우가 많았다. 이 기사에서는 여성이 지역사회의 자전거 친화 정도를 나타내는 '지표종(indicator species)'이라고 말하고 있다. 이 연구 결과에 따르면, 여성이 이상적으로 생각하는 자전거 전용로를 만들면 자전거 인구는 자연히 늘어나게 되어 있다.

자전거 친화적인 지역사회가 형성될 수 있었던 배경을 조사해 보면, 공통적인 요소는 적극적인 사회 운동이다. 그리고 이 사회 운동은 바로 사람이 만드는 것이다. 자전거가 과거 여성 해방 운동에 중대한 활력소로 작용했듯이, 현대적인 양성평등 운동도 교통 영역을 개선하기 위한 많은 노력을 하고 있다. 우리는 여성들이 차로부터 자유로울 수 있도록, 모든 인구가 편하게 자전거를 탈 수 있는 더 나은 자전거 환경을 조성하길 원한다.

◎

엘리 블루는 오리건 포틀랜드에 거주하며 자전거에 대한 글을 쓰고 잡지를 발행한다. 그녀는 여성 자전거 연합의 공동 운영자이며, PDXbyBike.com의 공동 소유주이기도 하다.

아이와 함께 자전거 타기

- 크리스 킴

새로 부활한 자전거 문화는 이제 성숙기를 맞고 있다. 자전거를 주요 교통수단으로 하는 생활양식을 일찍부터 도입한 1세대 인구가 인생의 새로운 단계를 시작하는 시기인 것이다. 독립적인 청춘에서 가정이 생긴 성인으로 넘어가는 과정에서, 이들은 예상하지 못했던 도전적인 과제를 만난다. 바로 자녀들이 자전거와 친해지도록 키우는 것이다. 이는 단순히 아이들을 자전거에 태우고 다니는 것과는 또 다른 차원의 문제다.

아이들이 자전거를 타려면 지역 개발의 원칙을 완전히 다시 생각해야 한다. 도로는 무조건 안전해야 하며, 생활 편의 시설은 가까운 곳에 위치해야 한다. 또한 자전거 제조사에서도 아동용 자전거를 만들 때 외형보다는 기능을 생각해야 한다. 학교, 직장, 사업체에서도 운영 방식을 바꾸어야 할 부분이 있다. 학교 운동장에 자전거 주차 시설을 더 만든다든가, 직장에 사물함과 샤워 시설을 확충한다든가, 쇼핑몰 주차장에 자전거 트레일러를 세울 수 있는 공간을 둔다든가 하는 것 등을 예로 들 수 있다. 무엇보다도 아이들이 자전거를 타게 하려면 어른이 몸소 모범을 보여야 한다.

부모와 자녀는 함께 자전거를 탈 때, 자동차를 탈 때는 존재하지 않는 연대감을 느낄 수 있다. 자동차 여행에서는 운전자와 동승자 사이에 필연적으로 권력의 격차가 발생한다. 하지만 자전거를 함께 타는 것은 이와는 완전히 다른 공유의 경험이다. 신뢰와 책임처럼 아이의 자존감을 길러 주는 것은 없다. 아이가 스스로의 힘으로 이동하도록 하는 것은 신뢰와 책임을 모두 부여하는 행동이다. 게다가 아이와 나란히 자전거로 달리는 것은 부모에게도 매우 즐거운 일이다.

아이와 함께 자전거를 타면 차를 탈 때는 존재하지 않던 가능성의 영역이 활짝 열린다. 길을 가다 잠깐 멈춰서 다람쥐나 까마귀를 관찰하며 아이와 교감하는 단순한 행복에서부터, 2인승 자전거 뒷자리에 앉아 오르막길에서 힘을 보태려고 최선을 다해 페달을 밟는 아이를 바라볼 때면 솟아나는 뿌듯함까지 다양한 감정을 느낄 수 있다. 보다 더 넓은 시각으로 보자면 아이와 함께 모두를 위한 새로운 미래를 창조하고 있다는 생각도 든다.

그러나 무엇보다도 아이와 자전거를 타면 성인이 되면서 잊고 살아가던 감정이 되살아난다. 자전거는 어른의 마음에 잠들어 있던 어린아이를 불러낸다. 반대로 아이들은 어른 못지않은 힘과 유연성을 자랑하고 싶어 한다. 결국 모두가 만족하게 되는 것이다.

그렇다면 여러 세대가 함께 자전거를 타려면 어떻게 해야 할까? "우리가 알아낸 사실은 부모님과 아이들을 동시에 교육해야 한다는 거예요." 캘리포니아 마린 카운티에서 '안전한 자전거 등교 프로그램'을 기획한 웬디

칼린스는 이렇게 말한다. 2003년 시작된 이 프로그램은 학교 근처에서 아이들과 자전거가 안전하게 다닐 수 있도록 하는 기반 시설과 교통 시스템 개발을 지원하고 있다. "아이들이 자전거 등교를 하는 데 가장 큰 장애물은 부모가 자전거를 타지 않는다는 거예요. 부모의 눈에는 모든 게 너무 위험해 보이는 거죠."

그리고 실제로도 위험한 면이 있다. 도로안전보험국에 따르면 2008년 미국에서 일어난 자전거 사고 사망자의 13%가 16세 이하였으며, 13~15세가 가장 고위험군으로 꼽혔다. 그러나 아이에게 더 많은 자유를 허락하고 아이 스스로 합리적인 판단을 내리는 능력을 믿어야 한다고 생각하는 엄마들도 있다. 《자유 방목 아이들(Free-Range Kids)》의 저자 레노 스키나지는 이렇게 말한다. "내가 항상 궁금하게 생각했던 게 있어요. 부모들은 정말 아이가 어른보다 무능하다고 생각하나요?"

물론 아이가 자전거로 이동하다 보면 분명히 위험한 상황도 있다. 집과 학교, 공원, 상점을 오갈 때마다 고속도로나 큰길을 타야 하는 준교외 지역이 그런 경우다. 그러나 스키나지의 생각은, 아이가 혼자 자전거를 타지 못하도록 한다면 부모에게도 아이에게도 좋지 않다는 것이다. "아이가 독립심을 기르고, 즐거워하고, 운동을 하고, 스스로 학교에 가는데 그걸 싫어할 이유가 있나요?"

예전에는 사정이 좀 달랐다. 1969년 조사 결과를 보면 미국 아동의 48%가 도보나 자전거로 등교했다. 그 수치는 2009년 13%까지 꾸준히 떨어져서 지금도 그 정도를 유지하고 있다. 감사하게도 교육과 자전거 동호회, 아이들의 열정에 힘입어 차세대 사이클리스트 양성은 그 명맥을 이어 가고 있다. 많은 아이들은 자전거 관련 프로그램을 통해 지구를 위한 활동에 참여하며 즐거워한다. 자전거를 사랑하는 선생님, 자전거 타기 운동가들은 이들을 도와주지 못해 안달이 나 있다. 게다가 교통 체증과 소아 비만 급증, 기후변화 등을 걱정하는 공공정책 전문가들도 아이들이 자전거를 타는 것이 지속 가능하고 건강한 지역사회를 만드는 데 중요한 첫 발걸음이라고 생각하게 되었다.

그러나 여전히 현재의 도시 개발 방식은 자전거를 타고 싶어하는 아이들에게 엄청난 장애물로 작용한다. 교통분석가인 리처드 길버트는 아동 친화적인 토지 사용과 교통 계획 지침을 만드는 일을 하고 있다. 그가 강력히 추천하는 방식은 학교와 수영장, 도서관, 공원 등을 연결하는 아동 친화적 노선을 만들어 아이들이 스스로 원하는 곳까지 이동할 수 있도록 하는 것이다. 지금은 엄마나 아빠의 도움 없이는 아이가 꼼짝도 할 수 없는 경우가 너무나 많다.

이러한 지침을 채택하려면 정책과 자금 면에서 매우 큰 변화가 필요할 것이다. 또한 그는 아이가 무리하게 자전거 타는 것을 걱정하는 부모에게도 하고 싶은 말이 있다고 한다. "아이들은 생각보다 멀리까지 자전거를 탈 수 있어요. 보통 재미로 편하게 자전거를 탈 수 있는 거리는 나이에 km를 붙인 정도, 등교할 때처럼 이동 자체가 목적인 경우에는 그 절반 정도 거리라면 무리 없이 자전거를 탈 수 있다고 보면 됩니다. 적절한 트레이닝을 받으면 여덟 살 꼬마도 충분히 교통 감각과 기술을 가질 수 있어요. 트레이닝을 받지 않았다면 아이가 열두 살이 되어도 걱정해야 하고요."

다양한 단체에서 자전거 타는 어린이를 받아들이고 후원해야 할 필요성을 느끼고 있다. '법규를 준수하는, 안전한, 재미있는 아동 자전거 단체'를 표방하는 키디컬 매스는 현재 미국과 캐나다의 12개 도시에서 어린이 회원을 모아 단체로 자전거를 탄다. 헝가리의 페치 지역에서는 이를 본떠 유럽 최초로 2009년 어린이 전용 프로그램을 시작했다. 캘리포니아 마린 카운티에서는 1980년대 후반부터 키즈 트립이 운영되기 시작했다. 이 비영리 단체는 평소 도시에서 위험하게 자전거를 타는 아이들을 데리고 산악자전거 여행을 떠난다. 지금까지 6만 명 이상의 아동이 참여했고, 미국과 캐나다에 60개 이상의 지부가 있으며, 이스라엘에도 지부를 두고 있다.

상대적으로 나이가 많은 참가자들의 경우에는 사회적·경제적 요소도 작용한다. 고등학생 정도 되면 환경적인 이유로 참여하기도 하고, 자유를 얻으려고 왔다는 학생들도 있다. 자동차보다 비용이 덜 든다는 것도 자전거를 타는 이유 중 하나다.

여학생 참가자의 수가 늘어나는 것도 희망적인 신호다. 벤쿠버의 11개 학교에서 방과 후 자전거 프로그램을 기획·운영하는 스테파니 그레이는 말한다.

"여학생이 남학생보다 많은 학교도 있어요. 여학생들은 더 극적인 변화를 보여요. 보통 시작할 때는 소심하지만, 특히나 자전거 수리라든가 기계 관련 부분은 말이예요⋯⋯. 그런데 가르칠수록 정말 쑥쑥 늘어요. 여자는 남자가 할 수 있는 모든 것을 할 수 있다는 사실을 증명하는 것이 인생의 목표라는 여학생도 만난 적이 있어요. 자전거 정비를 정말 능숙하게 해내던 아이였죠."

교통의 흐름을 읽을 줄 아는 것은 글을 읽는 능력과 같다. 아이들이 당연하게 읽기와 쓰기를 배워야 하는 것처럼, 현 시대에는 교통을 활용하는 능력도 필수적으로 배워야 할 기술이 되었다. 공공 기관에서 교통 교육을 후원할 필요가 있는 것이다. 정부에서는 개인에게 차량 의존도를 줄이라고 요청하고 있는데, 이것이 가능하려면 자금줄을 쥔 사람들이 먼저 그에 맞는 투자를 해야 한다.

아이들이 자전거를 타게 하려면 아동 친화적인 교통 시스템과 조기에 시작하는 교통안전 교육에 투자해야 한다. 또한 아직 투표권을 행사할 수 없는 아이들의 목소리를 대변해야 한다. 많은 정치인들이 지속 가능성의 원칙에 대해서 겉만 번지르르한 말을 한다. 하지만 자전거에 대해서라면 아직은 "아이들은요?"라는 너무나 단순한 질문을 해결하려 노력하는 사람이 거의 없는 것 같다.

◎

크리스 킴은 시골에서 신문 배달을 하던 시절부터 자전거, 그리고 언어와 함께해 왔다. 그는 1990년대 중반 다시 자전거와 언어를 결합하여 자전거 레이싱과 여행과 자전거 산업의 새 소식에 대한 글을 쓰기 시작했다. 능동이동(Active Transportation, 인간의 힘을 이용한 모든 이동 수단을 의미. 도보, 자전거, 휠체어, 인라인스케이트, 스케이트보드 등이 포함)에 대한 대중적 관심이 부활하고 있는 최근에는 자전거 친화적인 도시로의 전환이 가져올 문화적, 개인적 영향을 글의 소재로 하고 있다.

공공 자전거 센터

- 에이미 워커

공공 자전거 센터(Collective Bike Shop)는 교육, 평등, 평화를 표방하며 중고 자전거를 수리하여 재생하는 일을 중점적으로 하는 지역사회의 자전거 센터를 말한다. 이 공간은 자원봉사에 의해서 운영되며 이익을 추구하는 것도 아닌데 어떻게 활기차게 유지되는 것일까? 캐나다 위니펙에서 한 센터를 운영하는 카밀 멧칼프의 말에 따르면, "공공 자전거 센터는 협동과 배움이 있고, 무엇보다도 친구를 만들 수 있는 곳이예요! 일반 자전거 매장은 어쩐지 사람을 움츠러들게 하는 분위기라는 걸 알아요. 하지만 이곳은 달라요. 위압적이지 않은 분위기에서 서로 격려하여 지역사회 건설에 긍정적인 영향을 주는 공간입니다."

물론 최근 성행하고 있는 이 새로운 공간의 핵심에는 자전거가 있다. 자전거는 이곳에서 개인의 권한을 증대시키며, 환경적 책임의 상징이기도 하고, 지역사회의 자급자족을 가능하게 하는 학습의 도구로 여겨진다. 공공 자전거 센터라는 조직은 보통 다음의 특성을 공유하고 있다.

→ 비영리 단체

→ 자원봉사에 의한 운영

→ 수평적 조직

→ 합의에 의한 의사결정을 기반으로 운영

공공 자전거 센터에서는 유료 수리 서비스 말고도 보통 다음의 활동을 하고 있다.

→ 중고 자전거와 자전거 부품을 기부 받음

→ 자전거와 자전거 부품 재사용 및 재활용

→ 지역사회에 무료 · 저가 서비스 제공

→ 주민 대상 자전거 수리법 교육

→ 유 · 청소년을 위한 내 자전거 갖기 프로그램 제공

→ 특정 집단(여성, 트랜스젠더 등)에 한정된 쇼핑 시간이나 프로그램 제공

→ 사회 · 경제적 혜택을 받지 못하는 해외 국가에 자전거 기부

자원봉사자와 직원들은 기본적으로 자신이 속한 센터의 원칙을 따르지만, 다른 지역사회의 조직과도 연계되어 활동한다. 공공 자전거 센터 네트워크(www.bikecollectives.org)는 자전거 매장의 풀뿌리 운동을 후원한다. 이들이 제공하는 데이터베이스를 통해 공공 자전거 센터를 시작하는 기본적인 방법과 함께 세계적으로 300개(미국과 캐나다에 250개) 정도의 조직 리스트를 볼 수 있다. 이 데이터베이스는 철학적 · 조직적 · 법적 고려 사항, 기금

모금, 직원 확충, 활동 제안 등 다방면에 걸친 지적 자산을 보충하며 계속해서 진화하고 있다.

1984년, 보스턴의 자전거 기술자이자 활동가인 칼 커츠는 니카과라에 재생 자전거 두 대를 보내며 '폭탄 대신 자전거를'(Bikes Not Bombs) 운동을 시작했다. 미국의 대외 정책에 저항하는 평화적 시위의 일종이었다. 이 프로그램이 확장되어 남아메리카, 가나, 과테말라와 같은 빈국에 수천 대의 자전거를 보내게 되면서, 이 조직은 또한 내 자전거 갖기 프로그램을 포함한 지역사회 교육에도 손을 뻗었다. 이것이 1990년대 자전거 매장에서 주도하는 지역사회 운동의 모델이 되었다. 오늘날 '폭탄 대신 자전거를' 운동은 여전히 공평하고 지속 가능한 자원 활용이라는 원칙에 따라 운영되고 있으며, 공정한 지역사회가 평화와 사회적 정의로 이르는 길이라는 입장을 견지하고 있다. 이러한 집단행동의 파급 효과로 인해 전 세계적으로 지역사회 기반의 비영리 공공 자전거 센터 수백 개가 형성되었다.

캐나다 밴쿠버에는 1992년 창설되어 1999년 비영리 단체로 전환된 '우리 동네 자전거(Our Community Bike)'라는 공공 자전거 센터가 있다. 항상 분주한 이곳에 들어서면 커다란 플라스틱 바구니에 자전거 부품을 가득 담아 온 사람, 센터 뒤쪽 공간에 마련된 수리대에서 작업 중인 사람 등 다양한 사람들을 볼 수 있다. 이 센터를 찾는 사람들은 연령대도 국적도 다양하다. 하지만 주 고객층은 역시 '자기의 일은 스스로 하자.'의 미덕을 실천하는 자전거 타는 사람들이다.

'우리 동네 자전거'에서 6년째 근무하고 있는 수석 직원 제시 쿠퍼와 만났을 때, 그는 공공 행사 홍보 배너를 꿰매고 있었다. 때로 운영에 어려움을 겪으면서도 유지되어 왔다는 우리 동네 자전거는 일종의 지역 주민센터 같은 특별한 느낌을 주었다. 공공 센터의 멤버들 사이에는 가족과 같은 느낌이 있으며 직원 하나하나가 최대한의 자율성을 가지고 일을 한다고 한다. 쿠퍼의 말이다.

"내가 즐길 수 있는 일을 한다는 건 해방과도 같아요. 자전거를 고치며 지역사회를 위해 일하고, 사람들과 이야기하며 관계를 형성하고 있잖아요. 매우 사교적인 장소예요. 자전거 고치는 법이나 센터 운영에 관한 이야기 말고도 대화가 활발하게 일어나요. 우리는 정치적인 입장이 있는 사람들이라 거기 관련된 대화도 하고, 또 모두들 예술가이면서 음악가이기도 하거든요. 정말 재미있어요. 소통의 자유가 있는 환경에서 일하는 건 정말 멋진 일이예요. 상사에 대해서 걱정할 필요도 없고, 동료들이 당신의 의견을 지지해 주지 않을까봐 주저할 필요도 없고요."

공통의 목표를 갖고 일하는 것은 서로의 지지를 받고 있다는 안정감을 갖는 데 중요한 요소다. 우리 동네 자전거의 목표는 자전거 관련 교육, 빈곤 축소, 모두가 환영받는 안전한 공간을 만드는 것, 특권의식과 배금주의적인 태도를 버리는 것, 주민 스스로가 지역사회와 지구에 어떤 영향을 끼치고 있는지 자각하게 하는 것 등이다. 주민들로부터 자전거가 인생에 어떤 영향을 끼쳤는지 들을 때면, 지역사회 센터에서 일하는 것은 더 보람 있는 일이 된다. "심각한 우울증 때문에 집에서 항상 스스로를 가두고 있던 사람이 있었거든요. 어느 날 간병인에게서 엄청난 소식을 들었어요. '신체 활동에 관심을 가진 적이 한 번도 없었는데 자전거는 좋아하는 것 같아요. 몸을 움직이기 시작하니 다른 일을 하고 활동에 참여할 동기도 생겼나봐요.'라는 피드백을 받은 거죠." 쿠퍼가 말했다. "그러면 나는 혼자 생각하죠, '고작 자전거 때문에?' 그리고 그들은 '네, 모두 자전거 덕분이예요. 이 사람을 몇 년간 돌봤지만, 자전거는 스스로의 인생에 대한 결정권을 주는 촉매제 같은 역할을 했어요.'라고 덧붙입니다."

로스앤젤레스의 자전거 단체는 요리와 연관되어 있는 경우가 많다. 단체 이름만 보아도 바이시클 키친, 바이크 오븐, 바이크로레인지 등. 이들 단체에서는 7달러 이하의 기부금을 받고 지역 주민들에게 자전거를 만들거나 고치는 법을 가르친다. 센터에서는 기술적인 교육만 이루어지는 것이 아니라 음악이 흘러나오는 가운데 서로서로 자전거 통근, 레이싱, 폴로, 주행 기술 정보를 교환하고, 때로는 그저 수다를 떨며 웃고 친구가 된다. 다양한 자전거 문화가 뒤섞인 이곳에서 사람들은 대규모의 심야 자전거 이벤트 등 흥미로운 행사를 기획한다. LA에서는 거의 매일 밤 심야 단체 자전거 행사가 있다. 월요일은 밀크셰이크 라이드, 화요일은 타코 라이드 등 마지막에는 음식으로 끝나는 경우가 많다. 이런 활발한 자전거 문화는 그 도시에 공공 자전거 센터가 많아서라고 해도 되지 않을까?

공공 자전거 센터는 자전거만큼이나 겸손하다. 단순하고, 목표가 분명하고, 공정하며 효율적이다. 워크숍을 함께하는 것은 식사를 함께하는 것처럼 긍정적인 방식으로 사람들을 교감하게 한다. 그리고 지역 자전거 센터에서는 맛도 좋고 건강에도 좋은 요리법까지 덤으로 배울 수 있다.

내 자전거 갖기(Earn-a-bike) 프로그램

- 존 그린필드

수많은 비영리 자전거 단체에서 '내 자전거 갖기(Earn-a-bike)' 프로그램을 통해 유·청소년들에게 자전거 정비 기술이나 도로 안전 수칙 등을 가르치고 있다.

"이 프로그램은 그들의 시야를 넓혀 주고, 세상에 가까이 다가가는 법을 알려 줍니다." 시카고의 '웨스트타운 바이크(West Town Bikes)' 창립자이자 대표이며 자칭 자전거과아앙('광'으로는 부족하다는 것이 그의 설명)인 알렉스 윌슨은 이렇게 말한다. "낡은 자전거를 가져다가 고쳐서 교통수단으로 쓸 수 있다는 걸 배우게 되죠. 그 과정에서 기술적인 훈련도 하고, 책임감도 기르고요."

내 자전거 갖기 프로그램의 일반적인 클래스에서는 자원봉사자들이 낡은 자전거의 수리법을 가르친다. 건물 관리인들이나 비영리 단체가 기부한 버려진 자전거를 수업 재료로 사용한다. 학생들은 이 자전거를 분해하고, 깨끗이 닦아서 다시 조립하고, 구동계나 휠, 베어링, 브레이크 등 부품을 조정한다. 타이어 펑크를 때우는 것처럼 간단한 정비 기술도 배운다.

대부분의 프로그램은 자전거 안전수칙, 주행 실습, 현장학습까지도 커리큘럼에 포함하고 있다. "아이들이 자전거를 타고 등교하고, 대학에 다니고, 나중엔 직장에 다니게 하려는 게 우리 목표예요. 자전거로 도시를 돌아다닐 수 있다는 건 정말 환상적인 일이거든요." 윌슨이 말한다.

보통 1~2달 코스의 내 자전거 갖기 프로그램을 수료하면 학생들은 스스로 고친 자전거를 개인 소유로 가져갈 수 있게 된다.

윌슨은 2004년 시카고 험볼트 파크 지역에서 웨스트타운 바이크를 설립했다. 도시의 서쪽에 위치해 있고 저소득의 히스패닉·흑인 인구가 주로 살고 있는 이 지역에서는 마약, 폭력, 범죄 조직이 판치고 있었다.

웨스트타운은 중고 자전거나 간단한 장비를 팔고 수리 서비스를 제공하는 자전거 소매점 공간과 워크숍을 열 수 있도록 작업대와 공구가 설치된 교실 공간으로 되어 있다.

웨스트타운에서는 어린 학생들을 위한 프로그램과 함께 성인을 위한 정비 기술 워크숍도 진행하고 있다. 대부분의 청소년 프로그램은 학교나 지역사회 센터로 찾아가는 수업으로 진행된다. 2009년에는 750명, 2010년에는 1000명 이상이 25개 프로그램에 참여했으며, 2011년에는 2500명, 매년 더 확장하려고 계획하고 있다.

"참여하는 학생들은 의사소통과 팀워크, 누군가 나를 신뢰한다는 것의 가치를 배웁니다." 프로그램 매니저인 리즈 클락슨은 이렇게 말한다. "일하는 능력을 인정받는 것은 놀라운 결과를 가져와요. 학교에서 성공의 경험을 해 보지 못한 아이들이 손을 사용해서 이전에 해 보지 않았던 활동을 하다 보면 잠재력이 솟구치는 경우가 있거든요."

웨스트타운은 이제 10년 가까이 운영되고 있으니, 이 프로그램과 함께 자라난 사람들의 삶이 어떻게 흘러가고 있는지 살펴볼 수 있다.

올해 21세의 레이멀 마토스는 십대 초반에 한 건축업체에서 후원하는 내 자전거 갖기 프로그램에 참여했었다. 그가 이 프로그램에서 가장 좋아했던 부분은 여행이었다. "몇 번이고 마을 전체를 돌아다녔어요." 그는 이렇게 회상했다. 마토스는 이듬해 프로그램 보조자 역할을 했고, 그 다음 해에는 이웃 중학교에서 열린 같은 프로그램의 강사로 고용되었다. "사실은 일이라는 생각도 들지 않았어요. 제안을 받자마자 당장 '내 자전거를 타고 마을을 돌아다니는 데 돈을 준다고요? 어디, 여기 사인하면 되는 거예요?'라고 반응했으니까요." 요즘 그는 힙합 레코드 매장에서 일하며 경영학을 공부할 계획으로 라이트 칼리지의 수업을 듣고 있다.

마토스는 이렇게 말하며 인터뷰를 마무리했다. "웨스트타운에 참여하지 않았다면 자전거가 교통수단으로 얼마나 이상적인지 미처 몰랐을 거예요. 그리고 조금만 노력하면 어디든 갈 수 있다, 무슨 일이든 해낼 수 있다는 것도 배웠어요."

21세의 다미안 리는 십대 때 사우스사이드 초등학교에서 처음 내 자전거 갖기 프로그램 인턴을 했다. "거친 애들이었어요. 대부분의 어른들은 상상조차 못할 일을 헤쳐나가고 있더라고요. '조직폭력단에서 절 스카웃하겠다고 했어요.' 같은 말을 일상적으로 들었으니까요. 어떤 부모들은 애한테 관심도 없었죠. 충격적이었지만 저절로 연민이 생겼어요."

그는 프로그램 2년차에 완전히 자격을 갖춘 지도자가 되었고, 지금은 시카고 대학에서 생물학을 공부하고 있다. 그는 자전거로 샌드위치를 배달하는 아르바이트를 하며, 지역 주민센터에서 주관하는 십대 레즈비언, 게이, 바이섹슈얼, 트랜스젠더를 위한 프로그램에서 자원봉사를 하고 있다. "웨스트타운을 만나지 못했다면 지금쯤 운전을 하고 있겠죠? 그럼 내 나이에 걱정하지 않아도 될 것들에 대해서 걱정하고 있을 수도 있고요." 그는 이렇게 말한다. "나는 자전거 타는 게 좋아요. 자연과 100% 연결된 느낌이 들고, 개성을 표현하는 수단이기도 하거든요."

라포치아 버츠는 웨스트타운 프로그램에서 자전거를 처음 타 보았다는 22세 여성이다. "내가 자전거를 탄 모습조차 상상해 본 적이 없는데, 한번 시작하니까 완전 푹 빠졌어요. 지금은 펑크 난 타이어를 어떻게 갈아야 하

는지, 브레이크는 어떻게 고치는지, 브래킷은 어떻게 교체하는지, 말하자면 거의 모든 걸 알고 있어요."

그녀는 지금 트루먼 칼리지에서 형사 행정학을 공부하고 있다. 그녀는 세 딸을 부양하기 위해 직업을 찾고 있으며, 감화원이 되는 것이 꿈이다. "웨스트타운은 나에게 많은 가능성을 열어 주었어요. 이전에는 패션 디자인을 하고 싶었는데, 지금은 아이들에게 문제가 생기는 것을 막고 소아 비만을 줄이는 데 힘쓰고 싶어요. 그런 일이 저에겐 세상 어떤 일보다도 중요한 문제거든요."

십대 시절 클레멘트 고등학교 방과 후 프로그램으로 웨스트타운의 수업을 들었던 22세의 토핏은 프로그램 수료 후 곧 성인들을 위한 자전거 만들기 프로그램의 보조자를 맡게 되었다. 이후에는 몇 년간 학교의 방과 후 프로그램과 성인 클래스를 혼자 가르쳤다. 그는 아이들과 함께 일하는 것이 제일 좋다고 말했다. "저소득 가정의 아이들은 놀면서 뭔가 특별한 걸 배울 수 있는 기회에 항상 적극적으로 나서요."

그의 정비 기술은 가족에게 직접적인 도움이 되었다. 그의 형은 근육위축장애가 있어 일반 자전거를 탈 수 없었다. "형에게 선물하려고 모터가 달린 하이브리드 삼륜자전거를 직접 만들었어요. 이제 형은 날씨만 좋으면 자전거를 탈 수 있고, 크리티컬 매스에도 참가할 수 있어요."

고등학교를 마친 토핏은 라이트 칼리지와 노스이스턴 대학에서 화학을 전공하고 22세에 이미 석사 학위를 취득했다. 그의 표현에 따르면 '엉덩이가 닳도록' 공부한 결과다. 지금은 여름 축제에서 자전거 주차 관리를 하고 있으며, 고등학교 선생님이 되는 것이 목표다. "웨스트타운 프로그램에 참가하면서 독립적인 존재가 될 수 있는 기반을 쌓은 것 같아요."

웨스트타운 설립자 윌슨은 이렇게 말한다. "내 자전거 갖기 프로그램을 통해서 자전거가 어떻게 인생을 바꾸었는지에 대한 진짜 이야기가 만들어지고 있어요. 자전거는 주택 문제나 보육, 고용의 문제를 직접적으로 해결해 주지 못할 수도 있습니다. 하지만 나는 웨스트타운 프로그램에 참가하고 자전거를 타는 것이 그들의 삶에, 그들이 내리는 결정에 긍정적인 영향을 미쳤다고 믿어요. 웨스트타운과 관계를 맺었던 젊은이들이 세상을 좀 더 나은 곳으로 바꾸는 노력이라고 이 프로그램을 기억했으면 하는 바람이 있습니다."

◎

존 그린필드는 시카고에 사는 프리랜서 작가로, 자전거와 도보, 대중교통에 특화된 글을 쓴다. 그는 시카고 시의 각종 일간지와 모멘텀, 바이시클링, 어반 벨로 더트 랙, 킥스탠드 등의 자전거 잡지에 글을 써 왔다.

시클로비아: 차 없는 거리 축제

- 제프 메이프스

늘 다니던 포틀랜드의 거리지만, 그날은 자전거를 타고 지나가면서 기분 좋은 어지럼증을 느꼈다. 자동차가 사라지고 자전거를 타거나, 걷거나, 스케이트를 타는 사람들로 가득한 일요일 아침의 거리.

그러나 무엇보다 나에게 인상적인 것은 아이들이었다. 엄마, 아빠의 트레일러나 탠덤에 타고 있는 아이들, 아동용 자전거나 세발자전거에서 나름대로 맹렬하게 페달을 밟는 아이들, 거리를 멋대로 뛰어다니는 아이들까지. 이 도시에 어린아이가 있는 가족은 전부 그날 그 거리에 나와 있는 것 같았다.

2008년 여름, 포틀랜드에서 처음으로 '차 없는 일요일(Sunday Parkways)' 이벤트를 시행했을 때의 기억이다. 특별할 것 없는 거리지만, 10km 정도가 차 없는 구역으로 지정되었던 그날의 행사에는 15,000명 정도가 참여했던 것으로 추정된다.

그렇게 많은 사람들이 이 행사를 찾은 까닭이 뭐였을까? 이 구역 내에는 공원이 네 군데 있었고, 곳곳에서 지역 밴드가 공연을 했다. 노점상이 줄을 섰고 비영리 단체가 지원군으로 나섰다. 그러나 무엇보다도 차가 없었다는 사실이 가장 중요하다. 거리 전체가 한순간에 공원으로 변했고, 자동차에 대한 걱정 없이 거리를 걷거나 자전거를 탈 수 있다는 것에 기뻐하는 수천 명의 사람들이 모였다.

이 행사를 기획한 포틀랜드의 공무원 린다 지넨썰은 이렇게 단순한 아이디어로 그 정도의 인원을 모을 수 있다는 사실에 스스로도 놀랐다고 말한다. "그저 모든 사람들이 거리를 함께 즐기는 것을 원했어요."

그리고 이 아이디어는 상상 이상의 호응을 얻었다. 2008년 첫 행사 이후로 차 없는 일요일은 매번 다른 구역에서 연간 5회나 개최되는 큰 행사가 되었다. 이제 포틀랜드에서는 이 행사가 여름의 중요한 부분이 되었고, 아이들과 함께 저렴하고 건강하게 즐거운 시간을 보내고 싶은 부모들이 누구보다도 열렬히 지지하고 있다.

시클로비아(차 없는 거리 행사의 통칭)는 콜롬비아 보고타에서 시작되었다. 포틀랜드는 이 아이디어를 가장 먼저 도입한 도시 중 하나였고, 북아메리카 전역으로 퍼져나가는 데는 그리 긴 시간이 걸리지 않았다. 2010년에는 미국과 캐나다의 40개 도시에서 차 없는 거리 행사를 시작했다. 그리고 그 기세는 누그러질 줄 모르고 있다. 2010년, 자동차 문화의 상징이자 고향인 로스앤젤레스에서도 시민들이 도시의 심장부에서 도보와 자전거를 즐길 수 있는 '시클LA비아' 행사를 마련했다. 방송사 등에서 조사한 바에 따르면, 이때 5만 명에서 10만 명 정도의 시민들이 모였던 것으로 추정되고 있다.

시클로비아 행사를 후원하는 주요 세력은 자전거 타기 운동 단체다. 자전거의 즐거움을 알리는 동시에 매일 이런 거리를 걷는다면 어떨까 하는 생각을 심을 수 있는 기회를 잡으려는 것이다. 공공보건국에서도 시민들이 부족한 신체 활동을 할 수 있는 효과적인 방법이라고 생각하고 적극적으로 후원한다. 시민운동을 하는 사람들이 생각하는 시클로비아는 지역사회를 공고히 하고 서로 다른 민족이 어울리도록 하는 화합의 장이다. 그리고 정치가들에게는 비용은 적게 들면서 시립 공원 개관식에 버금가는 파급 효과를 가진 축제 분위기를 조성하는 방법이다.

뉴욕 헤지펀드 백만장자인 마크 고튼은 사람을 위한 거리 운동의 누구보다 든든한 후원자 중 하나였다. 그는 스트릿필름이라는 프로젝트를 시작했다. 그는 이 프로젝트의 영상을 만들었는데, 보고타의 차 없는 거리를 노인들부터 기저귀 찬 아이까지 모든 시민이 행복하게 걸어 다니는 모습과 시립 공원에서 길거리 에어로빅 수업을 진행하는 모습을 담고 있었다. 이 영상의 제목은 "모두가 참여하는 대규모 파티. 부자, 가난뱅이, 노인, 어린이, 말 그대로 모두의 축제"라고 표현했다.

보고타는 세계에서 가장 폭력적인 도시 중 하나라는 떨치기 힘든 악명을 쓰고 있다. 이를 생각해 보면, 시클로비아가 가져다준 사회적 응집 효과는 결코 사소한 것이 아니다. 행사 참가자 1,500만 명이라는 상상도 못할 기록을 세웠다. 아마 이 주간 행사에 참여하는 것만으로 건강 유지에 필요한 운동량을 다 채운 사람도 많았을 것이다.

에커슨의 비디오는 유튜브에서 최소 25만 뷰를 기록했고 즉각적인 파급력이 있었다. 스트릿필름에 더 많은 정보를 요청하는 문의가 쇄도했고,

곧 포틀랜드나 샌프란시스코, 그리고 그의 고향인 뉴욕을 비롯한 여러 도시의 시클로비아를 촬영하게 되었다. 마크 고튼은 이렇게 말한다. "정치가들이 하나 둘 합류하기 시작했어요. 얼마나 많은 사람이 이 행사를 좋아하는지 깨달은 거죠. 선거에도 영향을 미칠지 모른다고 생각하게 된 거 아닐까요?"

물론 운영상의 어려움은 있다. 포틀랜드에서 이 행사를 진행한 지넌썰의 말에 따르면 시에서 엄청난 수의 자원봉사자를 움직여야 하고, 행사를 받아들일 만한 지역을 섭외해야 하며, 경찰에게는 초과 근무 수당을 지급(통제 구역에 들어올 수 없도록 대로에서 안내가 필요)하는 등 신경 쓸 부분이 한두 가지가 아니라고 한다. 일부 시에서는 한두 차례 시클로비아를 시도했지만 정기 행사로 정착시킬 만큼의 기금을 모으지 못하고 있다.

포틀랜드는 2010년 시클로비아를 5회 개최하는 데 36만 달러가 지출되었으며, 개인 후원자의 기부금이 그 절반 이상을 차지한다고 추산했다. 건강보험사 카이저 퍼머넌트는 10만 달러를 쾌척한 주 후원사였다(사실 병원이나 기타 건강 관련 조직은 어떻게든 시클로비아의 후원사로 이름을 올리고 싶어한다. 뉴욕에서의 최대 후원사는 식료품 체인인 홀푸드였는데, 이 행사에 가장 많이 참여하는 생활이 그다지 풍족하지 못한 일반 시민들이 그들의 주 고객이기 때문이었을 것이다).

도시계획가이자 《현명한 성장 매뉴얼(Smart Growth Manual)》의 공동 저자인 마이크 라이던은 자전거에 대한 글을 자주 쓴다. 시클로비아 운동을 연구한 그는 마이애미에서 이 행사를 개최하는 데 큰 역할을 했다. 실행하기가 비교적 쉬우면서도 다양한 효과가 있다는 것이 그의 설명이다. 마이애미에서 열린 시클로비아는 시민들이 시내의 버려진 공간을 인식하도록하는 역할을 했다. 켄터키는 국내에서 소아 비만율이 가장 높은 지역으로,

신체 활동을 장려하는 것이 가장 큰 목표였다. 그리고 각 지역의 자전거 타기 운동가들은 이 행사를 통해 정치인들이 영구적 자전거 네트워크 구축이라는 큰 목표를 고려하도록 유도할 수 있기를 희망한다.

"사람들은 이런 경험을 통해서 누구든 자전거를 탈 수 있다는 걸 느끼게 돼요." 라이던은 이렇게 말한다. 이런 지역 내 축제는 정치적으로 보면 시민들이 그들이 살고 있는 지역사회를 의식하게 하는 좋은 방법이기도 하다.

켄터키 렉싱턴에서는 지역 공항의 새로 지은 활주로에서 자전거를 타거나 걸어다니고 스케이트를 탈 수 있는 행사를 기획한 적이 있다. 지역사회 축제의 좋은 예라고 하지 않을 수 없다. "렉싱턴에서는 기존의 사회 기반 시설을 활용해서 건강하고 활동적인 생활 방식을 촉구하는 방법에 대해 고민하고 있습니다." 시의원 제이 맥코드는 이 행사의 기자회견에서 이렇게 밝혔다.

나는 차가 달리는 일반 도로에서 자전거를 타는 것에 익숙한 사람이지만, 포틀랜드의 차 없는 일요일 행사만은 놓치고 싶지 않다. 마치 한참을 이어지는 길거리 파티 같다. 참가할 때마다 이런저런 기회를 통해서 알게 된 사람들을 꼭 만난다. 한번은 친구 여섯 명이 이 길을 같이 걸었던 적도 있는데, 어떤 면에서는 자전거보다 더 재미있었다. 대화를 나누는 것이 쉽고, 자전거로 속도를 내고 있을 때와는 달리 공원이나 노점상을 보았을 때 멈춰야 할지 말아야 할지 그다지 고민하지 않아도 되었다. 그리고 차조심에 대한 생각 없이 대로 한가운데를 걸을 수 있다는 즐거움도 있었다.

자전거를 타거나 걸으면, 수십 번 보았던 거리에서도 늘 다른 면을 발견한다. 가로수의 모양이 바뀌었다든가, 어떤 집의 정원 장식이 흥미롭게 바뀌었다든가. 이런 것들은 차 안에서는 그냥 지나치기 십상이다.

뉴욕 시 행사에서 자전거를 탈 때는 콘크리트의 협곡과도 같은 거리를 달리며 입을 딱 벌리지 않을 수 없었다. 마치 그 도시를 처음으로 보는 느낌이었다.

뉴욕의 복잡한 길이든 켄터키의 작은 마을이든, 일상의 거리에서 기쁨과 놀라움을 찾는 경험은 시클로비아가 빠른 속도로 성장해 가는 가장 큰 이유일 것이다. 이 축제를 통해서 일반인이 매일 지나치는 도로 공간에 대해 생각하는 방식을 바꿀 수 있을까? 그 문제는 앞으로 좀 더 지켜보아야 알 수 있을 것 같다.

◎

제프 메이프스는 오리건주 포틀랜드에 거주하는 작가이자 블로거이며, 30년 이상 오리거니언 지의 정치면 기자로 일하고 있다. 그는 또한 《페달의 혁명: 자전거는 어떻게 미국의 도시를 바꾸는가 (Pedaling Revolution: How Cyclists Are Changing American Cities)》의 저자이기도 하다. 교통수단과 관련한 가장 최근의 지출은 35kg의 화물 자전거 구입이다.

자전거 파티

- 댄 골드워터

2010년 새해 전야. 나는 50명의 무리를 이끌고 샌프란시스코 시내를 자전거로 달리고 있다. 하늘이 맑다. 도시의 밤거리는 보통 자동차가 점령하고 있지만, 오늘 밤은 파티 인파 때문에 도로의 경계가 어디인지도 분명하지 않다. 도로에 흥분과 열기가 가득하고, 어디를 지나가도 환호하며 춤추는 사람들뿐이다. 우리 무리에 합류하는 사람도 몇몇 생긴다. 물론 대환영! 우리는 계속 달려서 물가에 도착해 불꽃놀이를 기다린다. 자전거를 세우고 쿠바 음악의 볼륨을 높이니 여기저기서 살사 댄스를 추기 시작한다. 우리의 작은 축제는 새해의 첫 불꽃이 펑 소리를 내며 머리 위를 수놓기 전까지 계속된다.

왜 내가 사는 곳에서는 이런 파티를 못하는 걸까 하는 생각이 든다고? 물론 할 수 있다. 그것도 한 해의 마지막 밤이라서가 아니라 당신이 원한다면 언제든 할 수 있다.

포장도로는 보통 통행과 주차의 용도로만 사용된다. 이것이 인간의 고립을 부르는 자동차 중심 문화가 낳은 결과다. 차를 타면 사람은 자신의 박스 안에 갇혀 버린다. 자전거를 탈 때면 동행자뿐만 아니라 거리의 모든 사람과 공동의 사회적 공간을 나누게 되는데 이것과는 대조적이다.

자전거 파티는 이 공동의 사회적 공간에서 이루어지는 단체 자전거 타기를 이르는 말이다. 음악과 춤도 합세해서 거리의 모든 사람에게 긍정적인 에너지를 전한다. 자전거 파티는 2008년 산 호세에서 시작되어 2010년 오클랜드와 샌프란시스코로 전파되었다. 자전거 파티는 도시를 이동하는 계획된 경로를 따라 움직이며 벌어지는 축제다. 자전거 초보와 숙련자가 다 함께 즐길 수 있다. 파티 테마에 따라 특별한 의상을 입기도 하고, 이동용 음향 시스템을 갖추어 좋아하는 음악을 틀어 놓고 달린다.

자전거 파티는 엄청난 유명세를 타고 있다. 규칙적으로 자전거를 타는 자전거 애호가들뿐만 아니라, 가끔 운동 삼아 자전거를 타는 사람들도 이 이벤트에 참여하고 있다. 금요일 밤이면 온 가족이 손을 흔들며 우리의 파티 행렬에 환호를 보내는 광경도 종종 보게 된다. 자전거 파티는 새로운 자전거 인구를 끌어들이는 신선하고 강력한 방법이며, 변화의 힘을 가지고 있기도 하다. 초보자들도 두세 차례 이 행사에 참여하고 나면 자전거로 일반 도로를 달릴 수 있을 정도로 능숙해지고 자신감이 생긴다.

자전거 파티의 성공은 우연한 일이 아니다. 매달 3000명 이상이 참여하는 축제로까지 발전한 것은 조직적인 혁신의 결과다. 다른 자전거 이벤트에서 얻은 모든 것을 하나로 조합한 결과라고 볼 수도 있다. 독자들이 사는 지역에서도 자전거 파티를 열어 볼 마음이 있다면 이 글이 참고가 되었으면 한다.

우리가 자전거를 타는 법

자전거 파티는 긍정적인 분위기를 위해서 몇 가지 간단한 규칙을 정해 두고 있다. 파티가 열리는 지역에 따라 조정되기도 한다. 모든 참가자들은 부적절한 행동을 목격했을 때 서로 이 규칙을 상기시켜 주어야 하며, 이 규칙을 무시하고 부정적으로 행동하는 사람들은 참여를 거절당할 수 있다.

→ 오른쪽 차선에서 달릴 것(교통의 흐름을 막지 않기 위해서).

→ 오물 등 지나간 흔적을 남기지 말 것.

→ 정지 신호를 준수할 것.

→ 미리 정해진 경로로 보행자와 차량에 방해가 되지 않도록 주행할 것.

→ 갈등을 피할 것.

→ 준비된 상태로 자전거에 오를 것.

→ 마주치는 사람들에게 자전거 파티 중임을 알릴 것.

→ 다른 참가자들과 규칙에 대해 소통할 것.

기획하기

단순히 경험 많은 자전거 애호가들이 떼지어 자전거를 타는 것이 아니라 많은 사람의 참여를 유도하는 행사를 만들기 위해서는 기획 단계가 있어야 한다. 자전거 파티는 다른 자전거 관련 행사에 참여한 적이 없는 초보자들도 기꺼이 맞아들이고 그들에게 성장의 기회를 주어야 한다. 그러기 위해서는 어느 정도 사전 계획이 필요하다.

→ 기획을 도와 줄 친구를 3~4명 섭외할 것. 250명 정도 규모의 행사를 관리하는 데는 이 인원이면 충분하다.

→ 금요일이나 토요일 밤 8시 정도로 시간을 정할 것.

→ 15~25km 정도로 전체 경로를 잡고, 중간에 파티를 위한 장소를 2~3 군데 둘 것.

→ 테마를 정할 것. 자전거로 표현하기 쉬운 것이 좋다.

→ 웹 사이트와 이메일 리스트, 페이스북 그룹이나 트위터 등 소통 수단을 만들 것.

→ 주행 중에는 트위터나 단체문자로 소통할 것. 혼란이 일어나는 것을 방지할 때, 늦게 오는 사람들에게 파티 장소를 공지할 때 유용하다.

→ 행사 며칠 전에 경로를 미리 공지할 것. 어떤 길을 달리는지 알게 되면 무리와 떨어지지 않으려고 빨간불에 무리하게 주행할 필요도 없고, 일부만 참여하고 싶은 사람들도 함께하기가 쉽다.

음악과 함께

진짜 파티 분위기를 내주는 것은 음악이다. 거리에 있던 사람들이 즉시 관심을 보일 만한 음악을 틀면 자전거 파티를 모두의 파티로 만들 수 있다. 최근 출시되는 이동식 음향시설은 예전보다 훨씬 가볍고, 볼륨이 크고, 싸고, 조립하기 쉽다. Instructables.com/member/dan에서 리어랙부터 트레일러에 싣는 것까지 다양한 크기의 음향 시설과 그 조립법을 찾아볼 수 있다.

음악을 선택할 때는 거리에 있는 사람들을 고려해야 한다. 거리의 사람들이 노래를 흥얼흥얼 따라 부르거나 춤을 추면 좋은 음악을 고른 것이다. 시끄럽고 공격적인 음악을 듣고서 미소를 보내 줄 사람은 많지 않다는 것을 기억하자.

경로 정하기

초보자를 포함하고 있는 50명 이상의 그룹을 위한 경로는 혼자 타는 경로보다 훨씬 짜기 어렵다. 리더는 경로를 100% 알고 있어야 하며, 계획한 경로를 미리 주행해 보아야 한다.

우리는 보통 시험 주행을 2회 실행한다. 처음에는 하나의 경로를 정하기 위해서 몇 군데를 달려 본다. 항상 도로 공사가 진행되고 있거나 교차로에 문제가 있어서 계획의 일부는 변경하게 된다. 두 번째는 모든 기획자들이 최종 경로를 기억할 수 있도록 전원이 모여 정해진 길을 달린다.

→ 자전거 파티는 내가 살고 있는 도시에 대해 배우는 좋은 방법이다. 처음에는 잘 알려진 중심지에서 시작할 것. 매번 다른 경로와 파티 장소를 시험해 보자. 경험이 쌓이고 주행 기술이 생기면 다양한 장소를 시도해 볼 수 있다.

→ 복잡한 길에서의 좌회전을 최소화할 것. 좌회전이 필요하다면 전용 차선이 있는 곳에서 할 것.

→ 교통량이 많은 길을 가로질러야 한다면 신호를 지킬 것. 대규모 주행 시 정지 신호에서 지나가면 매우 위험할 수 있다.

→ 오르막을 최소화할 것. 우회로를 찾아 경로를 정하라.

→ 광장이나 큰 주차장, 도심 공원은 파티 장소로 좋다.

→ 참가자의 자전거가 즉석에서 고칠 수 없을 정도로 고장나는 경우에 대비해서 대중교통 정류장을 몇 차례 지나도록 경로를 계획할 것. 약도에 대중교통 이용 장소를 표시해 두자.

진행자 알리기

진행을 맡은 자원봉사자들을 알아볼 수 있도록 배지나 어깨띠, 기타 방법으로 표시하는 것이 좋다. 적은 규모의 모임이라도 교통 신호 등에 의해서 여러 집단으로 갈라지는 경우가 많은데, 정확한 경로를 안내하는 사람을 알아보고 따라갈 수 있어야 낙오자 없이 주행이 가능하다.

교통 법규 따르기

자전거 파티는 모든 참가자들이 교통 법규를 지키도록 권장한다. 지역의 교통 법규와 소음 조례에 대해 알아둘 것. 자전거 관련 교통 법규에 익숙하지 않거나 집단행동의 의도를 의심하는 경찰관을 만나게 될 수도 있다. 이런 상황에 대비해서 관련 법규를 프린트해 가지고 있는 것이 좋다. 몇 차례 행사를 반복하면 경찰관들도 이 행사의 긍정적인 의도를 알게 될 것이다.

행사 운영하기

주행 시작

→ 리더들은 시작점에 30분 정도 일찍 도착해야 한다.

→ 4~6명을 '방향 가이드'로 지정하자. 각자에게 방향 전환 지점이 표시된 지도를 배분한다. 각 지점을 할당해 줄 수도 있고, 먼저 도착하는 사람이 역할을 수행하도록 두어도 된다(방향 가이드의 역할은 아래 자세히 소개되어 있다).

→ 출발 전 주행 규칙을 안내할 것.

→ 모든 사람들에게 도착 지점과 대중교통을 탈 수 있는 지점을 알려

줄 것.

주행 중

* 기획을 함께한 사람들이 다음 역할을 맡는다.

→ 리더 1~2명

→ 맨 뒤에서 공구를 가지고 따라오는 정비사 1~2명

→ 방향 가이드 4~8명

* 방향 가이드를 위한 안내

→ 선두에서 주행한다.

→ 첫 회전 지점에서 멈춘다.

→ 회전 방향을 가리킨 채로 서서 마지막 사람이 지나갈 때까지 기다린다.

→ 다시 속도를 내어 선두 자리를 되찾고 이 과정을 반복한다.

→ 선두 자리를 찾으려 달리는 동안 모든 사람이 오른쪽 차선을 타고 있는지, 어려움을 겪는 사람은 없는지 확인하고 새로운 참가자에게 인사를 건네자.

→ 방향 가이드가 2~4명 있으면 항상 누군가가 회전 지점에 먼저 도착해서 안내하는 것이 가능하다. 교통량이 많은 교차로에서는 방향 가이드가 잠시 통행을 막고 나머지 사람들이 지나갈 수 있도록 하는 경우도 있지만, 이 방법은 최대한 피하는 것이 좋다.

* 리더를 위한 안내

→ 리더는 느린 속도를 유지해야 한다. 자전거를 탄 경험이 많을수록 초보자가 따라가기에는 너무 빠른 속도로 달리기가 쉽다. 나는 속도 측정기를 계속 체크하며 시속 15~20km 정도를 유지한다.

→ 사람들이 당신보다 먼저 간다고 걱정할 것은 없다. 항상 선두에서 달리고 싶어하는 사람들이 있고 그런 성향은 막을 수 없다. 리더임을 나타내는 눈에 띄는 표식을 달고 있으면 나머지 무리가 누구를 따라 주행해야 할지 헷갈리지 않을 것이다.

→ 정비사들은 맨 뒤에서 낙오되는 사람이 없는지 확인한다.

→ 중간에 멈춰서 하는 파티는 10~30분 정도를 유지한다. 중간 파티 장소에 도착하면 먼저 얼마나 오랜 시간을 보낼 것인지 공지한다.

◎

댄 골드워터는 혁신적인 자전거 조명 제품을 개발하는 멍키렉트릭 사의 대표직을 맡고 있다. 모멘텀 지에 자전거 DIY 칼럼을 기고하고 있으며, Instructables.com의 공동 창업자이기도 하다.

제3부
진지해지기

자전거 친화적인 일터

- 보니 펜튼

나는 하루 두 번씩 슈퍼맨으로 변신하곤 했었다. 고층 빌딩 사이를 뛰어넘거나 사람을 구했다는 게 아니다. 단지 좁은 곳에 박혀서 옷을 갈아입으면서 매번 슈퍼맨을 떠올렸을 뿐이다. 나는 자전거로 출근했는데 직장에 탈의 시설이 없어서 아침저녁으로 화장실 칸에 들어가 슈퍼맨 코스프레를 반복했다. 거의 매일 아침 반바지와 티셔츠 차림으로 옷가방을 들고 화장실에 들어가서 스커트와 블라우스를 입고 나왔다. 땀이 날 만큼 긴 거리가 아니어서 샤워를 못 하는 것은 괜찮았지만 어쨌든 화장실에서 옷을 홀딱 벗었다 입는 것이 별로 유쾌하지는 않았고, 심지어 소매가 변기 물에 빠진 적도 있다.

또한 직장에서는 쉬는 시간, 점심시간에 틈틈이 계단을 내려가 근처 시설에 묶어 둔 자전거가 잘 있는지를 확인해야 했다. 나는 자전거 타기를 좋아했고, 자전거 타기는 건강을 유지하는 데 도움이 되었다. 지출을 줄일 수도 있었고, 환경보호에 일조하고 있다는 의식도 있었다. 하지만 어떤 식으로든 내 고용주가 교통수단에 대한 나의 선택을 응원해 주는 일은 없었다. 물론 그건 벌써 오래 전 일이고, 지금은 많은 고용주와 고용인들이 자전거 친화적인 일터에 대한 의식을 가지게 되었다.

어떤 회사에서는 자전거 통근에 대한 지원을 직원들에게 부여하는 특전으로 생각한다. 환경적으로 건전한 기업 이미지를 만들기 위한 방법으로 간주하는 경우도 있다. 그러나 기업에서 중요한 요소는 어쨌든 손익이다. 나는 직원들의 자전거 통근을 지지하면 관대한 고용주이자 훌륭한 기업 시민이 되면서도 오히려 손익에 긍정적인 영향을 미친다는 점을 말하고 싶다.

예를 들어 주차가 힘들기로 악명 높은 샌프란시스코에서는 고용주들이 주차 '현금 보상제'를 실시하여 주차 공간 확보와 관리 문제를 해결하고 있다. 직원들은 회사 주차장 이용을 포기하는 대신 현금을 받는다. 이 방식은 직원들에게 자가운전이나 회사의 주차 공간 사용을 포기하도록 압력을 가하지 않으면서도 차량 운전을 하지 않는 사람들에게 혜택을 주기 때문에 매우 효과적이다

차량 미소유자에게 혜택을 주고 지속 가능한 교통수단을 후원하기 위해서 자전거 이용자에게 다른 인센티브를 주는 기업도 있다. 샌프란시스코의 베이비센터는 모든 직원들에게 교통비로 월 70달러를 지급한다. 직원들은 이 돈을 한 달에 200달러 정도인 주차비에 보태거나, 대중교통비로 쓰거나, 아니면 현금은 주머니에 찔러 넣고 도보나 자전거로 출근할 수 있다.

스위스 화학 기업 시바게이지는 1989년에 이미 이보다 한 발 더 나아간 방법을 쓰고 있었다. 회사 주차장을 확장하는 대신 직원들이 자전거 출근을 하도록 권장한 것이다. 주차 공간을 포기하는 직원에게는 새 자전거를 지급했다. 230명의 직원들이 자전거 출근을 선택해서, 회사는 주차장 확충에 드는 비용을 훨씬 절감하면서도 직원 건강에 기여한 셈이 되었다.

뉴욕 시에서는 2009년 12월 사무용 건물의 자전거 접근권을 법으로 제정함으로써 자전거 통근자들이 오랜 기간 겪어 온 문제점을 해결했다. 이 법은 자전거 이용자들이 직장, 혹은 가까운 곳에 안전하게 자전거를 주차할 수 있는 권리를 보장하고 있다. 실제로는 고용주들이 직장을 자전거 친화적으로 만들도록 강제하는 셈이 되었다.

정부에서는 세제 혜택을 주는 방식으로 자전거 통근과 자전거 친화적인 직장 환경 조성을 촉진한다. 영국에서는 정부에서 시행하는 녹색 교통 계획에 따라 직장인들이 소매가격의 절반으로 자전거와 관련 장비를 제공받을 수 있다. 이 프로그램에 등록한 고용주들은 자전거와 안전 장비 등을 구매해서 직원에게 임대한다. 정해진 임대 기간이 끝나면(12~18개월 정도) 직원은 사용하던 자전거와 장비를 할인된 가격에 구입할 수 있다.

세금 혜택이나 자전거 보관 공간 확보는 자전거 통근에 대한 인식 개선에 분명 도움이 된다. 그러나 이 정도로는 아직 자전거 통근을 권장하기에 충분하지 않다. 진정한 자전거 친화적인 일터는 어떤 모습일까?

밴쿠버에 위치한 포틴저 개허티 환경 컨설팅(PGL)의 많은 직원들은 자전거로 출근한다. PGL은 건물 내부에 안전한 자전거 보관 시설과 샤워룸을 갖추고 있다. 직원들은 건강 관련 용도나 자전거 구입 및 유지 관리, 또는 대중교통비로 쓸 수 있도록 월 40달러를 지급받는다. 이 회사는 지역사회의 자전거 통근 운동을 후원하고 있기도 하다.

점점 더 많은 고용주들이 자전거 통근의 시류에 편승하고 있다. 2010년 가구 기업 이케아는 크리스마스 선물로 미국 내 전 직원 14,200명에게 새 자전거를 선물했다. 왜 하필 자전거를? "왜냐하면, 지속 가능한 교통수단으로써 좋은 선택이니까요." 왜 이를 공개적으로 진행하는가? 아마도 자전거와 기업 이미지가 잘 맞는다고 생각했을 것이다.

최근에는 자전거 친화적인 기업에 주는 상도 있다. 미국의 대표적인 자전거 단체 중 하나인 아메리칸 자전거 리그에서는 자전거 통근을 장려하는 고용주들을 격려하고 기술과 정보를 지원하는 프로그램을 만들었다. 기업들은 자전거 통근 지원 정도에 따라 플래티넘, 골드, 실버, 브론즈의 네 단계로 등급이 매겨진다. 심사 과정은 엄격하며 확실한 효과가 있다. 2009년에서 2010년 사이 45%의 기업이 승급했다. 이 추세가 계속된다면 이제 자전거 통근을 위해 슈퍼맨이 되어야 할 일은 없을 것이다.

만약 당신이 직장을 자전거 친화적으로 만들고 싶은 고용주라면, 자전거 통근자들이 원하는 사항을 아래에 실었으니 참고하면 좋을 것 같다.

→ 자전거 통근을 환영하는 태도

→ 자전거를 세울 수 있는 안전하고, 가깝고, 비에 젖지 않는 장소

→ 탈의실, 샤워실, 보관 시설

→ 직장까지의 접근성이 높고 편리하며 매력적인 자전거 전용로

→ 자전거 전용로와 편의 시설 위치에 대한 정보

◎

보니 펜튼은 캐나다 밴쿠버에서 자전거를 타고 글을 읽었으며, 2008년에 독일로 이민을 가서도 비슷한 생활을 하고 있다.

자전거가 답이다: 소규모 자전거 사업과 그 효과

- 사라 머크

그렇다, 자전거 타기는 재미있다. 내 자전거를 내 마음대로 꾸밀 수도 있고, 환경에도 좋다. 그러나 개인적 차원을 넘은 산업으로서의 자전거를 생각하면, 이는 국제적인 대규모 사업이다. 지금도 탄탄한 관련 인프라와 활발한 자전거 문화를 바탕으로 자전거 인구가 급속도로 늘고 있는 도시가 많다. 이런 곳에서 자전거 시장은 소규모 창업자들이 상대적으로 적은 자본을 가지고도 틈새를 노려 볼 수 있는 독특한 창업 기회를 제공한다.

자전거 경제

포틀랜드에는 157개의 자전거 관련 사업체가 있는 것으로 추산된다. 판매·수리 매장 56개, 수제 자전거 제작소 33개, 자전거 의상 제조업체 15개, 자전거만으로 음식이나 상품을 배달하는 사업체 10개, 영화제 기획 업체나 출판사 등을 포함해서 자전거 관련 문화기관 8개. 이 사업체들은 일자리를 창출하고 포틀랜드의 도시 브랜드를 만들어 관광객을 유치하는 등 포틀랜드 경제에 지대한 공헌을 하고 있다.

2008년 컨설팅 업체 알타 플래닝&디자인에서 시행한 연구에 따르면, 포틀랜드에서 자전거 산업의 규모는 (2006년 연간 6,300만 달러에서) 연간 9,000만 달러까지 성장했고 1,150개의 일자리를 창출했다. 포틀랜드 자전거 사업의 60% 정도가 대여·수리·판매를 하는 일반 자전거 매장이다. 프레임 제작, 부품 제조, 의복과 관련된 사업체가 20%를 차지한다. 각종 행사와 경주는 연간 4,000건 정도로 산업의 11%를 점유하고 있다.

물론 지금 수익을 내는 것은 그만큼의 투자가 있었기 때문이다. 포틀랜드의 자전거 관련 기반 시설이 확충되고 흥미로운 자전거 문화가 생기면서 관련 경제가 지금처럼 성황을 이루기 시작했다. 자전거 타기를 촉진하려는 시 정부의 장기적 투자에 힘입어 1991~2010년 사이 포틀랜드의 자전거 전용로는 약 520km로 세 배 가량 확장되었고, 매일 자전거를 타는 사람은 2,500명에서 17,500명으로 증가했다.

자전거가 일자리를 창출하는 과정

소규모 자전거 사업 경영주들과의 인터뷰를 통해서 성공적인 자전거 사업을 가능하게 하는 몇몇 공통적인 특성을 추려낼 수 있었다.

→ 기존의 풀뿌리 자전거 문화에 참여함으로써 고객층을 형성해라.

→ 기존의 자전거 관련 인프라와 지방 정부, 비영리 단체의 후원(공공 계약이나 보조금 대출 등)을 잘 활용하라.

→ 고급 상품이나 서비스를 제공해라. 단순히 자전거를 파는 것만으로

는 부족하다.

아일린 크로티는 포틀랜드의 자전거 명소와 자전거 문화, 탄탄한 기반 시설, 소규모 사업에 대해서 누구보다도 잘 알고 있다. 크로티는 포틀랜드의 흥미롭고 유서 깊은 자전거 행사를 속속들이 알고 있는데, 한밤의 미스테리 라이드(한 달에 한 번 목적지를 밝히지 않고 달리는 심야 시간대의 단체 자전거 타기)와 자전거 영화제 등이 손에 꼽힌다. 포틀랜드의 자전거 명소를 위해 일한 지 6년 만에 크로티는 굿스포츠 프로모션이라는 2인 기업에 들어갔다. 그녀는 포틀랜드의 활발한 자전거 문화를 형성하는 데 일조했고, 지금도 그 색깔을 유지하고 있는 특유의 자유롭고 시끌벅적한 유료 자전거 행사를 기획한다. 예를 들면 1인당 40달러인 나이트라이드는 한밤의 미스테리 라이드의 원조라고 할 수 있는데 법적 허가와 응급처치가 가능한 의료진, 기술자, 노래방 기기를 모두 갖춘 완벽한 행사다. 이 행사에는 매번 1,400명 정도가 참가한다.

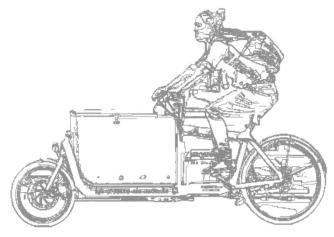

화물 자전거로 하는 시내 배달은 빠르고 비용이 적게 들며 자연스러운 광고 효과도 있다.

2010년, 굿스포츠 프로모션은 오리건과 워싱턴에서 14회의 자전거 이벤트를 개최했고 참가자가 15만 명 정도였다. 이런 행사에 들어가는 비용은 생각보다 매우 낮다. 굿스포츠에서는 포틀랜드에서 자전거 행사를 후원하(고 무료 참가권을 받)는 것을 기쁨으로 생각하는 자원봉사자를 얼마든지 모을 수 있기 때문이다. 굿스포츠의 정직원 7명은 포틀랜드의 도시 브랜드를 강화하고, 전국의 자전거 애호가를 불러 모으는 효과가 있다.

굿스포츠는 포틀랜드 시와 '차 없는 일요일'이라는 일련의 여름 이벤트 계약을 맺으며 크게 성장했다. 몇 마일의 거리를 봉쇄하여 차가 다닐 수 없도록 하고, 그 공간에서 지역 주민들이 도보나 자전거를 즐길 수 있도록 하는 행사였다. 시에서는 이 행사를 통해 포틀랜드의 상징인 건강한 생활 방식과 환경적 건전성을 홍보하고 싶어했다. 차 없는 거리를 자전거로 가로지르는 행복한 가족의 영상과 행사 소식이 전국적으로 방송을 타면서, 실제로 포틀랜드는 살기 좋은 녹색 도시로서의 명성을 쌓을 수 있었다. 그리고 이런 식의 민관 협력 사업은 자전거 산업에 커다란 이득이 된다.

굿스포츠의 성공은 포틀랜드의 탄탄한 자전거 관련 기반 시설 덕분이다. 도시에서 자전거를 타는 것이 안전하고 쾌적해지면서 새로운 자전거 인구(여성과 노인 등)가 늘어나고 있고, 이들이 굿스포츠의 이벤트 티켓을 산다. 그리고 시 정부가 자전거 행사에 협조적이기 때문에 쉽사리 허가를 얻고, 도로를 봉쇄하고, 큰 행사가 있으면 예산은 많이 들지만 경찰력의 도움을 받을 수 있다.

녹색 관광지

포틀랜드의 자전거 산업은 도시 이미지를 지속 가능한 도시, 자전거 친화적인 도시로 만드는 데 공헌한 바가 크다. 이 명성은 상당한 관광 수익으로 돌아왔다. 2009년 4월 2일 뉴욕타임즈는 여행면의 첫 장을 할애해서 포틀랜드로의 자전거 여행에 대한 기사를 실었다. 즐거운 표정을 짓고 있는 포틀랜드 자전거 통근자들의 사진이 기사 위에 컬러로 실려 있었다. 내셔널 지오그래픽과 트래블&레저 지는 포틀랜드를 2010년 국내 여행지 1위로 꼽았고, 환경 운동과 자전거 문화를 특별히 언급했다.

굿스포츠의 셀 수 없는 테마 라이드와 자전거 레이싱, 관광 프로그램처럼 포틀랜드의 소규모 사업체가 운영하는 자전거 행사는 전국의 자전거 인구가 포틀랜드를 방문하는 핵심 이유 중 하나다. 자전거를 고려한 도시 계획, 자전거 산업과 문화의 중심지라는 명성 또한 국내·국외 관광객을 유치하는 중요한 요소다.

포틀랜드를 찾은 관광객들은 지역 소규모 사업체의 도움을 받아 자전거로 도시 관광을 할 수 있다. 고급 호텔에서는 무료 자전거 대여 서비스를 제공하고, 그렇지 않더라도 여행사의 자전거 관광 프로그램에 참여할 수도 있고, 자전거를 렌트해 주는 일반 매장도 도처에 있다.

자전거에 열정을 다하고 있는 자전거 산업 종사자에게 경제적인 수익만큼이나 큰 보상이 되는 것은 그들의 열정을 다른 사람과 나누고 있다는 사실이다. 크로티가 한 말에서도 이를 읽을 수 있다. "나는 자전거와 관련된 일을 할 때 가장 열심히 일하고 좋은 성과를 낼 수 있어요. 내가 무엇보다도 관심을 가지는 일이니까요."

◎

사라 머크는 오리건 포틀랜드의 저널리스트로 자전거, 역사, 도시, 독특한 사람들에 대한 기사를 쓴다.

자전거 산업과 자전거 공예의 밝은 미래

- 에이미 워커

자전거는 새로이 전성기를 맞고 있다. 자전거, 부대 용품, 관련 기반 시설에 대한 수요가 확실히 증가했으며, 기타 관련 상품도 급증했다. 다양한 종류의 책, 잡지, 자전거에 대한 사랑을 상징하는 물건과 의상까지. 이는 크고 작은 사업 기회를 의미하기도 한다.

모멘텀 지에서 일하면서 나는 수년 간 자전거와 자전거 산업에 익숙해 지는 시간을 가졌다. 자전거를 탔던 사람들, 자전거를 타고 싶어하는 사람들을 만나 이야기를 나누었고, 자전거 박람회나 고객초대전에도 참여했다. 내가 깨달은 것 중 하나는 자전거 업계에 종사하는 사람들의 생각이 추가적인 잠재 고객들과도, 자전거를 교통수단으로 삼으려는 사람들과도 다르다는 것이다. 이 산업군의 많은 사람들은 사이클 경주나 그 비슷한 계기를 통해 업계에 들어서게 된 것 같다. 자전거 산업은 여전히 경쟁 중심의 남성 사이클리스트가 지배하고 있으며, 상품과 업계의 문화에는 이러한 특성이 반영된다. 자전거 산업은 아직도 위압감을 줄 정도로 스포츠 중심이다. 그러나 미래의 자전거 르네상스는 다른 사람보다 빨리 달리고 최고 기록을 깨려는 사람이 아니라, 이 장소에서 저 장소로 이동하고 싶은 보통 사람들에 의해 일어날 것이다.

자전거를 주 교통수단으로 삼으려는 고객층을 아직까지 주류 시장이라고 볼 수는 없지만, 이미 상당한 부분을 차지하고 있다. 2008년 조사에 의하면 0.55%의 미국 시민이 자전거를 주요 통근 수단으로 사용하고 있다.

자전거에 대해 막 배우기 시작한 사람들을 친절하게 맞아 주는 자전거 매장이 간절히 필요한 때다. 스스로의 고정 관념을 깨고 잠재 고객이 누구인지, 그들이 무엇을 원하는지, 어떤 자전거를 필요로 하는지에 마음을 열수 있는 자전거 제조사가 필요한 때다. 대규모 자전거 제조사에서 미래 고객층이 현재까지와 같은 요구 사항과 취향을 갖고 있을 것이라 가정하는 것은 정말 크나큰 실수다. 최근 수십 년 동안 자전거를 찾는 주 고객은 성능 중심의 도로 경주용이나 산악자전거를 원하는 중년까지의 성인으로 남성이 절대적인 비율을 차지했다. 하지만 교통수단으로 자전거를 타는 인구층을 살펴보면 훨씬 넓고 다양하다. 다양한 인종, 여성, 아이들, 노인들을 포함하고 있으며 당연히 요구 사항도 모두 다르다.

나는 늘 자전거 제조사들이 자동차 산업에서 힌트를 얻어야 한다고 생각해 왔다. 교통수단으로 자전거를 사는 사람들은 자전거에 차량과 같은 의미를 두고 있으므로 더 많은 예산을 책정한다. 그러나 그 가격에 합당한 제품을 만들어 내는 것은 제조사의 몫이다. 일단 첫 단계로 완전한 이동 수단을 만들어 내야 한다. 자전거를 주요 교통수단으로 생각하는 대중과의 연계점을 만드는 것이 중요하다. 나는 이를 눈앞에 선하게 볼 수 있다. TV 광고에 솜씨 좋게 도로를 헤치고 나가는 늘씬한 자전거 탑승자가 등장한다. 목소리가 배경으로 깔린다. "이 길의 모든 커브, 돌멩이 하나, 차선 하나까지도 모두 알고 있는 당신. 이 길을 달리는 당신은 완전하다."

자전거는 실용성의 문제이면서 또한 자기표현의 수단이다. 자전거에 대한 욕망을 채우기 위해서 많은 사람들이 빈티지 자전거를 사서 개조하는데, 낡은 강철 자전거에서만 느낄 수 있는 독특한 스타일을 원하기 때문이다. 오클랜드의 메니페스토 사이클 같은 자전거 매장에서는 이런 수요를 충족하기 위해서 아름다운 낡은 자전거를 개조하고 정비해 판매하고 있다.

이와 마찬가지로, 수제 자전거 제작자들은 프레임 스타일과 컬러의 다양한 선택권을 제공한다. 기성품을 살 때보다 훨씬 흥미롭다.

컴퓨터 시대가 되면서 수공예를 업으로 삼는 것이 수월해졌다는 사실은 그야말로 멋진 아이러니가 아닐 수 없다. 인터넷은 개인 공예가를 더 많은 고객층과 연결시켜 준다. 인터넷 웹 사이트는 온라인 판매를 할 수 있는 시장이기도 하고, 공예가들끼리 정보를 나누고 서로를 응원하는 공유의 장이기도 하다.

일상용 자전거 시장에는 독립적인 공예가의 잠재 고객들이 줄을 서 있다. 자전거를 선택한 사람이라면 지구 환경에 대한 의식이 있는 경우가 많기 때문에 환경적 영향을 줄이고 도덕적이며 지속 가능한 구매를 하려고 하며, 오랜 기간 사용할 수 있는 고급 상품에 관심이 많다. 전통적인 자전거 산업은 이런 타입의 고객들의 수요를 충족시킬 수 없는 경우가 많다. 게

다가 이들은 자전거뿐만 아니라 랙, 바스켓, 안장 커버, 자전거 종, 패니어, 가방 등 잘 만들어진 자전거 부대 용품도 필요로 한다.

자전거를 교통수단으로 활용하는 것은 아직 흔한 일은 아니다. 우리가 살아가고, 일하고, 노는 공간에 자전거를 끌어들이는 것은 여전히 낯선 일이다. 자전거를 우리의 삶에 녹아들게 하는 과정에는 많은 문제가 있을 것이다. 그러나 기업가라면 누구나 문제는 곧 기회를 의미함을 알고 있을 것이다. 현재 존재하는 자전거와 부대 용품, 의복을 개선하고 자전거를 생활 용품으로 만들 수 있는 멋진 해결책은 분명 있다. 만약 자전거와 관련된 직업을 가지고 싶다고 생각한 적이 있다면, 지금이 바로 최적의 시점이다.

자전거의 발달 단계: 법적 권리를 위한 도전의 역사

- 데이빗 헤이

나는 자전거 변호사다. 많은 사람들은 이 말이 무슨 의미인지 이해하지 못한다. 나는 손상된 자전거를 대변하는 사람이 아니라 자전거를 타면서 피해를 입은 사람을 대변하는 변호사다. 그 말은, 나는 타인(주로 차량 운전자들)의 부주의로 인해 부상을 입은 자전거 탑승자의 권익을 위해 일한다는 뜻이다.

나는 인간의 평균적인 정신 발달 단계를 자전거 문화가 발전해 온 역사에 비유하는 것이 꽤나 적절하다고 생각한다. 내가 법조계에서 일을 시작했을 때, 자동차 중심적인 서구 문화에서 자전거는 유아기에 있었다고 볼 수 있다. 법적인 관점에서, 자전거를 탄 사람은 아동과 같이 취급되었다(즉, 형편없는 대우를 받았다는 뜻이다). 차량 운전자들은 자전거를 성가시게 생각했다. 도로 사용자의 의식 속에 자전거가 차지할 자리는 없었다. 자전거를 탄 사람이 교통사고를 당하면 '어쨌든 언젠가는 일어날 일'이었다고 반응하던 시절이었다. 운전자의 과실이 100%인 사고에서도 사람들의 이런 시각은 변하지 않았고 처음부터 자전거를 몰고 도로에 나온 것이 잘못이라며 자전거를 탓했다. 자전거는 도로에서 안 보이는 편이 좋았고, 권리를 주장하는 건 당연히 안 될 말이었다.

그러나 이 아이가 서서히 자라났다. 곧 환경을 생각하는 몇몇 자전거 지지 단체가 생겨나서 지하에서(보통 관공서에서) 은밀한 회의를 하며 '혁명'을 준비했다. 나는 이런 회의에 참여한 경험이 많고, 몇 차례 단체 운영을 주도하기도 했다. 이들 단체는 더 많은 사람이 자전거를 타야 노예 생활과 같은 차량 중독으로부터 인류를 해방시킬 수 있다는 데 의견을 모았다.

처음에는 아이가 떼를 쓰는 것 정도로 생각하고 아무도 귀를 기울이지 않았다. 그러나 결국 아이의 고집을 꺾을 수 없다는 것이 분명해지자 자금과 영향력을 가진 몇몇 조직이 관심을 보이기 시작했다. 나는 그때의 자전거를 유치원생이라고 표현한다. 자전거 인구가 늘어나면서, 주 정부에서는 자전거를 위한 활동을 시작했다. 교통 관련 법규가 상당 부분 개정되어 자전거는 차량과 같은 권리와 의무를 부여받았다. 자전거를 갓난아이로 취급하지 말자는 공식적인 결정이 내려진 것이다.

법적인 변화가 일어나면서 자전거와 다른 교통수단 사이에는 삭막한 냉전기가 찾아왔다. 차량 운전자들은(보험사와 변호사의 힘을 빌려) 자전거 이용자들이 져야 할 의무에 대해 말하기 시작했다. 자전거 탑승자들도 그들의 법적 권리를 주장했다. 부모와 유치원생 아이 사이에 수없는 싸움이 뒤따랐고, 그 과정을 지나면서 불완전한 공존의 시대에 들어서게 되었다.

자전거는 계속해서 자랐다. 지지 단체는 정치인들, 영향력 있는 사람들의 후원을 받기 시작했고 엔지니어와 도시계획가들은 드디어 자전거 전용로를 만들기 시작했다.

자전거를 탄 사람이 늘어나면서 나 같은 사람이 할 일도 늘어났다. 자전거를 타는 사람들은 늘어나고 자전거를 불쾌하게 여기는 차량 운전자는 줄어들지 않았으니 어쩌면 당연한 일인지도 모른다. 때때로 양측의 싸움은 폭력으로 번지기도 했다. 나는 잘 알려진 도로 폭행 사건을 맡아 자전거 탑승자를 폭행한 차량 운전자의 패소 판결을 받아낸 적이 있다. 그는 집을 경매에 넘기겠다는 위협을 받고서야 마지못해 보상금을 지불했지만, 마지막까지 판결에 승복하지 못하는 태도를 보였다.

자전거는 아직 완전히 성숙하지 못했다. 많은 유럽 국가에서처럼 자전거가 존중받는 지위를 가질 수 있을지의 여부도 사실은 아직 확실하지 않다. 하지만 분명한 것은 '사람이 살아가는 도시'를 원하는 사람들이 늘고 있다는 것이다.

자전거가 어느 정도의 인기를 누리는가와 상관없이, 정부와 법조계의 지원은 항상 필요할 것이다. 법의 목적 중 하나는 피해를 줄이는 것이다. 그것이 최초에 차량과 자전거가 동일한 권리와 의무를 가진다는 조항을 만들었던 목적이다. 자전거가 차량보다 열등하다는 사고방식은 사라져야 한다. 부상당한 자전거 탑승자가 차량 운전자에게 보상을 요구하는 것을 기회주의적이라고 보는 시각이 바뀌어야 한다. 모든 측면에서 지레짐작은 금물이며, 서로에 대한 관용이 필요하다. 나는 사건 변호 도중에 해고된 경험이 있다. 내 고객은 50세의 빌딩 유리 청소부였고, 자전거를 타다 사고를 당해 중증의 사지 마비 상태에 빠져 있었다. 사고를 낸 어린 차량 운전자는 회의실에 들어서자마자 휠체어에 앉아 있는 고객을 보고 펑펑 눈물을 쏟았다. 내 고객은 잠시 둘만의 시간을 달라고 부탁했고 가해자를 용서했으며 그가 눈물을 그칠 때까지 15분간 도리어 위로를 해 주었다. 사람은 누구나 순간적인 부주의를 저지를 수 있다. 자전거와 자동차가 같은 도로를 달리면 사고는 언제나 일어날 수 있다. 이를 이해하고 위험을 줄이려고 상호 존중과 평화적 공존에 대한 소망으로 함께 노력하는 것이 우리의 목적이 되어야 한다.

자전거에 대한 공평한 대우를 위해서는, 교통 법규의 많은 부분이 명확해져야 할 필요가 있다. 세계적으로 자전거 문화는 그 힘을 더해 가고 있다. 하지만 향후 10년이 중요한 시기가 될 것이다. 법적인 면과 기반 시설 구축에 있어 자전거의 존재와 지위를 인식하고 진보적으로 변화를 이끌어 가야 할 것이다. 자전거가 연루된 사고 조사를 하는 경찰은 열정과 책임감을 가져야 한다. 자전거 사고의 현장 검증을 할 때는 자전거와 관련된 규정에 대한 트레이닝이 선행되어야 한다. 차량 운전자는 세상이 바뀌었다는 것, 그래서 예전에 자전거에 대해 가졌던 태도가 부적절하다는 것을 깨달아야 한다. 결국 민주 사회에서 사람들은 명문화되어 분명하게 집행되는 법규를 따르게 되어 있다.

사람의 정신 발달에 3단계가 있다고 한다. 완전한 무의식, 불완전한 의식, 완전한 의식이다. 자전거는 여전히 미성숙한 상태로 완전한 의식을 찾으려는 노력을 하고 있다. 우리의 법이 자전거를 수용하고 권리와 의무의 큰 틀을 만들어 주어야만 이것이 가능하다.

◎

데이빗 헤이는 리처드 부엘 서튼 사의 법조 파트너이다. 자전거 커뮤니티의 신뢰받는 동맹군이며, 지난 23년간 자전거 사고로 인한 부상 관련 소송을 위해 일해 왔다. 개인, 보험 종사자, 자전거 사회, 지지 운동가, 대중매체, 정부 기관을 위해 운전 부주의 관련 법규에 대해 교육하고 있다.

자전거 타기 운동의 역사

- 제프 메이프스

1980년대 후반, 자전거를 주 교통수단으로 만들기 위해 노력하던 사람들은 힘겨운 싸움을 하고 있었다. 각 지역에서 활동하던 자전거 타기 운동 단체들은 거의가 소멸 직전이었다. 유가가 추락하면서 도시가 무분별하게 확장되고 바퀴 달린 거실이나 다름없는 거대한 SUV와 미니밴이 도로를 가득 메웠기 때문이다.

정치권과 교통국에서는 많은 교통량을 수용할 수 있는 도로를 건설하는 데만 심혈을 기울였다. 교통 공학자들은 자전거를 누군가는 교통수단으로 활용한다는 사실을 전혀 염두에 두지 않은 채 교통 시스템을 만들었다. 가장 무서운 것은 아이들이 자전거로 학교에 가는 풍경을 흔히 볼 수 없게 되었다는 것이다. 납치나 살해의 공포가 더해 갔고, 도로는 위험해졌으며, 한때는 어린 시절의 통과 의례와도 같았던 자전거 등교는 그렇게 사라져 갔다.

그러니 살아남은 자전거 지지 단체들이 워싱턴 DC에서 로비 집단을 형성했을 때 '루저 연합'이라고 조롱당한 것도 크게 이상할 것이 없었다. 이집단의 공식적인 명칭은 '노면 교통 정책 프로젝트'였는데, 미국의 도로에서 권리를 박탈당한 주체들을 대변하는 것이 목적이었다.

노면 교통 정책 프로젝트의 목표는 4~5년에 한 번 국회에서 교통수단의 공식적인 우선순위를 정하는 입법안에서 우선권을 빼앗아 오는 것이었다. 그리고 놀랍게도 그들은 이 목표를 이루어 냈다. 다니엘 패트릭 상원의원(뉴욕 민주당원)의 결정적인 도움에 힘입어, 개혁의 무리는 1991년 다중노면 교통 효율화법(ISTEA, Intermodal Surface Transportation Efficiency Act)을통과시켰다.

최초로 석유에 붙은 세금의 일부를 들여서 자전거와 도보를 일상 교통수단으로 만드는 프로젝트를 지원했다. 교통 예산으로 보면 극히 일부이긴 했지만, ISTEA가 통과되면서 자전거 전용로와 보도 확충을 포함해서기타 자전거와 도보를 생각하는 새로운 도시 계획 프로젝트에 수십억 달러의 지원이 쏟아졌다.

자전거는 또한 1990년대 비만이 사회 문제로 인식되면서부터 공공보건국의 강력한 지원을 받게 되었다. 미 외과 전문의들은 1996년 미국인들의운동 부족에 대해 경고했다. 현대의 직장에서는 몸을 많이 움직이지 않는데다 점점 멀어지는 직장, 학교, 쇼핑 공간까지 이동하면서 차 안에서 보내는 시간이 너무 많아서라는 설명이었다. 이 보고서는 시민들의 일상에 자전거와 도보를 어떻게 결합시킬 것인지 정책 입안자들의 고민이 필요하다고 언급하고 있으며, 안전과 편리성이 보장된다면 자전거 통근을 긍정적

으로 고려하겠다는 시민 대상의 설문 결과도 포함하고 있다.

지구 온난화에 대한 우려와 치솟는 유가도 자전거를 비롯한 대체 교통 수단을 새로이 조명하는 계기가 되었다. 도시 교통의 새 시대를 이끌어 가는 사람들은 차를 많이 수용하는 도로를 건설하는 것이 장기적으로 지속 가능한 정책이 아니라는 사실을 알게 되었다.

그러나 아마도 자전거 타기 운동의 가장 큰 업적은 다음 세대의 대체 교 통수단으로서 가지는 장점을 알렸다는 사실일 것이다. 언젠가는 자동차 가 자유를 얻는 수단이 아닌 비싸고 성가신 존재가 될 날이 올 것이다. 자전거 타기 운동가들은 이날을 예견하며, 자전거를 교통수단으로써 홍보하고 있다기보다는 생활 방식의 전환을 마케팅 포인트로 삼고 있다.

"우리는 자전거가 섹시하고 재미있다는 인상을 주려고 노력하고 있어요." 샌프란시스코 자전거 연합의 프로그램 기획자인 앤디 손리는 이렇게 말한다. "다리 사이의 뜨거운 무엇? 바로 자전거. 뭐 이런 거 있잖아요." 샌프란시스코 자전거 연합에서는 수년간 시내의 바에서 '사랑은 바퀴를 타고'라는 기금 모금 프로그램을 진행하고 있는데, 데이트 게임의 포맷을 따르는 이 프로그램에서는 자전거 타기가 '천연 비아그라'라고 홍보한다.

자전거가 광고에 등장하기 시작하면서부터 일반인들도 뭔가 변화가 일어났다는 사실을 느끼고 있을 것이다. 예를 들자면 2007년 포드 사의 광고에는 한 아빠가 십대 딸을 SUV에 태우고 영화를 보러 가는 장면이 있었다. 딸은 주저하면서 극장에서 몇 블록 떨어진 곳에 주차하면 안 되겠냐고 말을 꺼낸다. "그 근처에 사는 사람들은 자전거나 하이브리드 차를 탄단 말이예요." 그러자 아빠는 지금 타고 있는 차가 사실 하이브리드라고 말하고, 딸은 만족스러운 표정을 짓는다.

광고의 메시지는 분명 자전거가 아니라 SUV다. 하지만 이런 광고를 보면 세계적인 마케터들도 자전거를 쿨한 이미지의 도시 교통수단으로 인식하게 되었음을 엿볼 수 있다.

거리에 나가 보면, 그 어느 때보다 많은 자전거가 돌아다닌다. 어려운 경제에서 직업을 찾지 못하고 팍팍하게 살아가는 젊은이들에게 도시의 자전거 붐은 스타일과 실용성의 멋진 결합이었다.

자전거 운동은 이제 자리를 잘 잡아서 예전처럼 사회 주변부로 밀려나는 일은 아마도 없을 것이다. 아메리칸 자전거 리그(LAB)는 '자전거 친화적인'이라는 타이틀을 얻은 지역사회 150곳의 명단을 가지고 있다. 최고 레벨인 '플래티넘'으로 지정된 도시는 캘리포니아의 데이비스, 오리건 포틀랜드, 콜로라도 볼더가 있는데 모두 체계적인 자전거 전용로 건설로 유명한 곳이다. 캐나다에서는 몬트리올과 밴쿠버가 세계적인 자전거 명소로 꼽힌다.

사소한 일로 생각될 수도 있지만, 자전거 타기 운동은 결코 사소한 일이 아니다. 자전거 타기 운동을 하는 사람들은 지금도 교차로 하나, 도로 한 블록이라도 자전거 친화적으로 만들기 위해 계속해서 노력하고 있다.

제프 메이프스는 오리건주 포틀랜드에 거주하는 작가이자 블로거이며, 30년 이상 오리거니언 지의 정치면 기자로 일하고 있다. 그는 또한 《페달의 혁명: 자전거는 어떻게 미국의 도시를 바꾸는가 (Pedaling Revolution: How Cyclists Are Changing American Cities)》의 저자이기도 하다. 교통수단 과 관련한 가장 최근의 지출은 35kg의 화물 자전거 구입이다.

상상에서 현실까지: 풀뿌리 자전거 운동

- 크리스틴 스틸

"의식 있는 시민의 작은 모임이 세상을 바꿀 수 있다는 사실을 의심하지 말라. 사실, 그것은 세상을 바꾸어 온 유일한 힘이다."

- 마거릿 미드

1999년, 사우스 캐롤라이나 교통국(DOT)은 쿠퍼 강을 가로지르며 찰스턴과 마운트 플레전트를 이어 주는 낡은 다리 두 개를 재건설하기로 했다. 구 교량의 디자인은 자전거 이용자를 고려하지 않은 형태였다. 의식 있는 시민의 작은 모임이 만들어졌다. 그들은 각종 지역사회 모임을 찾아서 자전거를 타고 건널 수 있는 다리에 대한 그들의 비전을 공유했다. 자금력 없이 시작했지만 곧 지역사회 내 다른 단체의 후원을 받을 수 있었다.

자금을 공동 출자해서 새로 건설되는 교량을 자전거가 지나갈 수 있도록 설계해 달라는 청원을 담아 수천 장의 엽서를 시장에게 보냈다. 추가로 DOT에서 공식적인 입장을 표명하기 전에 미리 자전거 도로가 있는 교량에 대해 공식적으로 감사를 표시하는 전략이 사용되었다. 그들은 "자전거를 타고 새 다리를 달릴 날이 빨리 오기를! 감사합니다 DOT!"라는 공식 슬로건을 만들어 티셔츠와 범퍼 스티커에 인쇄하고 지역 신문에 전면 광고를 냈다. 시장이 받은 수천 장의 엽서와 이 캠페인은 DOT에 상당한 압력으로 작용했고, 최종적인 교량 디자인은 3.5m 넓이의 자전거·보행자용 공간을 포함하게 되었다.

자전거 타기 운동가들은 자원이 부족하다고 해서 도전의 기회를 놓치지 않는다. 당신이 속한 지역사회를 자전거 타기에 더 좋은 곳으로 만들려는 관심만 있다면 변화를 일으킬 수 있다. 먼저 장애물과 기회를 나열해 보자. 안전하게 자전거를 타는 데 걸림돌이 되는 것은 무엇인가? 자전거 친화적인 지역사회에 대한 개인적인 비전은 무엇인가? 그중 해결되었을 때 안전하게 자전거를 타는 데 가장 큰 영향을 미칠 수 있는 문제는 무엇인가? 현실성 있는 안건으로 선택의 폭을 좁혀 보자.

도시 전체에 일반 도로와 분리된 완전한 자전거 전용로를 갖추는 것이 궁극적인 비전일 수도 있지만, 처음부터 너무 무리하지는 말자. 능력에 맞는 일부터 시작해야 한다. 나중에 더 큰 자전거 전용로의 일부가 될수 있는 작은 자전거 전용 오솔길을 만드는 것이나 주요 교량의 자전거 통행권을 획득하는 것은 해 볼 만한 도전이다. 많은 사람들이 관심을 가질 만한 일, 그리고 적어도 소수의 사람들은 열정적인 관심을 보일 만한 일을 선택해야 한다. 캠페인에 참여하는 사람의 수가 늘어날수록 더 큰 정치적 세력을 형성할 수 있기 때문에 이는 매우 중요한 일이다. 자전거 타기 운동 단체에서 일하고 있다면 이 캠페인의 장기적인 영향에 대해서도 생각해야 한다. 이 일이 단체의 성장에 어느 정도의 영향을 미칠 것인가? 더 큰 힘을 얻어 다음에는 더 중대한 사안에 대한 캠페인을 벌이는 데 도움이 될 것인가?

해결하고 싶은 문제를 정했다면, 상상을 현실로 만드는 과정에 도움이 될 만한 팁이 몇 가지 있다.

1. 문제를 정의하라. 어떤 문제를 해결하려는 것인가? 제안하고 싶은 해결책은 무엇인가? 이에 대한 대답을 간결하고 미래지향적인 문장으로 만드는 것이 첫 단계이다.

2. 목표를 설정하라. 캠페인이 끝났을 때 성공인지 실패인지 어떻게 판단할 것인가? 최종 목표를 확실하게 잡아라. 최종 목표 달성에 도움이 되는 단기, 중기 목표를 세우는 것도 좋다.

3. 자원을 평가하라. 단체의 강점과 약점에 대해서 현실적으로 파악하라. 이 문제에 힘을 합칠 만한 동맹군이 있는가? 예상되는 반대 세력은 누구인가? 도와 줄 사람은 얼마나 되고, 자금은 얼마나 있는가? 현재 가진 자산을 목록화하면 승리의 전략을 세우는 데 도움이 될 것이다.

4. 빈틈없이 전략을 짜라. 원하는 결과를 얻기 위해서 누구의 마음을 바꾸어야 하는가? 의사결정자를 분명히 하고, 그들을 주 타깃으로 삼아라. 그 다음에는 의사결정자들에게 영향을 미칠 수 있는 사람들을 2차 타깃으로 삼아라. 이들을 개인적으로 알고 있는가? 어떻게 주 타깃과 공략할 기회를 만들 것인지 계획하라.

5. 하고자 하는 말을 다듬어라. 이는 대중매체를 통해 이야기할 때도 편리하다. 기발하고 기억할 만한 슬로건이 있다면 큰 효과가 있으며, 엽서나

범퍼 스티커에 프린트할 수도 있다.

6. 작전을 개발하라. 여기서부터가 재미있는 부분이다. 바로 이 단계로 뛰어넘고 싶겠지만, 적절한 작전을 짜려면 앞선 단계를 제대로 수행해야 한다. 작전은 주요 타깃, 2차 타깃, 또는 대중을 대상으로 한다. 작전은 목표를 성취하는 데 도움이 되어야 하며, 보유한 자원에 대한 현실적인 평가를 기반으로 해야 한다. 후원자들을 하나로 모아 주면서도 참여하지 않는 사람들을 소외시켜서는 안 된다. 대중 매체가 관심을 가질 만한 작전을 짜라. 물론 항상 최선의 방식은 아니지만, 미디어의 관심이 있으면 더 많은 후원자를 모으고 주요 타깃의 주의를 끌기가 수월해진다.

7. 자원을 관리하라. 모든 캠페인에는 자원이 필요하다. 시간이나 자금, 혹은 둘 다. 캠페인의 목표를 이루려면 어떤 자원이 필요한가? 표지판이나 엽서를 구매하기 위한 자금이 필요할 수도 있고, 시위를 함께할 사람 100명이 필요할 수도 있다. 어떤 자원이 필요하며 어떻게 얻을 수 있는지 현실적으로 생각하라.

처음 설정한 목표를 이루면 도와준 사람 모두에게 감사하고 축하하는 것을 잊어서는 안 된다. 힘든 과정에 대한 보상은 성취의 기쁨이다. 더 나은 자전거 환경을 위한 변화의 불꽃을 시작했다는 데 자부심을 느껴도 좋다. 아마 덤으로 자전거 타는 것도 조금 순조로워져 있을 것이다.

◎

크리스틴 스틸은 자전거·도보 연합에서 활동하고 있으며 프리랜서 작가, 콜라쥬 예술가이자 정원사로 북부 캘리포니아에 남편과 두 아이와 함께 살고 있다.

뭉쳐야 산다

- 엘리 블루

2008년, 포틀랜드의 도로에 위기가 찾아온 적이 있었다. 유가가 연일 최고가를 기록하면서 도시의 모든 사람들이 갑자기 유행의 첨단을 달리는 경제적인 교통수단이 바로 자전거라는 사실을 알아차린 것 같았다. 자전거 관광도 성행했다. 모든 도로와 자전거 전용로, 교량, 보도가 자전거를 타기 시작한 사람들로 가득 찼는데, 경험도 없으면서 부주의한 사람들이 너무나 많았다. 차량 운전자들도 이 갑작스런 변화에 어떻게 대처해야 할지 몰랐다. 속력을 높여서 이 자전거를 지나가는 것이 맞는지, 계속 뒤를 따라 저속 운행을 해야 하는지 판단할 수가 없었을 것이다.

사람들은 시간이 지나면서 서서히 정신을 차리고 매일 마주하는 거대한 자전거 무리에 어떻게 대처해야 할지 생각하기 시작했다. 사정은 조금씩 나아졌다. 어느 순간 나는 자전거 붐 이전과 비교해서 오히려 도로가 더 안전해졌다는 것을 깨닫게 되었다.

기우뚱기우뚱하는 자전거 초보와 법규를 완벽히 준수하는 사람과 완전히 제멋대로인 아이까지 다양한 종류의 자전거가 거리로 쏟아져 나왔으니 자전거 사고율이 높아졌을 것이라는 추측을 해 볼 수 있다. 그러나 정반대의 일이 일어났다. 연구 결과에 따르면 자전거를 타는 사람이 늘어날수록 자전거 타기는 안전해진다고 한다. 꽤 복잡한 포틀랜드 자전거 관련 통계 그래프에 따르면 도시의 중심인 중앙 다리를 지나는 자전거의 수가 꾸준히 늘어나는 동안 치명적인 자전거 사고의 그래프는 계속 아래쪽을 향했다.

포틀랜드 시에서 자전거에 특화된 기반 시설을 확충한 것이 자전거 인구 증가의 가장 큰 원인으로 꼽힌다.

내가 '뭉쳐야 산다'라고 이름 지은 현상은 2003년 공공보건학자 피터 제이콥슨의 학술 논문에 처음으로 등장했다. 캘리포니아 파사데나 당국으로부터 그들의 도시가 '자전거를 타기에 위험한 장소'인지 판단해 달라는 요청을 받은 후에, 제이콥슨은 자전거 인구의 변동이 있었던 다른 지역사회의 사고 데이터를 수집했다.

그는 연구 결과에 스스로도 놀라워했다. 한 지역사회 내에서 자전거 인구의 수와 자전거 관련 사고 건수에는 역의 관계가 있었다. 자전거 인구가 증가하면 관련 사고는 도리어 감소했다. 그는 이러한 변화는 갑작스럽게 일어나며, 기반 시설 확충이라든가 자전거 문화의 성숙과 같은 더딘 변화와는 연결점을 찾기 힘들다고 보았다. 그는 자전거 타기가 안전해진 것은, 최소한 어느 정도는, 자전거 인구가 늘어났기 때문이라는 결론을 내렸다. 자전거가 놀라운 수치로 늘어날수록 그 영향도 가히 혁명적이었다.

교통 분야에서 뭉쳐야 산다는 개념이 언급되기 시작한 것은 1940년대로 거슬러 올라간다. 연구원들은 도로의 차량이 늘어날수록 안전성은 증가한다는 것을 밝혀냈다. 2003년 제이콥슨의 연구 결과는 자전거와 보행자의 안전에 대해 생각하는 도시 계획자나 교통 공학자들 사이에서 유명한 이론이 되었다.

사람들은 자전거의 안전을 '자전거' 자체의 문제로 생각하는 경향이 있다. 헬멧을 써야 한다는 것이 가장 먼저 이야기되고, 조명과 밝은색 옷으로 운전자에게 잘 보이도록 해야 한다는 것이 그 다음으로 언급되는 부분이다. 대화가 더 심오하게 진행되면 기반 시설이라는 주제로 넘어간다. 일반 도로에 차량과 함께 달리는 것이 최선인가? 일반 도로를 주행하되 전용 차선을 사용해야 하는가, 아니면 분리된 자전거 전용로를 두어야 하는가? 그리고 도로 규칙과 방어적인 자전거 타기를 교육해야 한다는 결론으로 토론이 끝난다.

앞서 말한 모든 것들이 물론 중요하다. 하지만 이 토론은 거의 모든 자전거 사고의 원인이 바로 차량이라는 사실을 간과하고 있다. 심각한 자전거 사고는 항상 차량과 자전거가 충돌했을 때 일어난다. 운전자가 이런 종류의 사고를 일으키는 원인은 매우 여러 가지가 있지만 주로 과속이나 회전 시 핸들 조작 실수, 부주의로 인해 사고가 일어나는 경우가 많다. 이런 행동이 다른 차량과의 충돌을 일으키면 보통 범퍼가 찌그러지는 정도로 끝나지만, 자전거 사고에서는 훨씬 더 치명적인 결과를 부른다.

자전거의 존재는 우리의 직관과는 반대로 잠재적인 피해를 줄인다. 도로에 자전거가 많아지면 '뭉쳐야 산다' 이론에 의해서, 이 자전거들이 신기한 교통정리 효과를 발휘한다. 차량 운전자들은 더 집중하게 되고, 속도를 줄이고, 조심해서 주행하고, 사각지대를 거듭 확인하고, 예상치 못한 일을 예상하는 법을 학습한다. 도로가 위험해졌다는 것을 지각하고 행동을 조절하는 것이다. 그리고 도로는 모두에게 안전한 곳이 된다.

이 모든 것이 교통 법규로 정해져 있는 것은 아니다. 모두가 무언의 약속을 지키는 것이다. 운전자와 자전거와 보행자가 서로의 행동을 관찰하며 함께 도로의 평화를 지켜 나가는 것을 보고 있으면 그저 놀라울 뿐이다.

◎

엘리 블루는 오리건 포틀랜드에 거주하며 자전거에 대한 글을 쓰고 잡지를 발행한다. 그녀는 여성 자전거 연합의 공동 운영자이며, PDXbyBike.com의 공동 소유주이기도 하다.

안전하게 등교하기

- 뎁 허브스미스

어린 시절 자전거나 도보로 등교했던 기억이 있을 것이다. 옆집에서 기르던 귀여운 강아지, 꽃피는 봄날, 헉헉대며 오르막길을 뛰어가던 일 등. 자전거를 타고, 또는 걸어서 학교에 가는 것은 건강에 좋은 운동이며 책임과 자유의 감각을 선사한다.

안타깝게도 오늘날의 아이들은 그런 행운을 맛보지 못한다.

교통 전문가가 아니라도 아이들이 학교에 도착하는 시간에 교통 체증이 가장 심각하다는 것쯤은 느끼고 있을 것이다. 사실 교통국 보고서에 의하면 아침 교통량의 15~30%가 학교에 아이를 데려다 주는 학부모인 것으로 조사되었다.

소아 비만의 위험과 교통안전, 온실효과를 생각하면 뭔가 대책이 필요하다는 것은 분명하다.

안전하게 등교하기 프로그램의 목표는 단순하다. 아이들이 걸어서, 또는 자전거를 타고 학교에 가는 것을 안전하고 쉽고 즐겁게 만드는 것이다. 이를 달성하면 아이들의 신체 활동을 증가시키고, 안전성을 개선하며, 교통 체증을 완화하고, 따라서 온실가스 방출도 줄일 수 있고, 결과적으로 모든 주민들이 살기 좋은 환경의 건강한 지역사회를 만들 수 있다.

공식적으로 안전하게 등교하기 프로그램이 시작된 것은 1978년 덴마크 오덴스에서다. 이 지역은 유럽에서 유아 보행자 사고 사망률이 가장 높았고, 아이들의 위한 안전 대책을 요구하는 학부모들의 목소리가 높아지고 있었다. 이 프로그램을 통해 등교 경로와 횡단보도의 구조가 개선되었고, 이후 10년이 지나며 보행자 사망 사고는 80% 감소했다.

네덜란드에서는 초등학교를 졸업하려면 자전거와 보행 안전에 대한 상세한 지식을 설명할 수 있어야 한다. 분리된 자전거 전용로의 건설이 진행되면서 네덜란드 지역 내 이동의 40~50%는 자전거로 이루어지게 되었다. 오스트레일리아는 아동 자전거 및 보행 안전 교육 프로그램을 시작했고, 캐나다에서도 1990년대에 안전하게 등교하기 프로그램이 시작되었다. 1990년대 중반에는 영국의 비영리 단체 서스트랜이 복권 수익으로 운영되는 안전하게 등교하기 프로그램을 만들었다. 유럽에서의 이와 같은 성공 사례를 보고 미국은 그 전철을 밟게 되었다.

미국에서 자전거나 도보로 등교하는 프로그램이 처음 시작된 것은 1997년이다. 시카고에서는 걸어서 학교 가는 날 행사가, 브롱크스에서는 교통 안전을 개선하기 위한 프로그램이, 캘리포니아에서는 학교 주관의 자전거 등교 홍보 프로그램이 진행되었다. 1999년 이런 노력은 날개를 달게 되었는데, 캘리포니아에서 연방 정부 제공 도로 안전 예산의 1/3을 안전하게 등교하기 프로그램을 위한 기반 시설 확충에 투자한다는 법안이 통과된 것이다. 이 법안을 지지한 것은 학부모, 교통 기획가, 자전거 및 도보 지지자, 지방 정부, 도시 공학자 등이었다. 2000년을 시작으로 캘리포니아에서는 등굣길 안전을 위한 보도, 건널목, 자전거 차선 등에 연간 2,400만 달러의 보조금을 지원하고 있다. 이 프로그램은 여전히 진행 중이다.

안전하게 등교하기 프로그램은 이제 안정된 프로그램으로 학교와 지역 사회에 큰 변화를 이끌어 가고 있다. 우리는 이 프로그램이 "현 세대의 습관을 바꾸고 있다."는 이야기를 많이 듣는다. 다음 두 사례가 있다.

→ 콜로라도의 롱몬트와 볼더에서는 27만 달러의 안전하게 등교하기 기금을 들여 초등학교에서 자전거·도보 활동 장려 및 교육 프로그램을 운영했다. 한 초등학교는 프로그램 시작 전 자전거로 등교하는 학생 수가 십수 명에 불과했지만, 그 학년이 끝날 때쯤에는 프로그램의 효과로 5배 정도 증가한 60명이 매일 자전거 등교를 하게 되었다.

→ 뉴멕시코 라 크루세의 힐라이즈 초등학교에서는 아이들이 도보와 자전거 등교를 하도록 장려함으로써 감소한 차량 운행의 환경적 효과를 기록하는 파일럿 프로그램을 시행했다. 부모님 차량 등교가 7.3% 감소했는데, 매일 아침 학교에 들어오는 차량이 38% 줄었다는 것과 같은 의미다. 평균적인 등교 거리를 가정했을 때 연간 8,256km의 차량 이동이 감소했으며, 이는 2톤의 이산화탄소와 128kg의 기타 오염물질이 덜 배출되었다는 것을 의미한다. 학생 일부가 걷거나 자전거를 타는 것이 지역사회에 엄청난 변화를 가져올 수 있다. 이 도시는 초기 결과에 고무되어 안전하게 등교하기 프로그램을 시내 모든 학교로 확대하는 중이다.

그리고 프로그램을 경험한 사람들은 이렇게 이야기한다.

"저는 몇 년 동안 안전하게 등교하기 프로그램에 참가해 왔어요. 공기에 좋다는 것, 기름을 아끼는 것, 환경오염이 줄어드는 것이기 때문에 중요해요. 아침에 학교에 걸어올 때마다 상쾌하고요. 걷는 게 좋아요. 자전거 타는 것도 좋고요!"

— 가이, 3학년, 뉴멕시코 라 크루세

"안전하게 등교하기 프로그램은 많은 학생들에게 일상에서 신체 활동을 하도록 만들고, 평생 지속될 건강한 습관을 길러 줍니다. 성인이 되었을 때 비만이나 기타 만성적인 질병의 위험을 줄여 주겠죠."

— 캐리 필더, 미시시피 공공보건국

안전하게 등교하기 프로그램은 아메리칸 바이크, 바이크비롱, 기타 협력단체와 함께 자전거와 도보의 경제적인 효과와 안전성 증대, 교통 선택권, 공공보건에 끼치는 긍정적 영향 등을 홍보하려 노력하고 있다. 구성원들은 지역 의원을 만나 안전하게 등교하기 프로그램이 지역 주민들에게 혜택이 되고 지역 경제에 도움이 된다고 설득하고 있다.

◎

뎁 허브스미스는 500개 이상의 조직이 참여하는 안전하게 등교하기 전국 연합 총 책임자이다. 그녀는 자전거를 주 교통수단으로 삼고 있다.

자전거를 위한 도시 디자인: 도로포장 벗기기

- 로리 케슬러

조니 미첼이 옳았다. 우리는 낙원을 파묻어서 주차장을 만들었다. 도시의 자연 지반과 농경지가 아스팔트로 덮여 차량의 이동과 보관을 위해 쓰이고 있다. 인간의 힘으로 움직이는 페달, 크랭크, 체인이 환경에 미치는 영향은 연소 엔진보다 훨씬 적다. 그리고 포장도로를 줄이고 보행자와 자전거를 위한 도시 디자인을 했을 때 얻을 수 있는 환경적 이점도 있다.

먼저 비가 올 때를 생각해 보자. 자연 상태의 흙에 비가 닿으면 지반에 스며들어 지하수 층이 충전된다. 지하수 층이 포화 상태가 되면 지면으로 새어나온 물은 강과 바다로 흘러든다. 그러나 아스팔트에 비가 오면 빗물 배출구를 따라 강과 호수와 바다로 흐를 때까지 빗물은 도로 표면에 머물게 된다. 그 사이 빗물은 기름, 연료, 연소 부산물, 타이어 잔여물, 제설제와 같은 오염물로 더럽혀진다. 빗물 배출구는 급격하게 오염물의 유입량을 늘리기 때문에 생태계를 해치게 된다. 포장된 구역이 줄어들면 자연의 빗물 흐름이 유지되어 빗물 배출구나 기타 인공 처리 시설의 수요도 줄어들 것이다.

도로포장이 감소하면 열섬 현상이 함께 감소한다. 어두운색의 포장 물질은 태양열을 흡수 및 방출하며 그 구역의 기온을 섭씨 5도 이상 높인다. 이는 불균형한 접지기후를 불러온다. 여름에 포장된 도심지에서 증가한 복사열은 거주지와 에너지 공급 시설의 냉각 시스템 수요를 증가시킨다. 이 수요에 따라 새로 짓는 건물에는 더 큰 고성능의 에어컨 시설이 들어간다.

포장도로를 줄이면 식물을 심을 공간이 생긴다. 식물 재배는 그늘과 증발산량에 의해 도시의 열섬 현상을 완화시켜 주는 천연 냉각 시스템이다. 공기의 질을 개선하고 온실가스도 줄인다. 도시 지역의 식물 재배는 종 다양성 유지에도 도움이 된다.

환경적, 경제적 측면에서 한 가지를 추가하자면, 자전거 중심의 지역사회는 건축 자재가 덜 들어서 아스팔트의 채굴, 생산, 운송을 줄일 수 있다. 지하주차장이 줄어든다는 것은 콘크리트와 강화철, 내후성(잘 썩지 않는 성질) 자재, 인공조명, 인공 환기 시스템이 모두 줄어든다는 의미다. 자전거를 위한 도시 디자인은 사회적, 환경적, 심미적, 경제적인 다양한 측면에서 지역사회를 개선한다.

미시간의 매키낵 섬은 자동차가 없는 지역사회다. 거주자 600명과 계절성 방문객들이 살고 있는 이 섬에는 페리를 타고 들어올 수 있다. 교통수단은 자전거, 마차, 도보, 롤러스케이트와 롤러블레이드(rollerblade)도 탈 수 있지만 시내 통행이 제한된다. 응급 상황이나 건축용 차량을 제외하고는 차량 통행이 전면 금지되어 있다.

이 섬에서 돌아다니는 것만으로도 즐거운 경험을 할 수 있다. 성수기에는 하루 방문객이 15,000명을 헤아린다고 한다. 거리는 생동감이 넘치고 보행자들로 가득하며, 녹지 공간이 풍부하고, 자전거 시설을 편하게 이용할 수 있고, 시야에는 주차장이 하나도 없다. 렌트한 자전거 앞에 바스켓을 달고서 섬을 돌아다니며 아이스크림을 사 먹고 조용한 길을 달리고 모래사장에 멈춰 쉬기도 하며 즐거운 오후를 보낼 수 있는 것이다.

매키낵 말고도 차 없는 섬이 몇 군데 더 있다. 버지니아 체사픽 베이의 탕헤르 섬은 매키낵과 비슷한 규모로 역시 도보와 자전거만 교통수단으로 허용된다. 캘리포니아의 카탈리나 섬은 거주자가 3,700명 정도이며, 골프 카트를 제외한 차량은 허용되지 않는다. 캐나다의 토론토 섬에는 700명의 주민이 살고 있고, 토론토 시 소유 차량만 통행이 가능하다. 온타리오 호수 근처에 위치한 토론토 섬은 본토와 페리로 연결되는 작은 섬 몇 개를 지칭한다. 섬으로 들어가는 다리는 자전거와 도보 통행만 허용된다.

독일 프라이부르크 보방 지역의 예는 '지속 가능한 지역사회'의 흥미로운 성공 사례로 꼽힌다. 이 지역의 인구 규모는 5,000명 정도로 약 600개의 일자리가 있으며, 프라이부르크 시내 중심지로부터는 4km 거리에 있다. 주 교통수단은 도보와 자전거이며, 시내 중심지와는 전차로 연결되어 있다. 전차 정류장에서 쉽게 걸어갈 수 있는 거리에 주택가가 위치한다.

보방의 거리는 '차량 여과 장치'로 고안되었다. 보행자와 자전거를 편애하는 길이다. 차량 운전자 입장에서 볼 때는 대부분의 도로가 뚝뚝 끊겨 있지만, 자전거 전용로는 막힘 없이 연결되어 있다. 초기 조사 결과에서는 가구의 50% 이상이 차량을 소유하고 있었지만 이 수치는 2009년 30% 이하로

서서히 떨어졌는데, 교통 시스템 디자인이 큰 역할을 했을 것이다.

차량은 공간을 차지한다. 자연 그대로의 상태로 두면 비옥한 토지로 건강한 생태계의 기반이 되는 귀중한 공간을 잡아먹는 것이다. 운전자들은 포장도로로 이동하고, 포장된 땅에 주차를 한다. 차 한 대를 주차하는 데는 보통 15평방미터 정도의 공간이 필요하다.

대부분의 지방 정부 규칙과 건축 조례는 최소한 건물의 최대 거주 가능 인원수만큼의 주차 공간을 둘 것을 규정하고 있다. 주거용, 상업용, 정부 기관 건물 모두 마찬가지다. 이 규정 때문에 충격적인 수의 주차 공간이 건설되고 있다. 이에 비해 차 한 대를 주차할 수 있는 공간이면 자전거를 10~15대 보관할 수 있다. 자동차에서 자전거로 교통수단을 전환하면 주거 공간을 비롯해서 기타 건설비용을 상당히 절약할 수 있을 것이다.

자전거와 보행자 친화적인 도시 개발은 환경적 건전성과 함께 사회적 건전성도 높일 수 있다. 미국에서 태어난 캐나다 국적의 작가이자 도시계획가인 제인 제이콥스는 사람의 자력 이동이 가능한 밀집된 주거 공간의 이점을 홍보해 왔다. 1961년 저서 《미국 대도시의 삶과 죽음(The Death and Life of Great American Cities)》이 가장 유명하다. 밀집되어 있는 다채롭고 역동적인 지역사회 건설에 대한 그녀의 조언은 지금까지도 도시 계획가들에게 영향을 미치고 있다. 그녀는 도시 거주자들을 위해 '섬세한 다용도 구조'의 거리를 건설할 것을 충고하고 있다.

이와 비슷하게 크리스토퍼 알렉산더는 《패턴 언어: 마을, 건물, 건설(A Pattern Language: Towns, Buildings, Construction)》에서 지난 수백 년 간의 인간의 기본적 욕구 충족을 위한 253가지 인간 거주 패턴을 분석하고 있다. 이 중에는 다용도 거주지와 걸어서 갈 수 있는 거리 내의 녹지 공간도 포함되어 있다. 이와 같은 패턴은 자전거 교통을 활성화시키는 형태다.

에너지는 고갈되어 가고 깨끗한 공기와 물에 대한 수요는 증가하고 있으므로 앞으로는 자전거 이용이 더욱 흔해질 것이다. 제이콥스나 알렉산더 같은 작가들의 선견지명과 현존하는 차 없는 마을의 사례를 보면, 우리의 공간을 새로이 디자인하고 사람을 위한 지역사회를 부활시키는 길이 보인다.

"타인은 끔찍한 것이다."라고 장 폴 사르트르는 말했다. 그러나 끔찍한 것은 타인의 자동차다. 차량과 도로는 소음, 위험, 고립을 불러오는 반면 자전거는 이동과 운송이 가능하면서도 건강하고 편안한 교통수단이다.

자전거를 위한 도시 디자인을 하면 단순히 자연환경만 회복되는 것이 아니다. 더 행복하고, 건강하고, 사회적으로 연결된 지역사회를 만들 수 있다. 이것이 낙원으로 돌아가는 길이다.

◎

로리 케슬러는 밴쿠버의 건축가이며, 자전거 퍼포먼스 그룹 비씨클렛츠의 회원이고, 밴쿠버 지역 사이클링 연합의 부사장이다. 그녀는 지속 가능하게 디자인된 공공건물 건축과 LEED 컨설팅을 하고 있다.

자전거 셰어 프로그램의 효과

- 그렉 보르조

　자전거 셰어 프로그램은 도심지나 대중교통 정류장에 대여소를 설치해 두고 임시 · 편도 자전거 사용을 무료나 저렴한 비용으로 할 수 있도록 하는 서비스이다. 자전거에 공공 도서관 개념을 도입한 거라고나 할까? 이 프로그램의 목표는 교통 혼잡과 소음, 대기오염, 이산화탄소 방출을 줄이고 건강하고 활동적인 삶을 촉진하는 지역사회 건설에 일조하는 것이다.

　자전거 셰어는 유럽에서 가장 활발하며, 수십 개 도시에서 다양한 규모로 운영되고 있다. 최근까지도 미국에서는 자전거 셰어 서비스가 확실히 부족했다. 하지만 2008년, 덴버와 미니애폴리스의 프로그램이 대성공을 거두며 이 추세가 바뀌기 시작했다. 두 군데 모두 임시 시스템으로 시작했지만 대단한 인기를 끌게 되면서 영구 자전거 셰어 프로그램으로 전환한 것이다.

광역 프로그램으로의 전환

미국뿐 아니라 세계 도처에서는 최근 광역 프로그램의 방식으로 자전거 셰어에 접근하고 있다. 위치가 널리 퍼져 있고 대중교통과 잘 연계된 시스템이라면 지금까지 소규모로 운영된 것보다 훨씬 큰 잠재력을 가질 것이다. 게다가 규모의 경제가 가능해서 기획, 마케팅, 운영비용 지출의 부담을 덜면서도 자전거와 대여소 수는 오히려 늘릴 수 있다.

캘리포니아에서도 광역 자전거 셰어의 개념이 정착 중에 있다. 샌프란시스코에서 시행한 파일럿 프로그램은 2011년 1,000대 자전거를 갖추어 샌프란시스코, 레드우드 시티, 팔로 알토, 마운틴뷰, 산 호세의 직장인과 관광객들이 이용할 수 있도록 했다. 완전한 운영 단계에 접어들면 13,000대의 자전거가 이 지역 프로그램에 확충될 것으로 보고 있다.

이러한 광역 프로그램은 성공적으로 운영된다면 단순히 자전거 몇 대가 늘어나는 것에 그치지 않고 효율적이고 탄탄하며 지속 가능한 대규모 프로그램이 될 것이다.

프로그램이 확대되면서부터 자전거 셰어가 어떻게 이루어지며 어떤 이점이 있는가에 대한 대중적인 관심도 커졌다. 전문가들은 현재까지의 자전거 셰어가 자전거 인구나 문화에 그다지 중대 변수로 작용하지는 않았다고 보고 있다. 도시의 자동차 의존성을 약화시키는 데 별로 영향력을 발휘하지 못했다는 의미다. 자동차를 팔고 자전거를 이동 수단으로 써야겠다는 생각을 하게 된 것도 아니다.

자전거 셰어는 차량 이동을 대체하기보다 도보나 대중교통을 대신해서 이용된다는 조사 결과가 이러한 시각을 입증한다. 예를 들자면 런던, 바르셀로나, 파리, 리옹에서 설문조사를 한 결과 자전거 셰어 이용자의 55~85%

는 도보와 대중교통을 대신해 이동할 목적으로 서비스를 활용했고 자가운 전을 대체했다는 대답은 6~10%에 그쳤다. 유럽보다 대중교통이 상대적으로 취약한 미국에서는 자전거 셰어가 자가운전을 대체하는 비율이 약간 더 높았다. 일례로 미니애폴리스에서는 설문에 응한 자전거 셰어 사용자의 20%가 자가운전 대신 서비스를 이용한 것이라고 답했다.

이 상황은 대중매체의 변화 방식과 비슷하다. TV가 나왔다고 라디오가 사라지지 않았고 인터넷이 책을 대체하지 않은 것처럼, 자전거 셰어도 다른 교통수단을 대체하기보다 서로 보완하게 될 것이라고 전문가들은 말한다. 그러나 다중교통을 권장하고 환경적으로 건전한 대체 교통수단을 이용하도록 한다는 점에서 자전거 셰어는 중요하다. 자전거 셰어 프로그램 덕분에 대체 교통수단으로서의 인력 이동이 더 뚜렷이 표면으로 떠올랐고, 지역 주민과 관광객, 자전거광과 자전거 초보자 등 다양한 사람들이 세상을 지각하는 방식에 새로운 가능성을 열어 주었다. 시간이 지나면서 이러한 새로운 마음가짐은 사회에 지속적이고 전염성 있는 변화를 이끌어 에너지 절약이나 평소의 소비 습관, 교통수단 선택에 영향을 주게 될 것이다.

자전거 셰어의 역사

자전거 셰어의 가장 초기 형태는 1968년 암스테르담의 화이트바이크 프로그램이었다는 의견이 지배적이다. 흰색으로 칠해진 자전거 50대를 누구나 사용할 수 있도록 도시 곳곳에 배치하는 방식이었다. 안타깝게도 이 프로그램은 원래 몇 대 안 되는 자전거가 도둑맞거나 고장나면서 곧 사라졌다.

셰어 프로그램의 2세대는 도난 문제를 해결하기 위해서 일반 자전거에 맞지 않는 특수 부품을 사용하고, 보증금 시스템과 기초적인 잠금장치를 도입했다. 그럼에도 불구하고 도난 문제는 완전히 사라지지 않았고, 이용의 편리성이 떨어진다는 사실이 계속해서 단점으로 남았다.

지금의 프로그램은 3세대로, IT 기술을 활용해 자전거를 추적하고, 사용용도를 모니터하고, 접근이 쉽도록 배치하고, 보증금과 사용료를 받는다. 신용카드 기록이 남는 것도 사용자가 책임감 있게 자전거를 사용하고 반납하도록 하는 데 한몫을 한다. 자전거에는 GPS 장치가 부착되어 있어 도난을 예방함은 물론 사용자들이 웹 사이트에 접속하면 어느 장소에 몇 대의 자전거가 있는지 실시간으로 확인할 수 있다. 사용 통계를 낼 수도 있어서, 운영자들은 사용 패턴을 파악하여 시간대나 계절, 주말 등 때에 따라 자전거를 이동시키며 예상 수요를 맞추려고 노력한다.

처음으로 대규모의 3세대 프로그램이 시행된 것은 2005년 프랑스 리옹에서다. 2,000대의 공공 자전거는 자전거와 크게 관련이 없는 도시였던 리옹을 엄청나게 자전거 친화적인 곳으로 바꾸어 놓았고, 그 과정에서 전반적인 도로 교통 또한 개선되었다. 잘 계획된 자전거 셰어 프로그램의 실행 가능성을 증명해 낸 리옹은 자전거 셰어의 상징적인 도시가 되었다.

공평하게 분배하기

리옹의 프로그램은 아웃도어 광고 회사 JC데코의 자금 후원을 받는 민관 협력 프로젝트다. 이 기업은 프로그램을 후원하는 대가로 자전거나 대여·반납처 광고 공간의 판매권을 가진다. 비슷한 조건으로 자전거 셰어를 지원하는 광고 기업 클리어 채널은 스페인의 바르셀로나, 프랑스 렌, 위싱턴 DC, 스웨덴 스톡홀름의 프로그램에 협력하고 있다. 런던의 자전거 셰어는 바클레이 은행에서 후원한다.

벨립(Velib)이라는 이름의 프랑스 민관 협력 프로그램은 그중에서도 굉장히 활발하다. 2007년 JC데코의 후원으로 시작된 이래 어떤 자전거 셰어 프로그램보다도 모범 사례로 꼽히고 있다. 20,600대 이상의 자전거와 1,450군데 대여·반납처가 운영되고 있으며, 파리 중심부에는 거의 300m마다 대여 장소를 찾을 수 있다. 파리의 거리는 자전거로 넘치게 되었고, 파리지앵의 1%가 자전거에 오른다. 이 시스템의 이용자가 평균 하루 8만 명이니 프로그램이 성공적인 것도 당연하다.

광고권을 주고 후원을 받는 방식의 문제는, 광고 수익이 경제 상황에 따라 달라지다 보니 지속적인 자금 지원이 불확실하다는 것이다. 게다가 이 모델을 비판하는 사람들은 영리 법인보다 비영리 단체나 대중교통 업체가 이런 서비스를 더 잘 운영할 수 있다고 주장한다.

대부분의 프로그램은 공공기관에서 운영하거나 민관 협력이 이루어진다. 이와는 별개로 수백 군데의 사기업이나 대학에서도 직원 및 학생을 대상으로 소규모 자전거 셰어 프로그램을 운영하고 있다. 시카고만 해도 직원, 거주자, 학생 대상으로 프로그램을 제공하는 기관이 많다. 비공식 프로그램을 합치면 실제로 자전거 셰어는 지지자들의 낙관적인 통계에 드러난 것보다도 훨씬 광범위하게 퍼져 있을지도 모른다.

2011년 5월에는 토론토에서 1,000대의 자전거와 80곳의 시내 대여처를 갖추고 프로그램을 시작했는데, 대여처 간 간격이 300m를 넘지 않는 수준이었다. 앞서 2010년 2월 멕시코시티에서도 85군데 대여처를 두고 1,000대의 자전거로 프로그램을 운영하기 시작했다. 초기에 자리를 잘 잡으면서

6,000대 정도로 대규모 확장할 계획도 있다고 한다.

운영상의 문제

엄청나게 많은 지원을 받는 자전거 셰어 프로그램이라고 해도, 사업 모델이 비슷하기 때문에 비슷한 운영상 문제에 직면한다. 다음과 같은 주요 이슈가 있다.

→ 유료화할 것인지, 그 경우 요금은 어떻게 책정할지

→ 대여에 시간 제한을 둘 것인지

→ 동절기나 악천후에도 운영해야 할 것인지

→ 자칫 관광객을 소외시킬 수 있는 정기권이나 멤버십 등록을 요구해
　야 할 것인지

이 프로그램에는 이미 가속도가 붙었다. 사실 너무 많은 셰어 프로그램이 생겨나고 있어서 통계를 내는 것이 어려울 지경이다. 규모가 커지고, 자금이 든든해지고, 광역 교통 시스템과 연계되며 지속 가능성도 높아지고 있다.

◎

그렉 보르조는 모던 레일로드, 트래픽 월드, 미 의사협회, 필드 박물관, 모멘텀, 시카고 대학에서 글을 써 온 작가이자 편집자이다. 그는 《시카고L(The Chicago "L")》과 《시카고에서 자전거 타기(Where to Bike Chicago)》의 저자로, 이 책을 통해 시카고의 자전거 명소 72군데를 소개하고 있다.

자전거 통행권

- 존 푸처

    안전하고 편리한 통행의 권리는 모든 사람이 자전거를 탈 수 있도록 하는 첫걸음이다. 북아메리카의 대부분 도시에서 자전거가 여전히 교통수단으로서 미미한 위치를 차지하고 있는 것은 자전거를 타려면 특수한 장비와 트레이닝, 건강한 신체, 용기, 민첩함, 그리고 차량 운전자와 한판 붙을 의지가 필요하다고 인식되기 때문일지도 모른다. 그러나 북유럽에서는 위 조건을 충족하지 못하는 사람들도 주요 교통수단으로 자전거를 애용하고 있다.

    북유럽에서도 자동차 소유 비율은 높지만, 벨기에와 독일에서는 10%, 덴마크에서는 20%, 네덜란드에서는 30% 정도의 도시 내 이동이 자전거로 이루어지고 있다. 자전거 이용자의 남녀 비율은 비슷하며, 모든 연령층에서 자전거를 타고 있다. 이는 도시 교통의 1% 정도만이 자전거로 이루어지고 젊은 남성이 자전거 인구의 대부분을 차지하는 미국과 캐나다의 상황과는 사뭇 다르다. 전반적인 자전거 이용률을 높이는 것, 그리고 모든 인구 집단을 위해 안전성과 편리성을 높이는 것이 북아메리카 자전거 정책의 두 가지 주요 목표가 되어야 할 것이다.

자전거를 안전하고 편리하게

북유럽에서 가장 기본적인 자전거 기반 시설은 교통량이 많은 큰길과 교차로를 따라 마련된 분리형 자전거 전용로다. 안전하고 스트레스 없는 자전거 전용로는 아이들을 포함해서 신체적으로 취약한 인구 집단에게 특히 중요하다. 출발지와 도착지를 잇는 분리된 자전거 전용로는 자전거 출퇴근과 등하교, 쇼핑을 촉진한다. 미국과 캐나다에서는 이와 반대로 공원이나 강가, 시골 지역에 있는 여가 생활 목적의 자전거 전용로가 일반적이다.

안전하고 편안한 도로는 사이클링의 가장 중요한 선결 조건이다. 어떤 시설을 선호하는가는 사람마다 다르다. 경험이 많다면 도로의 자전거 레인으로 충분하다고 생각할 것이고, 어떤 사람들은 차량보다는 보행자와 보도를 공유하고 싶어할 것이다. 한 가지 선택이 최선이라고 생각하지 말고 최대한 많은 가능성을 열어 두어야 한다.

자전거 전용로와 전용차선

1970년대 중반부터 90년대 중반까지, 북유럽 각국에서는 자전거 전용로나 자전거 트랙과 같은 분리형 자전거 시설을 대거 확충하기 시작했다. 도로 위의 페인트가 아니라 실제적인 장벽이 도로 교통으로부터 자전거를 보호해 주었다. 예를 들어 독일에서는 1976년 12,911km에서 1996년 31,236km로 자전거 전용로가 3배 증가했다. 네덜란드에서는 1978년 9,282km에서 1996년 18,948km로 2배 증가했다. 그 속도가 둔화되었긴 하지만 지금도 유럽 각 도시에서는 계속 자전거 도로를 확충하고 있다. 현재는 중점이 되는 부분이 달라져서 기존 도로의 안전성 개선을 위해 자전거 도로와 차선의 디자인을 개선하려는 노력을 기울이고 있다.

대부분의 북유럽 도시에서 자전거 전용로는 차로를 넘나드는 지름길을 포함하고 있어서, 자전거 이용자들은 최단 직선거리로 목적지에 도달할 수 있다. 이것이 진정으로 완전한 자전거 전용로의 통합 시스템이며, 이 시스템 하에서는 큰 도로의 자전거 전용로가 교통량이 적은 집 앞 도로와 바로 연결되어 있다.

1970년대 자전거 시설이 엄청나게 확장된 이후 안전하고 편리한 자전거 주행을 위해 전용로의 디자인과 질, 유지 상태가 지속적으로 개선되어 왔다. 대부분 도시에서는 자전거 시설이 표시된 지도도 갖추고 있다.

분리형 자전거 시설은 연령과 신체 능력이 서로 다른 자전거 인구 모두가 안전하고 편안하며 편리하게 주행할 수 있도록 만들어졌다. 거의 모든 연구에서 자전거를 타는 사람들은 차량과 공유하는 도로보다 분리형 시설을 선호하는 것으로 나타났다. 자전거 전용로는 특히 도로 주행보다 안전하고 즐거운 것으로 인식되고 있다.

도로 안전화

교통량이 적은 주택가에 분리된 자전거 전용로를 만드는 것은 사실상 불가능한 데다 그럴 필요도 없다. 대신 북유럽의 도시개발자들은 주택가에 도로 안전 설비를 확충했다. 속도제한을 시속 30km로 낮췄다.

네덜란드를 비롯한 많은 곳에서 도로 자체에 변화를 주었는데 폭을 좁히거나 교차로와 횡단보도의 지반을 높이고, 커브와 지그재그 코스를 만들고, 과속 방지턱을 설치했다. 차량이 일방통행해야 하는 도로에서도 자전거는 거의 항상 양방향 주행이 가능하게 되어 있다. 이런 방식으로 자전거 주행을 한층 더 편하게 만든 것이다.

게다가 대부분 북유럽 국가에서는 도심지에 상당한 길이의 차 없는 거리를 만들어 보행자들이 안전하게 다닐 수 있도록 하고 있는데, 교통량이 적은 시간대에는 자전거 출입도 허용한다. 네덜란드에서는 차 없는 거리에 자전거 차선과 주차 시설 같은 관련 설비가 갖추어진 경우도 많다. 도로 안전 설비와 도심지의 차 없는 거리 때문에 차량으로는 직접 도시를 가로질러 갈 수 없는 경우도 많다. 이런 식으로 도심의 차량 통행을 줄이고 걷거나 자전거를 타는 사람들이 좀 더 편안한 마음으로 이동할 수 있도록 하는 것이다.

도로 안전 설비의 또 다른 종류는 '자전거 거리'다. 자전거 이용자가 절대적인 통행 우선권을 갖는 좁은 도로를 말한다. 보통은 차량 통행이 가능하지만, 시속 30km 이하로 주행하며 항상 자전거에 양보해야 한다.

주택지의 안전 도로와 도심의 차 없는 거리, 특별히 지정된 자전거 거리는 자전거 이용자의 수를 늘린다. 자전거 주행은 보통 집에서 시작하므로, 주택지의 안전 도로가 안전하고 쾌적하게 이동을 시작할 수 있도록 해준다.

도로 안전화는 전반적인 교통안전 개선으로 이어진다는 사실이 증명되는 증거가 속속 나타나고 있다. 최대의 수혜자는 보행자지만, 자전거와 관련된 심각한 부상도 큰 폭으로 떨어졌다. 게다가 자전거와 도보 이동량을 큰 폭으로 늘린다는 연구 결과도 있다. 도로 안전화에는 여러 가지 방식이 있으며, 어떤 방식(원형 교차로나 과속 방지턱)은 자전거의 안전에 오히려 해가 되기도 한다. 그러나 전반적으로는 차량 속도를 제한하기 때문에 보행자와 자전거의 안전성을 함께 높여 준다고 볼 수 있다.

교차로 개선

자전거 전용로는 위험으로부터 자전거를 어느 정도 보호해 줄 수 있지만, 교차로는 여전히 위험한 곳으로 대부분의 충돌 사고가 여기서 발생한다. 교차로 개선의 폭과 구체적 형태는 다르지만, 다음 조건을 갖추고 있다는 점이 비슷하다.

→ 교차로까지 이르는 자전거 전용로와 교차로 바로 앞의 자전거 정지선. 미국에서는 이 공간이 자전거 박스라고 불린다.

→ 가시성이 좋은 색으로 특별히 만들어진 자전거 횡단보도.

→ 차량에 부여되는 회전 제한.

→ 우회전 차량과의 충돌을 막기 위해 교차로가 가까워지면 자전거 전용로를 차선으로부터 멀리 위치시킴.

→ 자전거가 지나갈 때 청신호가 켜짐.

→ 자전거 통행이 많을 때는 청신호의 시간을 늘림.

→ 자전거 탑승자에 의해 활성화되는 신호등.

→ 운전자가 아닌 자전거 탑승자를 위해 '초록불'의 시간을 조정함. 자전거의 속력인 시속 14~22km를 기준으로 한다.

모든 길에서 자전거가 달릴 수 있도록

일반적인 도로를 자전거 타기에 안전하고 편리하게 관리하는 것 또한 중요하다. 자전거가 지나가도 안전한 형태의 배수구 덮개, 넓은 갓길, 구혈(원통형의 깊은 구멍) 수리, 도로와 갓길의 각종 파편 제거 등 할 일은 많다. 또한 자전거 경로 안내 표지판으로 사이클링에 좋은 길을 안내하고, 차량 운전자들에게는 자전거와 도로를 공유하고 있다는 사실을 상기시켜 주어야 한다.

도로는 차량 운전자뿐만이 아니라 자전거도 고려하여 디자인되어야 한다. 교통량이 많은 특정 고속도로를 빼면, 미국과 캐나다의 대부분 도로에서 자전거 통행은 법적으로 허락되어 있다. 자전거의 도로 이용권은 차량 운전자에게 분명히 전달되어야 한다.

자전거의 사회적, 환경적, 그리고 개인적인 건강상의 이점은 일반 대중이나 정재계에 있는 사람들 모두가 좀 더 나은 자전거 전용 설비를 후원해야 할 강력한 이유다. 교육과 정책 변화, 홍보 전략도 물론 필요하다. 자전거가 주변적인 교통수단 이상의 것이 되려면, 모든 교통 주체를 위해 잘 디자인된 도로와 자전거의 도로 통행권이 반드시 필요하다.

◎

존 푸처는 러트거즈 대학의 교수로 재직하고 있다. 그의 연구의 핵심은 자전거와 도보를 증가시키는 정책이며, 유럽과 캐나다, 미국에서 교통 행동, 시스템, 정책 차이를 다루고 있다.

자전거 주차하기

- 존 푸처

편리하고 안전하게 자전거를 주차할 수 있는 시설은 자전거 타기를 촉진하는 데 큰 역할을 한다. 자전거도 차량과 마찬가지로 출발점과 도착점에 세워 두어야 하는 교통수단인 것이다.

유럽의 자전거 주차

북유럽의 도시들은 다양한 자전거 주차 옵션을 제공한다. 지방 정부와 대중교통 업체에서 대규모 자전거 주차 시설을 운영하고, 개인사업자와 건물 소유주도 지방 조례에 의해 최소한의 자전거 주차 시설을 건물 내 · 외부에 갖춰야 한다.

자전거 보관대 말고도 기차역마다 많은 수의 최첨단 주차 설비가 설치되어 있는데, 자전거 주차 정책의 가장 혁신적인 성과가 아닐까 한다. 대부

분의 주요 역에서 자전거 주차가 가능하다. 최소한 단순한 자전거 보관대 정도는 어디든 갖춰져 있고, 보호 장치와 관리인이 있는 주차 시설을 제공하는 곳도 많다.

더 정교한 주차 설비가 갖춰진 곳도 있다. 독일 뮌스터의 기차역에는 3,300대의 자전거를 세울 수 있으며 자전거 정비, 청소, 부대 용품 구매, 임대, 관광 상담까지 받을 수 있는 공간이 마련되어 있다.

유럽의 도심에서도 자전거 주차 설비를 제공한다. 덴마크 오덴세의 쇼핑 중심지에는 자전거 400대를 수용할 수 있는 지붕이 있는 보관대와 자동화된 자전거 주차장이 있다. 그로닝겐 도심지에는 36군데의 자전거 주차장이 있는데 7곳에는 관리인이 상주한다. 2007년 뮌스터는 쇼핑 중심지에 300대의 자전거를 주차할 수 있는 공간을 확충했다. 코펜하겐 중심지에는 3,700대의 자전거를 댈 수 있다. 암스테르담은 시내 구역에 관리인이 있는 주차 시설을 15군데 두고 있다.

자전거 주차는 절도 위험을 막는 것이 핵심 사항이기 때문에 네덜란드,

덴마크, 독일에서는 안전성 개선에 집중하고 있다. 자전거 주차장에 밝은 조명과 감시 카메라를 달아서 해결하려는 곳도 있지만, 최근에는 역시 관리인을 두는 추세다. 이런 시설의 사용료는 크게 비싸지 않지만 관리 비용을 충당할 정도는 된다.

다행히도, 북아메리카 일부 도시에서는 자전거 주차 시설을 확충하고 개선하는 데 상당한 진전이 있었다. 토론토와 시카고가 그 선두에 서 있다.

토론토

토론토는 오랜 기간 북아메리카 자전거 주차 시설과 관련해서는 선진적인 위치를 지켜 왔다. 고객의 수요에 맞춰 두 가지 서비스를 제공한다. 토론토의 첫 자전거 역인 시내 중심가의 유니언 스테이션에서는 180대 자전거를 위한 주차 공간을 제공한다. 시에서는 자전거 보관대와 보관함을 더 확충할 계획을 가지고 있다. 지하철 역마다 관리인이 상주하는 자전거 주차장을 만드는 것과 시청 근처에 종합 자전거 시설을 짓는 방안도 논의 중이다.

도심지가 아닌 곳에서도 쉽게 주차 시설을 찾을 수 있다. 토론토 교통국에서 관리하는 교외의 기차역에는 자전거를 세울 공간이 있다. 교통국에서는 토론토의 혹독한 겨울 날씨로부터 자전거를 보호할 수 있도록 지붕이 있는 보관 공간을 설치하기도 했다.

시카고

1993년에서 2008년 사이, 시카고는 공공 기금으로 12,000개의 자전거 보관대를 설치했다. 주로 보도, 학교, 공원, 기차역에 보관대가 설치되었고, 그 수는 미국 내 어떤 도시보다 많았다. 시카고에서 자전거를 타는 사람들이 늘어나며 주차 수요도 늘어나게 되었는데, 이를 충족하기 위해 매년 거의 500개의 보관대가 새로 설치된 것이다.

이 도시에서 가장 인상적인 시설은 밀레니엄 파크의 사이클 센터다. 시카고 시내에서 멀지 않은 이 시설에는 300대의 자전거를 안전하게 실내 주차할 수 있다. 보관함과 샤워 시설, 수건 대여, 자전거 임대 및 수리, 가이드와 함께하는 자전거 여행도 가능하다.

시카고 교통국이 관리하는 시내 124개 지하철역 중 110개, 교외 지역 76개 역 중 50개 역이 자전거 주차 공간을 제공하여 자전거와 대중교통을 통합을 도모하고 있다.

북유럽 도시들이 오랜 기간 안전한 자전거 주차 시설 제공에 역점을 두어 왔기 때문에 자전거 주차장의 디자인을 선도한 것도 북유럽 국가들이었다. 이들의 성공 사례로부터 배울 점이 많다. 북아메리카 내에서 이 영역을 이끌어 가는 도시는 단연 토론토와 시카고지만, 지금은 샌프란시스코, 밴쿠버, 오타와, 시애틀, 포틀랜드도 혁신적인 자전거 주차 시설을 개발해 내고 있다. 이 추세는 다시 북아메리카의 더 많은 도시로 퍼져 간다. 그러나 향후 정치 운동, 특히 지역사회 차원에서의 노력이 있어야 자전거 주차 시설을 충분한 수준으로 설치할 수 있을 것이다.

◎

존 푸처는 러트거즈 대학의 교수로 재직하고 있다. 그의 연구의 핵심은 자전거와 도보를 증가시키는 정책이며, 유럽과 캐나다, 미국에서 교통 행동, 시스템, 정책 차이를 다루고 있다.

자동차가 사라졌다?: 사람을 위한 공간 만들기

- 보니 펜튼

　교통공학자들은 교통의 흐름을 물에 비유한다. 한쪽 길이 막히면 가장 저항이 적은 가까운 길로 흐름이 분산된다는 것이다. 언뜻 논리적으로 느껴지는 이 비유는 50년 이상 교통수단과 관련된 의사결정의 근거가 되어 왔다.

　그 50년 동안, 도시의 공공 공간을 어떻게 사용할 것인가 하는 문제는 항상 갈등을 불러일으켰으며 도로는 특히 많은 공간을 차지했다. 도시는 거의 포화 상태가 되었다. 이제 활용할 만한 새로운 공간도 얼마 남지 않았다. 우리가 이제까지 내린 의사결정을 돌이켜 보면, 결국 우리 도시의 가장 좋은 공간을 개인 차량이 이용하는 교통 공간으로 내주었다는 사실을 알 수 있다.

　도로 공간을 관리하는 것은 차량의 흐름이 자유롭도록 하는 것만이 아니다. 도시에서 살아가고, 일하고, 이곳을 방문하는 많은 사람들을 위해 환경을 개선하는 것도 포함되어야 한다. 자전거는 도시 환경(과 개인적인 건강, 대기의 질)을 개선하는 좋은 방법으로 생각되어 왔지만, 사람들은 일반 도로에서 자전거를 탈 때의 위험이 이점을 넘어선다는 생각으로 자전거가 일상 교통수단이 될 수는 없다고 간주했다.

자전거 타기를 안전하고 매력적으로 만드는 가장 좋은 방법은 자전거의 흐름과 자동차의 흐름을 분리하는 것이다. 그러나 애시당초 공간이 부족하다는 것이 전제라면, 그 방법은 처음부터 성공할 가능성이 없다.

그러나 자전거 이용자를 위해 도로 환경을 개선하는 것이 모든 도로 이용자들을 위한 도로 환경 개선과 같은 의미라면? 우리의 직관과는 일치하지 않지만, 세계 각 도시에서 이미 이런 사례가 속출하고 있다.

교통이 물과 같다는 비유는 자전거를 위해 도로 환경을 개선하려는 노력을 억누르는 논리로 반복해서 사용되었다. 도로의 차량 통행량을 줄이는 것이 교통의 '댐'과 같은 역할을 한다고 생각하는 이상, 차량이 점유하던 공간을 도보와 자전거를 위해 할당한다면 큰 도로가 아닌 주거 공간에 위험한 '차량 홍수'를 일으킨다는 것이 논리적인 결론일 것이다.

우리가 이런 교착 상태에 이른 이유를 알기 위해서는 교통 관리와 계획의 역사를 살펴보는 것이 좋을 것 같다. 1950년대 후반, 교통 계획의 지배적인 철학은 '예상하고 공급하라'라는 말로 설명할 수 있다. 교통량이 포화 상태에 이르면 수용 가능 정도를 늘렸다. 이런 방식은 도로의 급속한 팽창을 불러왔고 고속도로는 계속해서 수십 개씩 늘어났다.

얼마나 많은 도로 공간이 어디에 필요로 하는가 예측하는 것은 공학자와 교통계획전문가의 몫이었다. 이들은 이동 기반 교통 모형으로 수요를 예측했다. 특정 지역을 '교통 분석 구역'으로 정하고, 그 구역 거주자들을 대상으로 설문을 진행한다. 어디에 사는지, 어디에 가는지, 거기서 무엇을 하는지. 분석가들은 이 결과를 토대로 얼마나 많은 이동이 이루어지고 있고, 교통 분석 구역과 다른 구역 사이에 얼마만큼의 도로 수용력이 필요한지 판단한다.

이동 기반 교통 모형에서, 모든 '수요'는 이동과 일치하는 것으로 간주된다. 그래서 장보기가 이동 1회, 도서관에 가는 것도 이동 1회가 되는데, 도서관이 마트 옆에 있어서 대부분 사람들이 한 번에 두 군데에 간다고 해도 여전히 2회로 계산되는 것이다. 그래서 이 모형은 결국 실제로 이루어지는 이동보다 훨씬 많은 교통량을 추산하게 되며, 공간 수요는 끝없이 늘어날 수밖에 없다. 그리고 새로이 만들어진 공간은 예상보다 더 빨리 채워진다. 이런 상황에서 이미 차량에 할당된 도로 공간을 도리어 줄이자고 주장하는 것은 말도 안 되는 소리로 들릴 수 있다. 그러나 저명한 도시개발전문가 제인 제이콥스는 도로 공간을 다른 용도로 할당해야 한다는 주장을 반박하는 데 사용되고 있는 비유는 검증된 바가 없다고 말한다. 교통이 물과 같다는 말에는 근거가 없으며, 사실 교통의 흐름은 막으면 멈춘다는 것이다. 그녀의 책《어두운 미래(Dark Age Ahead)》에서 그녀는 "교통의 흐름이 물과 같다는 가설은 실제 세계에서 신빙성이 없음이 증명되었다. 그러나 어째서 이 가설이 틀렸는지에 대한 조사는 오랜 기간 이루어지지 않았다."라고 쓰고 있다.

오스트레일리아 연구원 제프 켄워시는 물의 은유를 대체할 수 있는 비유를 제시했다. 그는 "교통은 액체가 아니라 기체와 더 유사하다."고 주장했는데, 교통이 막히면 다른 곳으로 흘러가기보다는 흩어진다는 것이다.

켄워시의 비유가 도로 상황을 좀 더 정확히 묘사해 주고 있는 것은 사실이다. 하지만 우리는 교통이란 액체도 기체도 아니며 개인적 필요와 욕구에 의한 의사결정을 내리는 인간이 몰고 있는 차량 한 대 한 대가 모인 것임을 기억해야 할 필요가 있다.

영국 연구원 필 굿윈은 도로 봉쇄 결과 평가가 항상 통행을 제한당한 차량이 다른 거리로 방향을 바꿀 것이라는 전제 하에 계산된다는 점을 지적했다. 이런 식으로 계산하면 당연히 교통 체증이라는 결과밖에 나오지 않는다. 교통 모형을 분석해 보면 왜 교통공학자들이 교통량이 줄어들 수도 있다는 것을 믿지 않는지 알게 된다. 그런 계산은 처음부터 불가능한 것이다. 이런 논리에 따르면, 교통 모형으로 도로 봉쇄 결과를 예측하면 항상 봉쇄가 불가능하다는 결과만 얻게 된다.

그러나 연구 결과를 보면 증설된 차선이 건설 즉시 채워지듯이, 차선이 사라지면 그 반대 현상이 나타난다는 것을 알 수 있다. 이 말은, 도로 공간이 사라지면 교통량의 일부가 함께 사라진다는 것이다.

'자동차가 사라진다고? 지금까지의 이야기(Disappearing Traffic? The Story So far)'라는 제목의 논문에서 굿윈과 공동 연구원 2명은 기존 도로 공간을 보행자와 자전거, 대중교통에 할당하는 것이 근처 구역의 교통 문제를 야기하지 않는다고 밝혔다. 11개국에서 수행된 70건 이상의 사례조사와 200명 이상의 교통전문가와의 논의 끝에, 케언즈와 앳킨스, 굿윈은 교통 정체 예측 결과는 필요 이상의 우려인 경우가 많으며 상당한 교통량을 줄이는 것이 가능하고 실제로 일어난다고 주장하고 있다. 그들은 도로 공간이 재분배되면 평균적으로 11%의 차량을 근처에서 볼 수 없게 된다는 사실을 알아냈다. 그러나 그들이 이 연구를 하기 전에는 그 사라진 교통량이 어디로 가는지 아무도 생각해 보지 않은 것이다. 전통적인 교통 모형에 따르면 모든 차량은 중간 도로 봉쇄가 일어나도 기존 출발점과 도착점 사이를 이동해야 한다. 그러나 이 부분에서 다른 변수가 생긴다.

이 연구원들은 사람들이 기존의 교통 모형으로는 계산하기 힘든 복잡한 결정을 내린다고 설명한다. 교통의 움직임이라는 것은 인간의 삶과 죽음, 고용과 실직, 새로운 주택과 새 신발, 우유가 마시고 싶다거나 운동을 하고 싶다는 등 매일같이 일어나는 드라마의 일부다. 수천 명의 사람들이 하루에도 크고 작은 결정을 수도 없이 내리고 있다. 쉽게 말하면, 인간의 행동은 우리가 생각하는 것보다 훨씬 더 복잡하다.

이런 복잡성은 차량 번호판 조사에서 입증되었는데, 전체 교통량이 비슷했던 이틀 간 주요 통근 경로의 번호판을 조사한 결과 50% 가량이 다르게 나타났다. 이 결과는 사람들이 교통수단을 결정할 때 유연성을 발휘한다는 것을 말해 준다. 도로 공간이 재배치되는 것은 그 결정의 균형을 뒤집어 놓는 변수가 될 수 있다는 것이다.

우리는 이미 반 세기에 이르는 시간을 차량을 위한 건설을 해 왔다. 그러니 이를 바꾸기 힘든 것도 무리가 아니다. 그러나 교통량은 줄어들 수 있으며, 도로 공간을 다시 배치하는 것은 통근 전쟁이 아니라 도보와 자전거에 좋은 환경으로 이어질 것이라는 증거가 뚜렷해지고 있다. 연구원들은 차량이 사라진다는 이론을 내놓았다. 이제는 어디선가 이 이론을 실제로 시험해 보아야 할 때가 온 것이다.

◎

보니 펜튼은 캐나다 밴쿠버에서 자전거를 타고 글을 읽었으며, 2008년에 독일로 이민을 가서도 비슷한 생활을 하고 있다.

제4부
장비 갖추기

자전거 매장, 제대로 활용하기

- 울리케 로드리게스

　나는 평생 자전거를 탔고, 자전거 매장에서 일한 경험도 있다. 그래서 자전거 타기를 시작하려 할 때 가장 힘든 점이 매장에 들어서는 것일 수도 있다는 점을 잘 안다. 물론 자전거를 사랑하는 사람에게는 동네 자전거 가게가 멋진 장비와 멋진 사람들로 가득한 활기찬 만남의 장소일 것이다. 그러나 대다수 일반인과 (특히) 자전거 잡지에 기고하는 평론가들은 자전거 매장의 낯선 장비와 용어, 특수한 고객 응대 방식에 위압감을 느낀다고 말한다.

　그러나 일본의 자전거 부품 제조 기업인 시마노 사(社)에서 주관한 연구에 따르면, 오늘날의 자전거 매장은 서서히 변화하고 있다. 이윤 폭이 얼마 안 되는 극도로 경쟁적인 산업에서 살아남으려면 고객의 마음을 얻어야 하는 것이다. 물론 부품을 왕창 사 주는 고객도 좋지만, 일단 자전거 매장사장님의 바람은 누군가가 자전거를 타는 것이다. 그래야 자전거 장사도 되고, 타는 사람에게도 좋다. 그러나 자전거 매장의 문을 열고 들어서는 것조차 꺼려하는 사람을 사장님이 나서서 안장에다 올려놓을 수는 없다.

여기서 필자가 하고 싶은 말은 바로 고객이 갑의 위치임을 알라는 것이다. 약간의 기본 정보와 자전거 숙련자가 귀띔해 준 몇 가지 상식으로 무장하고 있으면, 당신도 자전거 매장을 제대로 활용할 수 있다.

너의 자전거 매장을 알라

자전거 매장도 상품과 서비스를 판매하는 소매점의 하나일 뿐이다. 하나 팁을 주자면, 서로 다른 상품과 서비스를 제공하는 다양한 종류의 자전거 매장이 있다는 사실을 알아 두면 당신에게 적합한 장소를 찾는 데 도움이 될 것이다.

부티크(Boutique)

고도로 전문화된 상품을 판매하는 작은 매장. 빈티지 크루저(1930~ 50년대 미국에서 인기를 누렸던 디자인의 복고풍 자전거), 고정 기어 자전거(자전거 뒤 톱니바퀴가 축에 고정되어 있어 바퀴가 발판과 함께 움직이는 자전거), 수제 프레임 등을 취급한다.

커뮤니티(Community)

주로 자원봉사자들에 의해 운영되는 비영리 셀프서비스 매장. 쉽게 구하기 힘든 부품을 찾거나 자전거와 관련해서 새로운 소식을 듣기에 이상적이다.

네이버후드(Neighborhood)

오랜 기간 같은 자리를 지키고 있는 가족형 사업이거나, 열성적인 자전거 지지자가 운영. 지역의 자전거 관련 행사나 자전거 문화 정착을 후원한다.

스테이션(Station)

주로 대중교통의 요충지 근처에 위치하며, 잠깐 타이어에 바람을 넣거나 그냥 커피 한 잔 하러 가는 휴게소 개념의 매장. 환경적, 경제적, 문화적 이유로 자전거를 타는 사람들로 항상 붐빈다.

일반(General)

저렴한 것부터 고가품까지 다양한 종류의 자전거를 취급하는 체인점.

스포츠(Sports)

도로 경기, 트라이애슬론, 사이클로크로스(주로 험한 지형을 달리며, 도저히 자전거를 탈 수 없는 곳에서는 자전거를 메고 이동하는 자전거 경기), 트레일라이딩(비포장도로, 주로 산악 지형을 달리는 자전거 경기)등 특수한 타입의 트레이닝이나 시합을 위한 고급품을 취급하는 매장.

올 스포츠(All-sports)

다른 스포츠 장비를 취급하며 자전거도 판매하는 스포츠 매장.

대형할인점(Big-Box)

가정용품, 식품, 기타 상품과 함께 자전거도 취급하는 대형 창고식 소매점.

필요한 물품 목록 만들기

자전거 매장을 방문하기로 했다면 진짜 필요한 것이 무엇인지 먼저 생각해 보자.

자전거를 사러 가는 것인가, 그냥 구경하려는 것인가? 자전거를 살 것인가, 일부 부품만 장착하려는 것인가? 전문가에게 수리를 맡길 것인가, 스스로 수리하는 법을 배울 것인가? 신상을 골라 올 것인가, 세일 품목을 찾아낼 것인가? 펑크 난 타이어를 때우러 가는 것인가, 커피를 마시며 수다 떨러 가는 것인가? 유명 브랜드 제품을 살 것인가, 열정적인 청년 기업가의 후원자가 될 것인가? 남들이 자전거 타는 것을 구경하려는 것인가, 내가 탈 것인가? 자전거에 들어가는 부품 사양이 중요한가, 아니면 디자인과 장식을 비교할 것인가?

당신이 원하는 상품과 서비스에 적합한 매장을 찾아라. 우유 나르는 짐 자전거를 수리하겠다고 고급 부티크에 가져가는 것보다는 커뮤니티 매장을 방문하는 편이 좋다. 만족스럽게 원하는 수준(과 가격)의 서비스를 받을 수 있을 것이다.

자전거 타는 스타일, 자가 점검하기

주로 어떻게 자전거를 탈 것인지 먼저 생각해 보자. 얼마나 자주, 어디까지, 어떤 빠르기로, 누구와 달릴 것인가? 현실적으로 생각하라. 무엇을 입고, 어떤 짐을 가지고, 어디로 갈 것인가? 제한 사항과 바라는 점은 무엇인가? 부상 경험은? 공포증은? 목표는? 예산은 얼마로 잡고 있는가? 탑승자의 안전을 지키고 기계의 안정성, 편의성을 높여 주는 부대 용품에 대한 예산도 추가로 책정했는가?

만약 자전거가 생소하고 예산, 연령, 체중, 부상, 체력과 최신 정보 등 고민할 점이 많다면 직원과 상의해서 도움을 받는 것이 좋다. 자전거 매장의 직원들은 자전거에 대해서 잘 알지만 당연히 당신에 대해서는 모른다. 자신에 대한 정보를 많이 제공할수록 더 만족스런 서비스를 받을 수 있다.

자전거의 해부학 알아두기

자전거와 부속품을 살 때 약간의 제품 지식을 가지고 간다면 자신감이 생기고 직원에게 위협받는다는 느낌을 덜 받을 것이다.

자전거에 대해 무엇을 알고 있는가? 자전거를 보면 어떤 브랜드의 어떤 모델인지 알아볼 수 있는가? 자전거의 휠과 타이어의 차이점을 아는가? 자전거의 잡음이 어디서, 왜 나는지 설명할 수 있는가?

자전거 매장 직원에게 모든 것을 의존하려 하지 말고 친구나 이웃, 동료들에게 질문하라. 인터넷에서 상품을 검색하고 사용자 리뷰, 공유회, 자전거 입문서 등 정보를 찾아보라. 스스로 잘 모른다는 사실만 안다면, 지금 모르는 것은 문제가 되지 않는다.

매장 비교로 선발 명단 만들기

가능하다면 추천받은 매장을 몇 군데 방문해서 비교분석해 보자. 상품보다는 서비스에 집중해서 보아야 한다. 처음 문을 열고 들어갔을 때 어떤 느낌을 주는지, 얼마나 빨리 직원이 응대를 시작하는지, 대화가 어떻게 진행되는지 기록하라. 미스테리 쇼퍼(shopper)가 되어 여러 가게에서 같은 질문을 하면서 반응을 비교해 보자. 훌륭한 자전거 매장 직원은 인내심 있게 경청하고 질문할 줄 아는 사람들이다.

이렇게 '선발 명단'이 완성되면, 각각의 장점을 생각하라. 위치, 가격, 상품 종류, 수리 시설이나 운영 시간 등을 비교하라. 한 군데에서 만족스럽지 못한 경험을 했을 때 자전거와 지갑을 가지고 다른 곳을 찾아갈 수 있다는 사실을 알면 안정감이 생긴다.

사소한 문제의 가능성을 받아들이기

자전거는 단순한 장비다. 대부분의 수리는 비교적 순조롭게 진행된다. 하지만 때때로 경험이 많은 자전거 매장에서도 고장 난 자전거를 고치는 데 몇 단계를 거쳐야 하는 경우가 있다. 펜더(흙받이)를 장착하거나 자전거 컴퓨터의 영점을 맞추거나, 걸려버린 자전거 체인을 고치는 것처럼 보기에는 단순한 일이 사실은 시간을 꽤 들여야 할 때도 있다. 자전거 수리에는 한 가지 방법만 있는 게 아닌데다가 기술자들 사이에서도 최선의 방법이 무엇인지 합의를 보지 못하기도 한다.

일단 침착해져야 한다. 처음 매장을 고를 때 했던 정보 조사를 신뢰해라. 자전거 매장에서도 시간은 돈이다. 자꾸만 삐걱거리는 당신의 자전거를 당신보다도 빨리 고치고 싶은 사람은 자전거 매장 직원일 것이다.

편견은 당연한 것

열정적인 자전거광은 때로 독선적일 수 있다. 자전거 매장 직원도, 단순히 자전거를 타는 사람도 예외가 아니다. 자전거를 사랑하는 친구가 선의에서 시작한 충고가 별 필요도 없는 지루한 자전거 찬양이나 장광설로 끝나게 될 수도 있다. 마찬가지로, 자전거 매장의 직원도 어떤 자전거에 대한 개인적인 편견을 갖고 있을 수 있다. 지난 자전거 경기에서 가장 인상적으로 보았던 부분도 사람마다 다를 수 있다. 당신 또한 판단에 영향을 미치는 편견을 갖고 있을 것이다. 당신은 자전거 매장을 무엇으로 평가하는가? 어떤 태도로 매장에 들어서는가? 도움받을 것을 기대하는가, 위협적인 강매를 기대하는가? 직원의 숙련도는 어느 정도일 것이라 가정하는가? 등의 편견 말이다.

서로 다른 서비스 수준은 당연한 것

자전거 매장은 맥도날드가 아니다. 다른 시간에 다른 직원을 만나면 다른 서비스를 받을 가능성이 크다. 이는 사람의 문제라기보다 타이밍의 문제다. 자전거 매장에서 일하는 사람들은 보통 영리하고 열정적이지만 하는 일에 비해 인정을 못 받고 박봉으로 생활한다. 그들이 자전거 매장에서 일하는 것은 단지 자전거와 함께하는 것이 좋아서다. 어떤 직원들은 기계를, 어떤 직원들은 사람을, 어떤 직원들은 둘 다 좋아한다. 그러므로 세 번에 한 번 꼴로는 적당한 타이밍에 당신과 꼭 맞는 직원을 만날 기회가 생길 것이다. 만약 좋든 나쁘든 기억할 만한 경험을 한다면 직원의 이름을 알아두는 것도 좋다.

자전거 매장에서 해야 할 것과 하지 말아야 할 것
해야 할 것
→ 선택권이 당신에게 있다는 사실을 기억할 것. 언제든 다른 부품, 다

른 직원, 다른 매장을 고를 수 있다.

→ 고장 난 자전거를 매장으로 가져가기 전에 집에서 문제를 조사해 볼 것. 몇 가지 테스트를 해 보고, 소리를 들어 보고, 문제가 무엇인지, 어떻게 설명해야 할지 생각해 보라.

→ 정기적인 정비와 점검을 받을 것. 자전거를 항상 좋은 상태로 유지할 수 있을 뿐 아니라 직원과 친분을 쌓을 수 있다.

→ 어떤 설비와 수리는 어려울 수 있고, 당신이 생각하는 것보다 오래 걸릴 수 있음을 이해할 것.

→ 고장으로 부서진 부품 조각을 모두 가져갈 것. 직원이 쉽게 대체품을 찾을 수 있다.

→ 충분한 시간이 있을 때 편안한 옷을 입고 새 자전거를 시승해 볼 것. 자전거 매장은 주중에 덜 붐빈다.

하지 말아야 할 것

→ 위협당한다고 느끼는 것. 미리 원하는 것을 생각해 가야 하지만, 직원의 충고에 기꺼이 마음을 여는 편이 좋다.

→ 오래된 자전거를 부끄러워하는 것. 자전거 매장 주인들은 그저 당신이 자전거를 탄다는 사실만으로도 기뻐한다.

→ 직원에게 인터넷에서 사면 더 싸다고 이야기하는 것.

→ 간단하고 저렴한 정비가 자전거의 질을 훨씬 높여 준다는 사실을 과소평가하는 것.

자전거 매장은 위압적인 이미지를 가지고 있는지도 모른다. 하지만 자전거를 타는 고객들이 늘어나면서 서서히 변화하고 있다. 자신이 무엇을 원하는지 분명한 생각을 가지고 어떻게 설명할지 어느 정도 준비를 하고 방문하면 완전히 새로운 경험을 할 수 있을 것이다.

동네 자전거 가게 주인과 친해지는 것도 자전거 매장을 최대로 활용하는 좋은 방법이다. 더 많은 정보를 얻을 수 있을 뿐만 아니라 지역사회 자전거 문화의 중심과 바로 연결되는 셈이다.

◎

울리케 로드리게스는 평생 자전거를 탔고, 차량은 소유하지 않았다. 여성 취향의 여행, 섹스, 매력에 관한 이야기를 출간물, 인터넷, 와인바(방문 의사가 있다면 피노 그리지오Pinot Grigio를 찾을 것)를 통해 나누고 있다.

도심 라이딩을 위한 간단 가이드

- 웬델 챌린저

　북아메리카에서 '도심용'으로 팔리는 자전거는 어느 모로 보아도 절대 도심용으로 탈 수 없는 경우가 많다. '하이브리드'나 '컴포트'의 이름을 달고 출시되는 자전거는 도로 주행을 염두에 두고 구조나 조작법이 디자인되었다고 하지만, 체인 가드(체인이 벗겨져 생길 문제를 막기 위해 부착한 철이나 플라스틱 부분)나 펜더(흙받이), 라이트(조명), 짐바구니 등 교통수단의 기능을 갖추고 있지 못한 것이 보통이다. 이래서는 '이 자전거에 탑승할 때는 스판덱스 선수복을 반드시 착용해야 하며, 평상복을 입었을 때, 비가 올 때, 밤에, 혹은 짐을 싣고 타서는 안 된다.'고 안내문이 붙어 있는 것이나 마찬가지다. 쉽게 말해서, 이런 자전거는 순전히 오락용으로 만들어진 것이다. 이와는 대조적으로 자전거가 도시 교통수단의 하나로 자리 잡고 있는 유럽에 가면 앞서 말한 기능을 모두 갖춘 도시 자전거가 표준 모델로 팔리고 있다.

　북아메리카에는 도심에서 자전거 타기를 위한 3단계 지침이 있다. 하나, 자전거를 산다. 둘, 다른 필요한 것들을 산다. 셋, 추가로 구매한 것들을 앞서 말한 자전거에 장착한다. 그리고 4단계는 옵션인데, 추가로 구매한 부대 용품이 자전거에 맞지 않아서 교환이나 수리가 필요할 때 아낌없이 욕을 퍼부어 준다. DIY 마니아라면 이 3단계(또는 4단계)가 무척 즐거운 과정이겠지만, 대부분은 이 단계를 불필요한 장애물로 여긴다. 자전거는 일상 교통수단이 될 수 없다거나, 자전거 통근은 상당한 내공의 소유자만이 할 수 있다는 생각을 하는 것이다.

　감사하게도 시대는 변하고 있다. 북아메리카 자전거 제조사에서도 고객의 소리를 듣고 점차 교통 기능에 집중된 제품을 출시하게 되었다. 도시에서 매일같이 자전거를 타는 사람이 원하는 바는 저마다 다를 수 있지만, 내가 20년간 도로에서 자전거를 타며 조금씩 쌓은 노하우를 참고로 공개해 본다.

일단, 언.제.나! 탈 수 있어야 한다

　자전거를 주요 교통수단으로 이용할 생각이라면 비가 와도 진눈깨비가 흩뿌려도 치렁치렁한 파티 드레스를 입었다고 해도 목적지까지 가는 데 방해가 되어서는 안 된다. 바퀴의 최대한 많은 부분을 덮는 펜더를 장착하면 도로의 흙먼지와 더러운 물이 옷에 튀는 것을 막을 수 있다. 헐렁한 옷이 체인에 감기는 것을 막을 수 있는 체인 가드도 필요하다. 해가 진 뒤에도 안전하게 탈 수 있도록 조명까지 갖추면 더 좋을 것이다.

현대식 짐마차?

좋든 싫든 우리는 항상 짐을 가지고 다닌다. 진정한 도시 자전거라면 그 짐을 덜어 주어야 한다. 패니어(자전거 후륜 양쪽으로 매달 수 있는 짐가방)용 리어랙(뒷 짐받이)과 핸들 앞에 달 수 있는 짐바구니가 있어서 앞뒤로 짐을 실어 나를 수 있는 자전거를 찾아보자. 짐을 실었을 때 사용감이 어떤지 꼭 체크해 봐야 한다. 아무리 짐이 무거워도 흔들리지 않는 것이 진정한 도시 자전거의 미덕이다.

단순하고 믿을 수 있어야 한다

도시 자전거는 별다른 정비를 거치지 않아도 사계절 어떤 날씨건 탈 수 있어야 한다. 제대로 디자인된 자전거라면 충분히 가능하다. 굳은 날씨에 변속기와 브레이크의 케이블이 녹슬거나 뻑뻑해지는 것을 막으려면 톱튜브(자전거 프레임의 윗대)를 따라 케이블을 설치하거나 전체를 감쌀 수 있는 케이블하우징(케이블을 감싸 주는 유연성 있는 파이프)을 사용한다. 어디 가려고 나섰을 때 타이어 펑크를 발견하는 것처럼 난감한 일도 없으니 꼭 펑크 방지용 타이어를 쓸 것을 권한다.

자전거를 일년 내내 통근 수단으로 삼으려면 드라이브트레인(구동계, 발생한 힘을 이용하여 굴러가게 하는 장치) 역시 핵심 고려 사항이다. 외부 기어(디레일러 시스템, 변속기 방식)는 시간이 가면서 뻑뻑해져 효율성이 낮아진다. 내부 기어는 모든 장치가 봉인되어 있어서 이런 문제는 없지만, 안정기에 들어서기까지 훨씬 더 많이 타야 하는 단점이 있다. 이런 차이는 있지만 일반적으로는 깨끗이 유지해 주기만 하면 장점이 많은 외부 디레일러 시스템을 많이 사용한다. 외부 디레일러 시스템은 관리만 잘해 주면

가장 효율적인 다중 변속 구동계 중 하나라고 할 수 있다. 그러나 모든 종류의 유지 관리를 혐오하는 사람이라면 기어 수가 낮은 디레일러를 추천한다. 한층 튼튼하고 손이 덜 갈 것이다.

최근에는 일부 도시 자전거에 금속 체인 대신에 드라이브 벨트(보통 탄소 섬유나 케블러로 만듦)가 장착되어 나오는 경우가 있다. 이 기술은 기름칠이 필요 없기 때문에 깨끗하고 유지가 쉬우며 금속 체인보다 수명이 길다. 그러나 아직은 상대적으로 신기술이라 입증되지 않은 면이 있다.

마지막으로, 도심을 달려 목적지에 도착했다면 주차를 해야 한다. 도구 없이도 바퀴와 안장을 쉽게 분리할 수 있는 QR(Quick Release) 타입은 부품 도난이 많기 때문에 안전성을 생각하면 볼트 접합형이 좋다. 그렇다고 해도 장거리를 주로 타는 사람들은 쉽게 타이어 펑크를 수리할 수 있는 QR 타입을 선호한다.

안전한 디자인

도시 자전거는 시야를 확보하고 손목과 목의 통증을 줄이며, 자동차 사이에서도 자전거를 탄 사람이 잘 보이도록 하기 위해 직립에 가까운 자세를 취할 수 있어야 한다. 또한 갑자기 푹 파인 곳을 밟아도 차로로 나가떨어지지 않도록 핸들 조작이 안정적이어야 한다. 짐을 싣고 있을 때라면 방향 전환은 더 중요하다. 이동용 도시 자전거는 안정성을 최우선으로 두어야 하므로, 성능 중심 모델보다 속도감이나 반응성에 있어서 떨어지는 모델을 선택해야 하는 경우도 생긴다.

어떤 조건 하에서든 급정거가 가능해야 한다. 보통 자전거의 표준 장비인 림 브레이크(림에 설치)는 대부분의 상황에서 잘 작동하지만 자전거 휠의 림(바퀴의 바깥쪽, 타이어와 만나는 부분)이 젖어 있을 때는 효력이 떨어진다. 림이 강철로 된 휠은 비가 올 때 브레이크가 전혀 듣지 않을 수 있기 때문에 피해야 한다. 자석을 대 보면 강철인지 아닌지 쉽게 알 수 있다. 최근의 합금 림은 물기가 있어도 브레이크를 잡을 수 있는데, 이 소재는 자성을 띠지 않는다.

최근에는 가장 강력하면서도 강약 조절이 가능하며 비가 오더라도 똑같이 작동하는 디스크 브레이크(쇠가 원판을 바퀴 축에 덧달아 그 원판을 마찰하는 패드를 설치)가 급격히 늘어나고 있다. 이 타입의 브레이크는 좋은 자전거 매장에서 한 번 잘 장착하면 고장이 적고 수명이 길다. 드럼과 롤러 브레이크는 외부 접촉이 없는 브레이크 시스템으로 역시 고장이 적으며 유지하는 데 손이 많이 가지 않는다. 이 두 타입 역시 비가 올 때와 오지 않을 때 똑같이 작동하지만, 제동력이 디스크 브레이크보다는 떨어진다.

보는 것, 보이는 것

도시 자전거를 밤에 타는 일이 많지는 않지만, 대부분 조명이 장착되어 있지 않아서 구매자가 직접 해결해야 한다. 이 역시 도시에서 일상적으로 자전거를 타는 사람들에게 실망스러운 부분이 아닐 수 없다. 적절한 조명을 달지 않고 자전거를 타는 사람들도 많고, 배터리로 작동하는 조명을 달아 놓았다가 충전이나 교환을 잊어버리는 경우도 많다.

진정한 도시 자전거의 조명은 바퀴에 연결된 발전기의 동력으로 낮이나 밤이나 켤 수 있어야 한다. 또한 바퀴가 움직이지 않아도 잠시 동안은 불빛이 유지되어야 한다(이 기능은 '정지 조명'이라고 불린다).

발전기로 돌아가는 신형 LED 조명은 앞서 말한 세 가지 조건을 모두 만족시키지만, 표준 장비가 되기에는 어려운 점이 있다. 부품 시장에서 발전기 조명 시스템은 설치하기 까다롭고 비용도 많이 든다. 하지만 통근길에 매일같이 자전거를 타는 사람이라면 믿을 만한 조명이 말 그대로 목숨을 구해 줄 수도 있기 때문에 비용과 노력을 들일 만한 가치가 있다. 그리고 배터리를 사용하는 조명은 작동 시간이 아무리 길어도 교체나 충전을 잊어버리면 언제든 어둠 속에서 켜지지 않을 수 있다는 점을 유념해야 한다.

사계절 자전거를 타는 사람들은 발전기 조명 중에서도 사이드월 발전기보다 허브 발전기(전륜 중심부에 직접 연결함)를 선호하는데, 고효율인데다 비가 올 때 미끄러지지 않는다는 장점이 있기 때문이다.

편안함, 그리고 효율성

도시 자전거는 편안하면서도 효율적이어야 한다. 누구라도 아픈 허리를 끌고 땀에 푹 절어 목적지에 나타나고 싶은 마음은 없을 것이다. 직경이 큰 휠에 슬릭타이어(slick tire, 무늬 없는 타이어)나 세미슬릭타이어(semi-slick tire)를 사용하면 주행 시 저항이 줄어들고 페달 밟기가 쉬워진다. 기어 수가 어느 정도 높은 자전거가 경사를 오르기 편하다.

몸에 직접 닿는 부분은 자전거를 타는 자세와 직결되어 매우 중요한데도 간과하는 경우가 많다. 여기에 해당하는 부분으로 안장과 손잡이, 핸들바가 있다. 장기간 자전거를 탈 계획이라면 견고하고 힘 있는 고급 안장과 튼튼한 손잡이, 손의 위치를 여러 가지로 바꿀 수 있는 핸들바를 장만해야 한다. 사람마다 신체 조건이 모두 다르기 때문에, 자신에게 꼭 맞는 부품을 찾는 과정에는 노력이 필요하다. 좋은 자전거 매장에서 좋은 직원을 만나면 이 과정에 큰 도움을 받을 수 있다.

장거리를 자전거로 이동한다면 자전거를 구입하기 전에 반드시 제대로 된 자전거 피팅(자전거를 몸에 꼭 맞게 세팅하는 과정)을 받아야 한다. 몸에 맞는 자전거는 훨씬 편안하고, 맞지 않는 자전거를 탈 때 흔히 생기는 부상을 예방할 수 있다.

자전거도 내 스타일로

매력적인 모습으로 외출하고 싶지 않은 사람이 누가 있을까? 사이클링은 삶의 방식을 선택하는 것이며, 자전거는 스스로를 표현하는 방법 중 하나다. 주저하지 말고 원하는 대로 스타일링하자. 내 맘에 쏙 드는 매력적인 자전거라면 한 번이라도 더 타고 나가고 싶을 것이다.

◎

웬델 챌린저의 직업은 생태 통계학자이며, 10대 시절부터 열성적인 자전거 지지자였다. 그는 자전거를 탄다는 단순한 실천이 변화의 힘을 가지고 있다고 믿으며, 지속 가능한 미래를 향한 중요한 과정의 하나라고 생각한다.

http://twitter.com/wchallenger

자전거 스타일: 뭘 입을까?

- 에이미 워커

《팜 시티(Farm City)》의 저자인 도시 농부 노벨라 카펜터는 보그의 편집자 해미시 보울스를 초대해 도심 식도락 여행을 다닌 적이 있다. 이들이 함께 돌아다니며 방문한 곳 중 음식과 관련 없는 유일한 장소는 사이클링복 디자이너 이스텝의 매장이었다. 자전거와 천연 섬유의 열성팬인 이스텝은 편안하고 매력적인 최고의 모직 사이클링복 브랜드 'B 스포크테일러(bspoketailor.com)'를 운영하고 있다. 그러니 자전거를 탈 때의 복장에 대해서라면, 이스텝의 의견은 설득력이 있다고 하겠다.

이스텝은 미네소타 출신으로, 고풍스러운 디자인의 활동성이 좋은 의상을 선호한다. 그녀는 어깨와 무릎처럼 관절이 움직이는 곳에 공간을 충분히 두고 옷을 디자인한다. "자동차 시대 이전에 맞춤옷은 사냥과 낚시, 스포츠를 위한 것이었어요. 자동차를 타기 시작하니, 정장을 입는 사람들은 활동이란 걸 모르게 됐죠. 옷의 기능에서 활동성이라는 부분이 아예 제거되어 버린 거예요. 나는 그 부분을 되살리고 싶은 거고요."

이스텝은 보울스를 위해 보라색과 카키색이 섞인 트위드 베스트(tweed vest)와 천이 덧대진 모직 속바지를 만들어 주었다. 베스트는 자전거를 탈 때 특히 적합한 옷이다. "베스트는 몸 전면에서 불어오는 바람을 막아 주고, 흉부와 복부 전체를 보호해 줍니다. 여성이 입을 옷이라면 타이트하게 주름을 잡아서 스포츠 브라처럼 가슴을 받쳐 주도록 디자인하죠. 소매가 없어서 팔을 마음대로 움직일 수 있고, 칼라를 달아서 목 부분을 잠글 수도 있어요. 재킷을 벗어도 바람막이가 돼 주는 옷이 베스트고요."

자전거를 타는 사람에게 복장과 스타일이 어떤 영향을 미치는지 의견을 묻자 그녀는 이렇게 대답했다. "지난 수십 년 동안은 사람이 차 안에서만 살아왔다는 느낌을 받아요. 자동차를 구매할 때 디자인이 중요한 요소가 되면서 차의 외양을 디자인하는 데는 신경을 많이 쓰지만, 상대적으로 그 안에 탄 사람의 복장에는 점점 관심이 덜해지는 거죠. 자전거의 좋은 점은 사람들이 다시 서로를 직접 마주하게 된다는 거라고 생각해요."

패트릭 바버의 '벨로쿠튀르(Velocouture)' 블로그 또한 자전거를 타고 서로를 마주본다는 핵심 철학을 가지고 있다. 2006년 길거리 패션과 자전거 스타일을 담은 사진을 공유하는 플리커(인터넷 앨범 서비스를 제공하는 웹 사이트, Flickr.com) 그룹으로 시작한 벨로쿠튀르가 지금은 자전거 스타일의 트렌드를 선도하고 있다. 바버는 이 사이트를 운영하면서 스스로 자전거와 패션을 대하는 태도가 완전히 변했다고 말한다.

패션에 관심이 많았던 바버는 '워드로브 리믹스(Wardrobe Remix)'라는 플리커 그룹에 참여하고 있었는데, 이것이 벨로쿠튀르를 시작한 계기가 되었다. 워드로브 리믹스의 멤버들은 자신들이 찍은 패션 사진을 공유하며 서로 코멘트를 달고 스타일 조언을 해준다. 바버는 이 과정에서 자신이 스타일을 결정할 때는 시각적인 부분 말고도 주 이동수단인 자전거를 타기 편한지에 대해서도 생각한다는 것을 알게 되었다. 그는 아직 이런 생각을 해낸 사람이 아직 없다는 것을 금방 깨닫고 워드로브 리믹스의 자전거 전용 버전이라고 할 수 있는 벨로쿠튀르 그룹을 만들게 되었다.

플리커에서 이 그룹을 찾으려면 '벨로쿠튀르'를 검색하라. 재미있고, 창의적이고, 자전거 친화적인 의상 컬렉션이 쏟아질 것이다. 게다가 기막히게 스타일리시한 자전거도 줄을 서 있다. 벨로쿠튀르는 자전거를 타는 전 세계 사람들의 독창적이고 기발하고 유쾌한 스타일로 눈요기를 할 수 있는 공유의 장이다. "패션의 관점에서나, 자전거의 관점에서나, 사진 촬영 기술의 관점에서나 영감이 넘치죠."

그렇게 몇 년간 패션과 스타일 팁을 교환하면서, 바버는 자신도 모르게 자전거 스타일에 대한 시각이 변했다는 것을 느끼게 되었다. "생각의 궤도랄까, 시간이 지나면서 시각 자체가 변했어요. 처음에는 자전거를 타기 위해서는 특별한 복장이 필요한데, 이걸 어떻게 멋있게 입을 수 있을까 고민을 했던 것 같아요. 하지만 지금은 자전거 복장이란 건 그냥 일상적인 옷이어야 한다는 사실을 알게 되었어요. 그래서 옷을 선택할 때 이걸 입고 자전거를 탈 수 있을까 하는 걱정 없이 어떤 옷을 입어야 스타일이 좋을까 하는 생각만으로 고르죠. 그래도 여전히 자전거를 탈 수 있거든요. 벨로쿠튀르는 이걸 깨닫는 과정이었던 것 같아요."

바버는 매일 수천 장의 사진 업로드를 보면서 자전거가 주류 문화로 자리하고 있어 사람들이 평상복 차림으로 자전거를 타는 유럽과 아시아에서 가장 멋진 자전거 스타일링이 나온다는 것을 알게 되었다.

북아메리카에서 가장 흥미로운 자전거 패션을 볼 수 있는 곳은 자전거가 주류가 되어 가는 도시, 거기다 추운 기후인 곳이다. 포틀랜드, 샌프란시스코, 시카고, 보스턴 등이 여기 포함된다.

최근 사진을 보면서 특별히 눈에 띄는 트렌드가 있냐고 질문하니 그는 이렇게 대답했다. "부츠를 신은 사진이 많아요. 처음 보고 일종의 계시가 찾아온 느낌이었죠. 발목이 젖지 않도록 건조하고 따뜻하게 보호해 주잖아요. 남자들의 사진을 보면 멋진 팬츠와 셔츠가 부활했어요. 칼라가 있는 셔츠에 타이를 메고 멜빵을 한 남자들이 많아요. 비즈니스 정장이라고 하기에는 지나치게 튀는 조합이지만 쿨하잖아요? 여자들은 컬러 타이츠를 많이 신더라고요. 색깔이 정말 다양하고요."

자전거 스타일에서 가장 중요한 것이 무엇인지 질문하자 바버는 이렇게 대답했다. "이 블로그를 시작하고 나서 나에게 일어난 가장 놀라운 변화는 자전거에 체인 가드를 달았다는 거예요. 아무 바지를 입어도 뭐가 묻지 않을까 걱정할 필요가 없는 건 체인 가드 덕분이죠. 이건 혁명이에요." 자전거 제조사에서는 이 말을 새겨들을 필요가 있다. 바로 이것이 사이클링을 주류 문화로 만드는 핵심이며, 유럽과 아시아 등 자전거의 인기가 더 높은 국가의 자전거 스타일이 더 멋진 이유다. 체인 가드가 달린 도시 자전거를 타기 때문에 자전거 의상에 대해 따로 생각할 필요가 없는 것이다. 이런 경우에는 평소에 입는 옷을 그냥 입고 자전거를 타면 자전거 스타일링이 된다.

스타일은 시각적인 대화다. 우리가 입는 옷은 만나고 지나치는 모든 사람들에게 우리가 어떤 사람인지 말해 준다. 의도했든 아니든, 자전거를 타고 주위의 이목을 끄는 스타일리시한 사람들은 독특하고 강력한 방식으로 자전거 타기 운동과 생활 속 마케팅을 하고 있는 것이다.

분명한 것은 누구든 자전거를 타기만 해도 서 있는 것보다는 멋져 보인다는 사실이다. 그리고 자전거를 탈 때의 패션 스타일은 세상의 자전거 수보다도 많을 것이다. 독자들이 지금 뭘 입고 있는지 모르지만, 아마 그대로 자전거에 올라타도 아무 문제가 없을 것이다. 중요한 것은 공들여 고른 옷을 입고 자전거를 타고, 관찰하고, 실험하는 모든 과정을 즐기는 것이다. 패션계에서 자전거가 유행한다는 사실을 감지하면 뭔가 비싼 자전거 패션을 만들어 팔아 보려고 할지도 모른다. 그러나 자전거를 타는지 아닌지와는 상관없이 진정한 스타일링은 유행에 따라 쿨해 보이는 패션을 그대로 따라하는 것이 아님을 알아야 한다. 스스로를 표현하는 것, 자신에게 자연스러운 옷을 찾는 과정을 즐기는 것이 바로 스타일 아닐까.

아이와 함께 자전거 타기 5단계

- 크리스 킴

아이가 태어났을 때부터 자전거를 함께 탄다는 것은 특별한 발달 단계를 밟아가도록 이끌어 준다는 의미이기도 하다. 각 발달 단계에서 적절한 장비를 갖추면 그 과정은 훨씬 순조롭다. 이 글에서는 온 가족이 자전거로 일상생활을 하기 위해 필요한 장비를 고를 때 알아 두어야 할 몇 가지를 소개하려 한다.

젖먹이와 자전거

아이가 돌이 되기 전까지는 유아용 트레일러(자전거 유모차)에 태우지 말라는 이야기가 있다. 누가 그런 말을 하고 다니는지 몰라도, 안전하게 갓난아기를 자전거에 태워서 데리고 다닐 방법은 분명 있다. 아이가 아직 젖먹이일 때는 기본적인 선택권은 두 가지다. 하나는 자전거 앞에 바퀴 달린 수

레를 연결해서 아이를 태우는 네덜란드식 백핏(bakfiets)이고, 다른 한 가지는 일반 자전거에 유아용 트레일러를 설치하는 것이다. 어느 쪽을 선택하든 심각한 사고를 막아 줄 적절한 유아용 카시트 제품을 자전거에 단단히 고정해 사용하면 아이는 차에 타고 있을 때와 마찬가지로 안전하다. 내 딸이 갓난아기였을 때 나는 유아용 이중 트레일러를 사용했는데, 트레일러 프레임에 충격 흡수용 밧줄로 카시트를 매달아 고정시키는 방법을 썼다. 이렇게 하면 안전성도 높고 바닥에서 오는 충격도 어느 정도 줄일 수 있다. 백핏은 여러 모로 고상한 해결책이지만, 고가의 거대한 자전거를 사야 하고 보관도 쉽지 않다는 단점이 있다. 반대로 좋은 점은 시야에 들어오는 큰 나무 박스에 아이를 태우고, 장바구니를 싣고, 심지어 훈련된 애완동물까지 함께 데려갈 수 있다는 것이다. 눈에 보이는 곳에 아이가 있다는 사실이 주행 내내 안정감을 줄 것이다.

아장아장 걷는 아이, 트레일러에 태우기

싱글이냐 더블이냐? 이거야말로 트레일러를 살 때의 영원한 딜레마가 아닐까? 더블 트레일러는 넓은 공간에 장 본 것을 싣거나 카시트를 단단히 고정시킬 수 있어서 아이가 외동이라도 유용한 면이 있다. 그러나 비포장 도로를 달릴 일이 많다면 당연히 좁게 디자인된 싱글 트레일러를 택하는 편이 좋다. 소켓이나 핀을 걸어 자전거 뒷축에 고정할 수 있는 트레일러가 사용하기 편하다.

어린이와 자전거

아이가 너무 자라서 트레일러를 벗어나기 전에 차근차근 바퀴 두 개로 맛볼 수 있는 자유의 길로 안내하자. 세발자전거와 보조 바퀴는 한때 자전거를 타려면 누구나 거치는 통과의례였지만, 21세기의 어린이들은 두 바퀴로 시작한다. 페달 없이 바퀴 두 개로 된 런바이크(Run Bike)는 두 발로 땅을 차서 달리는 1800년대의 초기 자전거와 비슷하게 생겼다. 현대 자전거의 전신인 이 기계를 이용하면 페달 자전거를 타기 전에 쉽게 자전거의 감각을 익힐 수 있다. 아이들은 페달에 신경 쓰지 않고 균형을 잡고 앞으로 나아가는 법을 익힐 수 있고, 점점 먼 거리를 땅에 발을 딛지 않고도 미끄러져 갈 수 있게 된다. 런바이크는 페달과 체인이 없어 소형이며, 보관과 이동이 용이하다.

초등학생이 되었다면

아이들이 자라면서 그들의 세상도 확장된다. 한때는 대부분의 시간을 집 아니면 동네 가까운 곳에서 보내던 아이가 스스로의 삶을 가지게 되는 것이다. 학교에 가고, 악기나 춤을 배우고, 주말에는 생일 파티에 가는 등 사회생활을 시작한 아이와 계속 같이 자전거를 탈 것인지 아니면 자동차나 버스를 타게 해야 할지 결정할 시기다. 계속 자전거를 타기로 했다면, 트레일러바이크(trail-a-bike), 트레일게이터(trail-gator), 탠덤바이크(tandem bike, 좌석이 앞뒤로 된 2인용 자전거) 등의 선택지가 있다. 앞의 두 타입은 어른의 자전거 안장 기둥에 연결하는 것이다. 트레일러바이크는 앞바퀴 없이 한 개의 바퀴와 프레임으로 되어 있는데, 여기에 탄 아이는 페달을 밟을 수도 있고 그냥 앉아서 따라올 수도 있다. 트레일게이터는 유아용 자전거를 성인 자전거에 앞바퀴가 들린 상태로 고정하는 견인 막대라고 할 수 있다. 트레일게이터는 트레일러바이크보다 다용도로 사용할 수 있지만, 두

트레일러바이크에 탄 아이는 페달을 밟을 수도 있고, 그냥 앉아서 따라올 수도 있다.

개의 자전거를 제대로 연결하는 것이 바퀴 한 개짜리 자전거를 고정시키는 것보다 훨씬 어렵다는 의견도 있다.

　트레일게이터는 아이를 데려다 주고 자전거를 분리시켜서 혼자 돌아올수 있어 실용적이다. 그리고 상대적으로 안전한 길에서 초등학생을 계속데리고 다닐 목적이라면 트레일러바이크가 적절한 해결책이 될 것이다.이때 중요한 것은 안전한 경로를 잘 선택하고, 운전자가 자전거를 잘 볼 수있도록 하는 것이다. 가시성의 문제는 자전거가 UFO로 보일 때까지 반짝이는 조명을 수없이 달면 쉽게 해결할 수 있다. 탠덤바이크는 성인-아동용모델도 있고 약간 개조해서 아이를 태울 수 있는 일반 모델도 있는데, 가족단위의 일상 교통수단으로 쓸 때 가장 빠르게 이동할 수 있고 방향 조정도쉽다. 그러나 고가인데다 보관 공간이 많이 필요해서 제한적으로 사용되고 있다.

사춘기, 두 바퀴 자전거 타기

아이가 혼자 자전거를 타고 다녀도 될지 결정해야 할 순간이 온다. 행복한 고민이 아닐 수 없다. 당신의 아이가 자전거를 안 타는 또래 친구들과 어울리면서도 자전거를 버리지 않고 계속 타고 있다는 뜻이기 때문이다. 언제라도 통하는 최고의 자전거를 고르는 원칙은 정해 둔 예산 안에서 가장 가볍고 내구성 좋은 모델을 선택하는 것이다. 스타일이나 컬러나 브랜드가 너무 마음에 안 들어서 타기 싫을 정도가 아니면 그걸로 충분하다.

"어떤 아이들은 자전거의 종류와 각각의 좋은 점을 들어 보고 최선의 선택을 하려고 해요. 하지만 어떤 애들은 그냥 최고 신상, 친구가 갖고 있는 종류, 아니면 겉으로 보기에 쿨하다 싶은 자전거를 원하죠." 캐나다 밴쿠버에서 자전거 매장 '바이크 닥터'를 운영하는 폴 보거트는 이렇게 충고한다. "아이들 말만 듣고 겉만 번지르르한 싼 자전거를 사 주는 게 제일 큰 실수예요. 가족이 다 같이 의논해서 쓸데없이 무겁거나 결점이 있는 자전거를 피하고 현명한 결정을 내리도록 하세요. 아이 자전거가 실용성이 떨어지면 본인도 속도가 안 날 거고, 가족이 모두 함께 자전거를 탈 때도 훨씬 느리고 힘들 겁니다."

자전거 모임 참여하기

혼자서도 일상적으로 자전거를 타는 아이들도 많지만, 조직적인 활동을 더 좋아하는 경우도 있다. 지역사회마다 자전거 타기 운동 단체의 주관으로 초급 수업을 제공하고 있는데, 실전 경험을 쌓아 주기 때문에 초보자에게는 구미가 당기는 기회다. 벌써 자전거를 탈 줄 아는 아이들이라면 BMX(bicycle motercross, 변속 장치가 없는 소형 자전거로 프리스타일 곡예를 하는 스포츠)나 주니어 트라이애슬론, 도로 경주나 산악자전거 경기에 참가해서 동지애를 느껴 보는 것도 동기 부여가 될 수 있을 것이다.

BMX는 젊은 층에서 인기가 좋고, 최근에는 올림픽 종목으로도 채택되었다. X게임(미국 스포츠 채널 ESPN이 주관하는 스포츠 대회로 익스트림 스포츠가 주종목)을 비롯해서 다양한 자전거 경기가 인기를 얻으면서 중력을 거스르는 자전거 묘기를 시도하는 사람도 늘어났다. 최근에는 주문 설계된 경사로와 장애물을 갖추고 있는 자전거 공원도 많아서 BMX나 더트 점핑(비포장 점프대에서 하는 기술경기), 산악자전거를 위한 핸들링 기술을 연습할 수 있다.

아이가 승부욕이 강하지만 농구, 축구, 야구처럼 전형적인 조직 스포츠를 좋아하지 않는다면, 자전거 경주는 두각을 드러낼 수 있는 기회가 되기도 한다. 이미 운동을 하고 있는 경우에도 사이클링은 달리기나 웨이트 트레이닝처럼 뼈와 관절에 무리를 주지 않고도 근력과 지구력을 기르는 좋은 훈련이다.

자전거 고르기

아동용 자전거는 12, 16, 18, 20, 24의 5개 사이즈를 중심으로 출시된다. 숫자는 휠 크기를 인치로 표시한 것이다. 아이들의 성장 속도가 저마다 다르기 때문에, 연령보다는 인심(지면에서부터 가랑이 사이의 길이)으로 자전거를 선택하는 것이 좋다.

사이즈를 고르고 나면 브레이크와 기어를 결정하는 것이 그 다음 순서다. 나이와 상관없이 자전거 초보라면 균형을 잡고 페달을 밟고 위험이 오면 알아차리는 기본적인 부분에 집중하는 것이 중요하다. 이 시기에는 변속이 되지 않고 코스터 브레이크(자전거 페달을 거꾸로 밟아 제동하는 브레이크)

가 달린 자전거가 좋다. 어려운 기어 조작이나 작은 손으로는 작동이 힘든 핸드 브레이크 때문에 쩔쩔매게 되면 아이에게도 지켜보는 부모에게도 힘든 일이다. 아이들이 좀 더 커서 기어 조작이 가능해지면 선택의 폭이 훨씬 넓어진다. 이때 약간의 투자로 자전거를 업그레이드하는 것도 좋을 것이다.

아동 연령(세)	인심(인치)	자전거 바퀴 사이즈 (인치)
2~4	14~17	12
4~6	16~20	14
5~8	18~22	16
6~9	20~24	18
7~10	22~25	20
9~12	24~28	24
12+	28+	26(일반 산악자전거 바퀴 사이즈)

자전거로 생활하는 것이 쉽지만은 않다. 아이를 데리고 자전거를 타면 더더욱 그렇다. 하지만 아동용 트레일러나 백핏, 소형 자전거를 탄 아이들이 점점 늘어 가는 것을 보면, 분명 그 해결책을 찾아내어 즐거운 한때를 함께하는 가족도 많아지고 있는 것 같다.

◎

크리스 킴은 시골에서 신문 배달을 하던 시절부터 자전거, 그리고 언어와 함께해 왔다. 그는 1990년대 중반 다시 자전거와 언어를 결합하여 자전거 레이싱과 여행과 자전거 산업의 새 소식에 대한 글을 쓰기 시작했다. 능동이동(Active Transportation, 인간의 힘을 이용한 모든 이동 수단을 의미. 도보, 자전거, 휠체어, 인라인스케이트, 스케이트보드 등이 포함)에 대한 대중적 관심이 부활하고 있는 최근에는 자전거 친화적인 도시로의 전환이 가져올 문화적, 개인적 영향을 글의 소재로 하고 있다.

내부 기어 자전거 허브

- 아론 고스

우리가 흔히 볼 수 있는 자전거는 뒷바퀴 중심에 다양한 크기의 기어가 모여 있는 디레일러(변속기) 구동계를 쓰고 있을 것이다. 나는 이 형태의 구동계를 외부 기어라고 부른다. 현대 자전거의 디레일러 기반 구동계는 '고속 주행'이라는 단 한 가지의 목적을 가지고 진화해 왔다. 그래서 일상 교통수단으로 자전거를 탈 때는 더 합리적인 대안이 있는데, 내부 기어 허브(IGH, Internally geared planetary hub)가 그것이다. 고정 기어나 코스터 브레이크(페달을 뒤로 돌리면 속도가 줄어드는 방식) 자전거와 마찬가지로, 내부 기어 자전거는 구동계가 단순하고 내구성이 좋으며 유지 관리도 쉽다. 벨트나 축 구동계를 이용하는 자전거도 이 분류에 속한다. 내부 기어는 뒷바퀴 허브 외부에 장착하는 대신 뒷바퀴 허브 내부에 들어간다. 외부 기어와 마찬가지로 핸들바에 달린 변속기를 사용해서 조작한다. 기어 수는 모델에 따라 다르며, 적당한 기어의 범위는 주로 다니는 지형에 따라 다를 수 있다.

외부 기어(디레일러)에 비해서 내부 기어를 사용했을 때의 주요한 이점이 몇 가지 있다.

단순하다

모양이 복잡하다는 이유로 디레일러 시스템을 좋아하지 않는 사람들이 있는데, 이에 반해 내부 기어는 앞 체인링(톱니바퀴)과 뒷 스프라켓(자전거 체인과 맞물리는 뒷바퀴에 있는 톱니바퀴) 하나씩만 있어 외형이 깔끔하다. 자전거가 넘어지거나 충돌해도 걸릴 만한 요철이 없어 체인이 빠지는 일이 없다.

내구성이 좋고 유지 관리가 편하다

내부 기어는 외부 기어보다 약 열 배쯤은 튼튼하다. 내부 기어 자전거라면 악천후 속에 온갖 지형에서 수만 km를 달린다 해도 기어가 거의 마모되지 않는다. 내부 기어에 1/8인치의 와이드형 체인을 쓰면 외부 기어의 3/32인치 와이드형 체인보다도 구동계의 내구성이 한층 더 좋아진다.

수시로 타이어를 교체하는 것을 빼면 가장 흔한 자전거 수리는 후면 기어를 손보는 것이다. 내부 기어를 사용하면 때때로 체인 청소를 하고 매년 한 번 정도 내부 세척과 오일 교환을 해 주는 것으로 충분하니 유지 관리가 훨씬 쉬운 셈이다.

내부 기어는 눈비가 오거나 먼지가 많은 기상 조건에서 사용하기에도 좋다. 시애틀처럼 비가 많이 오는 도시에서 자전거 통근을 하다 보면 도로의 먼지가 금세 외부 기어를 마모시켜 겨울 한철을 넘기지 못하는 경우도 많다. 추운 겨울에는 외부 기어와 후면 톱니가 얼거나 눈과 엉켜서 변속이 불가능한 것도 흔히 있는 일이다.

체인 케이스와 함께 쓸 수 있다

체인 케이스는 구동계를 완전히 에워싸는 형태를 하고 있다. 금속, 섬유, 플라스틱 등 다양한 재질이 있고 전면 체인링과 체인, 후면 톱니를 모두 덮어 준다. 체인 케이스가 있으면 옷이 더러워지거나 체인에 끼지 않도록 오른쪽 바짓가랑이를 걷어 올리고 발목 부분을 묶을 필요가 없다. 체인 케이스와 함께라면 가장 아끼는 옷을 입고도 망설임 없이 자전거를 탈 수 있다. 대부분의 내부 기어 자전거는 체인 케이스 장착이 가능하다. 체인 케이스의 또 다른 이점은 체인을 깨끗이 유지해 주기 때문에 일 년에 한두 번만 기름칠을 하면 된다는 것이다.

정지 변속이 가능하다

내부 기어를 사용하면 수동 변속 차량처럼 정지 상태에서도 주행 시와 동일하게 기어 변속이 가능하다. 급정거를 해야 할 때나 경사를 오를 때처럼 다시 추진력을 내기가 힘들 때 특히 유용하다. 다시 출발하기 전에 저속 기어로 바꾸기만 하면 되는 것이다. 외부 기어와 다른 점은 페달을 밟고 있지 않을 때 변속한다는 것이다. 수동 변속 차량에서 클러치를 밟는 것과 같다고 생각하면 된다. 내부 기어 자전거를 탈 때는 변속하는 동안 페달에 가해지는 압력을 낮춰 주어야 한다. 최근 출시된 허브(스램의 i-Motion9 등)는 디레일러 변속의 느낌을 모방하여 디자인되어서 제조사에서는 페달을 밟는 중에 변속해도 무방하다고 하지만, 페달의 압력이 높으면 내부 기계에 손상이 갈 수 있다.

내부 기어 허브는 금속 케이스로 모든 기어를 보호해 주기 때문에 눈비가 오거나 먼지가 많은 환경에서 더 좋은 선택이 될 수 있다.

유지비가 적게 든다

내부 기어 허브는 고급 모델일수록 초기 가격 부담이 상당하다. 하지만 외부 기어와 내부 기어 허브의 수명을 비교해 보면 총 비용은 훨씬 저렴하다는 것을 알 수 있다. 자전거를 매일 타는 경우 대부분의 외부 기어는 1년에 한 번은 교체해 주어야 한다. 속도를 내기에 적합한 현대식 자전거 구동계는 보통 5~11단 사이인 뒷바퀴 기어의 톱니 수를 기준으로 분류된다. 전형적인 도로용, 여행용 자전거는 전통적인 기어 조합이 10개인 것에 비해 2~30종류의 조합을 만들 수 있다. 한정된 공간에 이 정도 수의 톱니를 넣으려면 이가 매우 좁게 만들어질 수밖에 없다. 그 결과 톱니가 빨리 닳고, 부품 교체에 드는 비용이 만만치 않다. 같은 품질의 내부 기어와 외부 기어를 비교하면, 장기적으로는 내부 기어가 항상 더 저렴하다.

다양한 변형

최근에는 체인과 디레일러를 사용하는 전통적인 구동계의 대안으로 벨트 구동계가 적극 홍보되고 있지만, 역시나 단점이 있다. 벨트는 체인처럼 연결할 수가 없어서 벨트 구동계를 사용하려면 벨트가 지나가는 틈이 있는 특수 제작 프레임이 필요하다. 벨트 구동계는 브랜드 간 호환이 되지 않으며 부품을 교체하는 가격이 비싸다. 광고에서는 유지 관리가 전혀 필요 없다고 하지만, 체인 스프라켓처럼 기어가 마모될 수 있다. 그리고 벨트에 바짓가랑이가 끼는 일도 종종 발생한다.

내부 기어는 체인이 아니라 축 구동 방식을 택할 수 있다.

내부 기어와 외부 기어의 혼합형 허브도 출시되고 있다. 일반적으로 3단 내부 허브에 9단 후면 클러스터가 결합된 형태이다. 이 조합은 전면 디레일러가 없기 때문에 접이식 자전거나 리컴번트(누워서 타는 자전거), 핸드사이클(손으로 굴리는 자전거) 등 특수 자전거에 적합하다.

내부 기어가 이렇게 장점이 많다면 왜 모든 자전거에 쓰이지 않는 것일까? 내부 기어의 이점이 아무리 많아도, 디레일러 자전거 수리에 수백 달러씩 들이면서도, 많은 사람들은 내부 기어로 전환할 생각을 하지 않는다. 그 이유로 꼽히는 것은 효율이 낮으며 기어 범위가 제한되어 있고 무겁다는 것이다.

내부 기어 제조사 로홀로프는 기술 마니아들을 위해 효율성에 대한 매우 흥미로운 기사를 쓴 바 있다. 하지만 직장까지 평상복을 입고 자전거를 타는 보통 사람들은 사실상 동력 손실이나 무게의 차이를 거의 느끼지 못할 것이다. 만약 그 차이를 느꼈다면 땀에 흠뻑 젖을 때까지 자전거를 탔다는 뜻인데 이 정도면 어쨌든 '일상적인 자전거 타기'에서는 벗어난다. 대부분 사람들이 내리막을 달릴 때면 페달 밟는 것을 멈추고 자전거의 관성에 몸을 맡기고 싶은 순간이 온다. 내부 기어 자전거는 그럴 때 전면 체인링과 후면 스프라켓의 사이즈를 바꾸어 원하는 대로 달릴 수 있다.

허브만 생각하면 무겁게 느껴질 수 있지만, 내부 기어 허브로 대체할 수 있는 부품의 무게를 모두 더하면 오히려 더 가벼워질지도 모른다. 전형적인 내부 기어는 체인링 1~2개, 1개를 제외한 모든 후면톱니, 긴 체인, 뒷허브, 전·후면 디레일러, 전면 변속기와 케이블을 대체할 수 있다. 어떤 모델은 브레이크까지 대체하기도 한다.

어떤 자전거는 구동계를 단순한 것으로 바꾸면 체인 텐셔너(체인이 헐거워지는 것을 방지하는 장치)가 추가로 필요하다. 슬롯이 있는 수평 후면 드롭아웃이나 특수한 (수평 조정이 가능한) 바텀 브라켓처럼 체인을 팽팽하게 해 주는 기능이 내장되어 있지 않은 경우다.

내부 기어 자전거를 좀처럼 볼 수 없는 주된 이유는 역시 익숙하지 않아서이다. 자전거 디자이너에게도 내부 기어는 친숙하지 않기 때문에 이 과정이 반복되고 있다. 아마 이들은 자전거 매장(고객들)에서 고객들이 구매하지 않을지도 모르는 내부 기어 자전거를 디자인하는 위험을 감수하기 두려워하는 것인지도 모른다.

자전거 매장은 익숙하지 않거나 주류에서 벗어난 상품을 받는 것을 두려워하는 경향이 있다. 자전거 기술자라는 것이 대학생들의 임시 직업으로 인식되는 경우가 많기 때문에 직업 정신을 가진 직원을 훈련시키고 양성하기가 힘든 것이다. 하지만 자전거를 사랑하는 자전거 매장 직원들은 종종 쿨하고 트랜디한 최신 기술을(심지어 충분히 입증되기도 전에) 홍보하지 않고는 못 견뎌하기도 한다. 아이러니하게도, 자전거 기술자들의 능력을 테스트하는 일반적인 방법은 스터미-아처의 3단 허브를 정비하는 것이다.

디레일러 시스템도 물론 나름대로의 장점이 있다. 대체 부품을 넣는데 비용이 적게 들고(업그레이드는 고가지만), 자가 정비를 하기에도 쉬워 보이며, 전체 구조가 가볍고 기어 범위가 넓다. 이런 이유 때문에 장거리 여행이나 레이싱에 적합하다. 그러나 세계여행을 하는 사이클리스트는 로홀로프의 스피드허브를 선택하는 경우가 많다. 이 제품은 14단 내부 기어인데, 세계 최고라고 정평이 나 있으며 일반적인 산악자전거와 같은 기어 범위를 제공한다. 충성고객들은 이 허브의 낮은 유지비와 극도로 높은 내구성을 찬양한다. 기어 마모가 전혀 없이 80,000km 이상을 달린 자전거도 종종 보았다. 디레일러로는 상상할 수 없는 수치다.

디레일러 기어의 단점은 자전거 기술자와 초보자들이 가장 잘 안다. 변속이 까다롭고 경사진 곳에서 특히 단점이 드러나며, 끊임없는 유지 관리와 청소, 미세 조정을 필요로 한다. 기어 변속을 포기하고 고속 기어로 고정해서 자전거를 타는 사람들도 많다. 또한 신형 인덱스 기어와 변속기는 세심하게 다뤄야 하고 먼지에 노출되면 금방 마모되어 버린다.

도시에서 주로 탈 목적으로 자전거를 개조하는 것도 일반적인 일이 될 것이다. 게다가 내부 기어 허브는 내구성이 워낙 좋아서 부품 교체가 거의 필요 없고, 필요한 경우에도 저렴한 작은 부품 정도만 갈아 주면 된다. 내부 기어의 기어 자체가 마모되는 일은 거의 없다.

내부 기어는 수백 파운드를 끌어야 하는 화물 자전거를 포함해서 대부분의 자전거에 기막히게 잘 맞는다. 현재로서는 일반 제품을 화물 자전거용으로 사용하는 것까지 보증하지는 않지만, 화물용으로 특화된 제품이 출시되고 있다. 스램은 펜타스포트 5단 허브를 화물용으로 제조하고 있고,

시마노는 레드 스트라이프 넥서스 8단을, 로흘로프와 누빈치에서도 화물용으로 사용할 수 있는 허브를 판매한다.

개인적으로는 내부 기어의 적은 유지비, 내구성, 신뢰성이라는 장점이 어떤 단점보다도 크다고 생각한다. 내부 기어 자전거는 일상적인 이동 수단으로써 자동차만큼이나 견고하고 믿을 수 있다. 파티에서 집에 돌아왔을 때, 늦게까지 일하고 퇴근한 날, 빗속을 뚫고 집까지 페달을 밟은 후에 자전거를 닦고 체인에 기름칠을 하고 싶어 할 사람이 누가 있을까? 그대로 다음날 탈 수 있으면 좋겠다고 생각할 것이다. 사람들은 오랜 시간 달리고 젖은 채로 팽개쳐 두어도 문제없는 자전거를 원한다. 이들에게 필요한 것은 바로 내부 기어이다.

◎

아론 고스는 워싱턴 주 웨스트 시애틀에서 '아론의 자전거 정비소(Aaron's Bicycle Repair)'를 운영한다. 그의 목표는 자전거를 주인에게 딱 맞도록 너무나 완벽하게 수리해서 사람들이 자전거를 사랑하도록 만드는 것이다.

빛나는 자전거

- 라스 겔라

마샬 맥루한(Marshall McLuhan)이 말하기를, 인공조명은 순수한 정보이며 메시지가 없는 매체라고 했다. 자전거를 탄 사람은 자기 방식대로 조명을 장착하여 검은 아스팔트와 먼지 나는 길과 머리 위로 드리워진 나뭇가지를 채색할 수 있다. 뇌수술과 한밤에 자전거를 타는 것의 공통점이 있다면 인공조명이 있어야 안전하다는 것이다.

한밤에 자전거를 타는 사람들은 자동차 사이에서 가장 기본적인 무장만으로 빠르고 조용히 달리는 것에 익숙하다. 저마다 어둠 속 주행에 따르는 위험에 대처하는 방식도 가지고 있다.

먼저 극단적인 유형으로 닌자 스타일이 있다. 검은 옷을 입고 조용히 어둠이 내린 거리를 미끄러져 가며, 고양이와 같은 민첩함으로 사고를 피하는 것이다. 자전거에 반사 장치가 전혀 없다면 아닌 게 아니라 스스로 민첩하게 위험을 피하는 수밖에 없다.

다음으로 움직이는 일단정지 표지판 스타일이 있다. 이 타입은 가로등과 자동차 헤드라이트의 불빛을 뚫고 운전자들의 눈에 확 띌 수 있도록 번쩍번쩍 빛나는 조명을 사방에 장착하고 반사판을 달고 야광 옷을 입는다. 이 사람들은 닌자 타입보다 천 배 정도 밝게 빛나지만 그렇다고 모든 위험을 피할 수 있는 것은 아니다. 자동차 운전자가 급하게 모퉁이를 돌았을 때를 생각하면, 헤드라이트의 불빛 때문에 빛나는 자전거를 의식하지 못할 것이다. '일단정지' 표지판이 차 밑으로 사라지기 직전에나 불빛이 번쩍이는 것을 겨우 볼 수 있을까.

절약 정신이 투철한 사람들은 자전거 매장이나 인터넷 쇼핑몰에서 소형 LED 조명을 사서 자전거의 곳곳에 고정시킨다. 이들은 가로등과 야간 조명으로 밤에도 환한 도시의 도로를 달리면서 자전거 조명으로 길을 밝힐 필요는 없다는 것이다. 그저 남들이 자신을 볼 수 있도록 하는 것이 이들이 사용하는 조그만 불빛의 목적이다. 이 방식은 어느 정도 효과가 있지만 침침한 조명 때문에 바위나 하수구, 시내 곳곳에 있는 트랙을 보지 못해서 바퀴가 빠지거나 타이어에 펑크가 나는 경우가 있다. 게다가 운전자들은 소형 LED에 크게 주의를 기울이지 않는다. 백 미터 밖에서도 보일만한 번쩍번쩍한 표지판 정도는 되어야 눈길을 끌 것이다.

나는 그 작은 LED 조명을 사용한다. 일단 가격이 저렴하다는 점이 나에게는 매력적이다. 주의 깊게 주행하고 교차로에서 속력을 줄이기만 하면 대부분의 경우 안전하다. 그러나 '대부분의 경우' 안전한 것으로는 만족할 수 없다면 가장 밝은 조명을 구입할 것을 추천한다. 돈은 좀 들겠지만 LED 조명이 작은 태양처럼 빛나는 엄청나게 밝은 조명을 몇 개 달고 다니면 몇 블록 밖에서도 눈에 띌 것이다.

운전자들의 망막을 태워 버릴 만한 고성능 조명을 사는 것도, 얼마의 투자로 자전거를 크리스마스 트리마냥 반짝반짝하게 해 줄 정도의 작은 LED 조명을 사는 것도 취향과 선택에 달렸다. 그러나 스스로의 스타일을 표현할 수 있는 조명을 찾으려면 노력이 필요하다.

환경 의식이 있는 사람들은 일회용은 물론 충전식 배터리의 사용도 피하고, 페달을 밟아서 켜는 조명을 선택한다. 이럴 때의 자전거 조명은 더 이상 내용 없는 불빛이 아니라 자전거를 탄 사람이 지구와 인간의 관계에 대해 어떻게 생각하는가에 대한 메시지를 전달하는 매체가 된다. 페달 조명은 크게 세 가지 방식으로 나뉜다. 먼저 전통적인 마찰 발전기가 있는데, 타이어가 회전하며 발전기 휠과 마찰을 일으키는 과정에서 전기가 생산된다. 두 번째는 허브 발전기로 이 방식도 역시 바퀴의 회전을 동력으로 하지만 허브 내부에 장착된다는 차이가 있다. 이 두 가지 발전기는 과거보다 훨씬 효율성이 좋아져서 예전처럼 타이어에서 고무 타는 냄새가 날 지경으로 페달을 밟지 않아도 된다. 최근 새로 등장한 세 번째 방식은 자전거 바퀴살에 자석을 접착시켜서 전기 모터와 비슷한 방식으로 전기를 생산하는 것이다. 인터넷 사이트에서 제작법을 찾아보고 직접 만들 수도 있고, 인터넷 쇼핑몰을 통해 구매할 수도 있다.

앞서 말한 시스템은 모두 배터리 없이 LED 조명을 가동시키기에 충분한 전기를 쉽게 생산해 낸다. 하지만 페달을 밟고 있는 동안에만 발전기가 가동된다는 것을 잊지 말자. 요즘 판매되는 발전기 중에는 페달을 밟지 않아도 몇 분간 조명이 유지되는 제품도 있다. 하지만 설치 조건에 따라 결과가 다를 수 있기 때문에 정지 시 조명이 꺼지는 것에 유의하고 반사판을 꼭 가지고 다녀야 한다. 태양열 발전 방식도 있지만 자전거에 몇 시간 동안 직사광선을 쬐어 충전해 두어야 해가 진 다음에도 작동하기 때문에 실용적이지는 못하다.

불빛 자체만이 메시지가 되는 것은 아니다. 조명으로 만든 모양도 메시지가 될 수 있다. 자전거에 자신만의 스타일을 불어넣고 싶다면 자전거 조명에도 차별화를 두자. 예를 들어 복고풍 자전거에는 복고 조명이 잘 어울릴 것이다(www.chubbyscruisers.com에서 견본을 볼 수 있다). 원하는 이미지나 비디오 조명을 바퀴살에 달 수 있다. 물론 하나만 달아도 지갑이 팔랑팔랑 날아가 버릴 만한 2,000달러가 넘는 조명도 있지만, 바퀴 하나당 65달러 정도면 맞춤형 디자인과 컬러로 LED 조명을 달아 주는 상품도 있다. 자전거 조명은 도시의 도로를 달리는 자전거의 지위와 안전에 대한 메시지를 전하는 강력하면서도 세련된 방식이다.

내 스타일에 꼭 맞는 기성품이 없다면 직접 만드는 것에 도전해 보자. 인터넷에서 아이디어도 얻고 스스로 조명을 설치할 수 있는 교육용 영상도 찾을 수 있을 것이다. 약간의 상상력을 발휘하여 공을 들이면 이 아이디어들을 조합하고 나만의 독창성도 더할 수 있을 것이다.

자신만의 스타일로 자신만의 조명을 만들어 내면, 그 조명은 메시지이자 매체라고 할 수 있다. 다만 조심할 것은 자전거의 전면과 후면에 부착하는 조명의 색깔에 법적 제약이 있다는 사실이다. 스타일링에 정신이 팔리기 전에 제한 사항을 먼저 체크하는 것을 잊지 말자.

◎

흐르는 세월과 쌓이는 경험은 토론토 드라이버였던 라스 겔라를 자전거 타는 사람들 가장 행복하다는 온화한 밴쿠버 사이클리스트로 바꾸어 놓았다.

수제 자전거와 수공예 운동

- 에이미 워커

수제 자전거는 오늘날의 자전거 문화에 막대한 영향을 끼치고 있다. 제작자와 사용자가 긴밀한 관계를 맺고서 자전거의 모양, 기능, 미학적인 부분까지 모든 측면을 미세하게 조정할 수 있다는 것이 수제 자전거의 최대 이점이다. 인터넷과 고객 초대전을 통해 수제 자전거에 대한 폭발적인 관심이 일어났고, 그 중심에는 수제 프레임 제작자가 있다. 그들이 만드는 자전거는 고객 개개인의 요구와 취향에 맞게 디자인된 세상에 하나밖에 없는 제품이다. 맞춤 자전거의 디자인이 온라인으로 공개되면서 그 예술성과 과학성이 널리 알려졌고, 이에 따라 고품질의 자전거에 대한 수요가 증가하고 있다. 자전거 장인의 연대가 지속적으로 성장하고, 작품에 관심을 가지는 소비자 또한 늘어나면서 수제 자전거 맞춤 제작과 프레임 제작법 강좌 등이 전성기를 맞고 있다.

시중에는 다양한 브랜드의 자전거가 나와 있어서 기성품을 사도 큰 문제가 없다. 전문적인 자전거 피팅을 통해 적정 예산으로 좋은 제품을 사면 충분히 만족스러운 결과를 얻을 수 있다. 하지만 아주 키가 크거나, 작거나, 신체 비율이 특이한 사람들이 편안한 규격품을 찾는 것은 쉬운 일이 아니다. 그래서 아주 최근까지도 수제 자전거의 구매 고객은 좋은 성적을 내고 있는 프로 선수나 돈 많은 자전거 애호가가 아니면 신체 조건이 일반적이지 않은 사람들이었다.

자전거 장인은 사용자의 신체 치수를 비롯해서 근력, 체중, 속도, 자전거를 타는 스타일 등 모든 것을 염두에 두고 자전거를 만든다. 자전거는 상대적으로 적은 부품이 들어가지만, 이 부품들 사이의 관계는 꽤 복잡하게 얽혀 있다. 개인의 요구 사항을 완벽하게 충족시키는 훌륭한 자전거를 만드는 데는 재능과 지식, 기술, 그리고 상당히 잘 갖추어진 공구와 기계가 필요하다. 가장 기초적인 단계부터 시작해서 완제품 자전거를 만드는 데는 오랜 시간이 걸린다. 인기 있는 제작자들의 예약 리스트는 몇 년 후까지 채워져 있는 경우도 많다.

수제 자전거는 다양한 재료로 만들어진다. 일반적인 강철이나 티타늄, 알루미늄 소재부터 탄소섬유나 심지어 대나무로 만든 자전거도 있다. 하지만 장인들이 가장 선호하는 자재는 강철인데, 강도가 높고 자유자재로 가공할 수 있으며 수리가 간편하다는 이유 때문이다.

보통 자전거 제작의 가장 중요한 측면으로 꼽히는 것은 적합성과 기능성이다. 하지만 자전거 제작자 조셉 에이언의 말에 따르면 현대의 소비자들은 미학적인 측면에도 매우 관심이 많다. "결국 사람들이 원하는 건 자신만을 위해 만들어진 독특한 무엇이니까요."

요즘은 수제 자전거와 자전거 장인들을 위한 이벤트가 많이 열리는 추세다. 북아메리카 수제 자전거 쇼(NAHBS, North American Handmade Bicycle Show)는 그중 가장 규모가 크고 인지도가 높다. 2005년 첫 행사 당시에는 출품자 23명, 참가자 700명으로 시작했지만 꾸준히 성장해서 2011년에는 174명 출품, 7300명 참가를 기록했다(www.handmadebicycleshow.com). 이 쇼는 매년 다른 도시에서 열리는데, 실용적인 도시 자전거, 화물용 자전거부터 세련된 스포츠, 레이싱 자전거까지 모두 전시되고 있다. 2009년 NAHBS에서는 쇼의 질을 유지하기 위해 최소 50개의 프레임을 제작했거나 경력이 2년 이상 된 제작자들로 출품 자격을 제한했다. 이 쇼를 처음 기획했고 스스로가 자전거 제작자이기도 한 돈 워커의 말에 따르면 "그 정도가 되어야 스스로의 작품을 알아가기 시작한다."는 것이다.

고객 참여전과 인터넷을 통해 수제 자전거가 대중에게 노출되면서, 매년 수많은 사람들이 자전거 프레임을 만드는 강좌에 등록하고 있다. 올해로 30주년을 맞은 오리건주 애슐랜드의 연합 자전거 재단(United Bicycle Institute)에서도 수제 프레임 제작 강좌를 진행한다. 수제 자전거의 부활은 수공예에 대한 인정, 지역 소규모 산업 후원이라는 큰 시류의 한 부분이다. 연합 자전거 재단 대표 론 서핀은 학생들로부터 개인적인 욕구를 읽을 수 있다고 말한다. "요즘 젊은 세대는 우리가 학교에 다닐 때처럼 공예나 예술을 배울 일이 없어요. 그래서 억눌려 있는 창작의 욕구가 어느 정도 있다고 생각합니다. 스스로를 표현할 수 있는 기회가 생기면 그 창작욕이 흘러나오기 시작하는 거예요."

연합 자전거 재단에서는 수제 프레임 강좌를 20년째 열고 있는데 항상 수강생이 가득 찬다. 강좌 시작 초기에는 대부분 학생들이 수제 자전거 제작을 직업으로 삼을 생각이 있다고 했지만, 최근 수업을 듣는 학생들은 역점을 두는 부분이 다르다. "제 생각에는 요즘 정보를 얻는 것이 워낙 자유롭다 보니 전문적인 자전거 제작자가 되는 것이 얼마나 어려운지를 자연스럽게 알게 되는 것 같아요. 그래서 요즘 강좌에서는 한 사람씩 돌아가면서 목표를 물어보면 대부분이 '음, 자전거 제작이 어떤 건지 좀 알고 싶었고요, 취미로 삼아 볼 수도 있겠고, 프레임 한두 개를 만들면서 더 생각해 봐야겠어요.' 정도로 말하는 경향이 있어요. 연합 자전거 재단의 강좌를 들은 학생들 중에 성공적인 전문 자전거 제작자가 얼마나 되냐는 질문에 서핀은 이렇게 대답했다. "그 일이 전적인 수입원이고, 제법 인정받는 브랜드를 가지고 5년 이상 사업을 이끌어 가는 걸 기준으로 한다면…… 1%도 안 되겠네요."

자전거 제작은 근본적으로 혼자 하는 일이긴 하지만, 제작자들은 느슨한 공동체를 꾸리고 있다. 경쟁과 동지애가 적절히 섞인 원시 부족과 비슷한 느낌을 주는 단체다. 이 업계에서 성공한 사람들 중에는 창의적인 비전, 기술적 탁월함을 향한 헌신, 스스로의 개성을 담아 자신의 브랜드를 발전시켜 온 힘이 넘치는 인물이 많다. 자전거 공예에 길드(도제에서 직공에서 장인이 되는 단계를 밟는 전통적인 시스템) 같은 것은 없지만, 현역 장인들 사이에서 세대 분류는 할 수 있다. 브루스 고든, 스테판 빌렌키, 리처드 삭스 정도를 베테랑으로 볼 수 있을 것이다. 이들보다 경력은 부족하지만 열정에서는 결코 뒤지지 않는 차세대 장인들로는 조셉 에이언, 바닐라 워크숍의 사샤 화이트, 시쉽 형제, 스위트피 바이시클의 나탈리 램스랜드, 긱하우스의 마티 웰시, MAP 바이시클 소속 미치 프라이어, 그리고 조르단 후프나흐를 꼽을 수 있다. 워낙 많은 장인들이 있어서 제한된 지면에 언급할 인물을 고르는 것이 쉽지 않았다는 점을 말해 둔다.

조셉 에이언은 현대의 자전거 장인이 어떤 신념과 영혼과 마음으로 일하는지 전형적으로 보여 주는 사람이다(www.ahearnecycles.com). 그는 자전거에 항상 '사랑과 분노를 담은 수제품. 오리건주 포틀랜드에서.'라고 새긴다. 시인이나 철학자가 쓸 법한 문구다. 에이언이 이런 표현을 쓸 수 있는 것은 자전거 제작의 모든 면에 대해서 심오하게 고민하고 꿈을 좇아 헌신하기 때문일 것이다. 그는 이런 말을 남긴 바 있다. "우리의 작품을 통해서 사람들이 알게 되었으면 하는 게 있어요. 세상에 하나밖에 없는 아름다운 자전거는 독특함과 재능, 디자인 콘셉트, 창의력에 사람의 손길이 더해져야만 만들 수 있다는 거예요. 우리가 하는 일은 기본적으로 사람들이 평생을 소유하고, 사랑하고, 타고 다닐 수 있는 자전거를 만드는 거예요. 우리는 최고의 품질에 대한 확신을 줄 수 있어요. 우리의 제품을 사는 건 지역 경제와 공예에 종사하는 사람들을 후원하는 것이기도 합니다. 해외에서 수입한 모호한 브랜드 이미지 대신에 어떤 사람에 대한 순수하고 담백한 믿음으로 구매가 이루어지죠. 환경적으로 건전하다는 점은 말할 것도 없고요."

그가 열정에 차서 눈을 반짝이며 쏟아 놓은 말이 지나치게 이상적이라고 느껴질지도 모른다. 하지만 그의 말은 진실을 담고 있다.

수제 자전거 제작자를 고를 때 주의해야 할 점이 있다면, 충분한 경험이 있고 납기 약속을 잘 지켜서 명성을 쌓아 온 사람을 선택하라는 것이다. 당신과 제작자의 관계에는 섬세한 의사소통과 중요한 결정, 상당한 액수의 돈이 관련되어 있다. 제작자가 당신이 원하는 타입의 자전거를 만들어 본 경험이 있는지도 꼭 확인하라. 그렇지 않으면 '시험 대상'이 되는 유쾌하지 않은 상황을 맞을지도 모른다. 오리건주 포틀랜드의 낸시 윌리엄스는 몇 년 전에 이런 경험을 한 적이 있다. 꿈의 자전거를 갖기 위해 2년을 기다렸지만 완성된 자전거는 제작자가 이전에 만들어 보지 않은 타입이라 몸에 잘 맞지 않고 타기 불편했다. 그녀는 그 자전거를 중고용품점에 팔아 치우고 리번델 사의 기성품을 샀다. "나한테 그 자전거를 만들어 준 남자 때문에 수제 자전거 시장에는 아직 실력도 미숙하고 사람과 일하는 법을 모르는 제작자들이 많다는 걸 알게 됐어요."

오리건 매니페스트(Oregon Manifest)는 포틀랜드에서 2년마다 열리는 자전거 디자인 · 제작 대회다. 교통수단으로서의 기능 말고도 공예에 중점을 두고 있다(http://oregonmanifest.com). 2011년의 행사에서는 '궁극의 활용성을 가진 자전거'라는 과제로 34팀의 전문 제작자와 6팀의 학생들이 경연을 펼쳤다. 총 책임자인 조셀린 시쉽은 이 행사가 현장에서의 혁신과 밀접하다는 것을 강조한다. "소규모 사업을 운영하는 제작자들은 자전거 통근, 실용성, 화물 자전거와 관련된 운동의 선두에 서 있는 경우가 많아요. 대기업에서 관심이 없는 부분에 관심을 가지는 사람들이죠. 이들의 업적이 대형 제조사에 영향을 줄 때면 정말 짜릿해요." 오리건 매니페스트는 수제 자전거 쇼 중에서도 엄격한 도로 주행 테스트를 거치는 것으로 유명하다. 모든 출품작은 경사로와 비포장 구역이 있는 코스에서 시험 주행을 하며 일반적인 자전거의 품질 기준을 충족하고 있는지 평가받는다.

조셀린 시쉽(그녀의 배우자는 수제 자전거 제작자 제이 시쉽이다)은 최근까지도 맞춤 프레임 제작이라는 세계가 잘 알려져 있지 않았다고 회상한다. "2004년에 톱튜브라는 이름의 달력을 만들었는데, 참여했던 제작자들 모두가 신나게 즐겼던 것 같아요. 각자 매장에서 찍은 우스꽝스러운 사진이 실렸죠. 수제 자전거를 홍보하는 것이 얼마나 터무니없는 일인지 이야기하다가 아이디어가 나왔죠. 맞춤 자전거의 광팬들도 꽤 있었지만 홍보 운동 같은 건 시작되기 전이었어요. 완전한 비주류였다고나 할까……. 그러다 NAHBS가 만들어지고 조금씩 알려지면서 수제 자전거는 자전거를 하나의 문화로 만드는 데 긍정적인 역할을 하고 있어요."

2009년 연합 자전거 재단은 오리건 포틀랜드에서 2차 워크숍을 개최했다. 25년간 자전거 제작·수리를 교육해 온 론 서핀조차도 사람들이 수공예를 받아들이고 지지한다는 사실에 놀랐다고 한다. "오리건주의 사람들은 환경 의식을 가지고 있어요. 그중에서도 포틀랜드 주민들은 특별해요. 말만 하는 사람들도 있지만, 많은 사람들이 실천을 합니다. 자전거가 환경적으로 지속 가능하고 자신의 삶의 방식에 맞는다고 생각하는 사람들이 많지요. 이 중에 멋진 수제 자전거를 원하는 사람이 있어요. 그런 사람들은 출처가 분명한 수제 자전거를 구매해서 어떤 장인을 후원하려고 할 겁니다. 지금은 거의 모든 사람들이 전문 장인에게 맞춤형 수제 자전거를 살 수 있다는 사실을 알고 있는 것 같아요. 예전보다 정말 많이 알려진 거죠."

화물 자전거

- 핀리 파간

　페달의 에너지로 짐을 운반하는 것은 어제 오늘의 일이 아니다. 1898년 뉴욕 시에 웍스맨 사이클(Worksman Cycle)을 설립한 모리스 웍스맨은 잘 디자인된 화물 자전거가 말과 짐마차를 대체할 수 있다고 믿었다. 그러나 그와는 생각이 달랐던 헨리 포드의 활약으로 화물차가 등장하면서, 당시 막 시작되었던 화물 자전거는 간신히 그 명맥만을 유지하게 되었다. 사람들은 자동차의 편의성에 점점 더 의존하게 되었고, 자전거는 장난감 정도로 격하되었으며, 화물 자전거는 공장 내부에서 물건을 나르는 용도 정도로밖에 사용되지 않았다. 그러나 1990년대 후반, 웍스맨 사이클에서 처음으로 화물용 삼륜자전거를 출시한 지 거의 한 세기가 흘러 화물 자전거는 다시 길거리에 등장했다. 화물 자전거는 포틀랜드, 시애틀, 샌프란시스코, 뉴욕, 콜로라도에서 특히 눈에 많이 띈다.

크고 무겁고 다루기 힘든 짐을 자전거 페달을 밟아 나르겠다고 자청한 알 수 없는 사람들은 대체 어떤 사람들인가? 판매 통계를 분석해 보면 화물 자전거 구매자의 남녀 비율은 반반 정도이며, 사업용 구매는 많지 않음을 알 수 있다. 일부 청년 기업가와 배달원들이 짐을 잔뜩 실은 자전거를 몰고 편지나 유기농 과일과 야채, 갓 구운 빵, 커피, 크리스마스트리 등을 배달하기도 하지만 일상생활용으로 화물 자전거를 사용하는 사람이 가장 많다는 것이다. 아이를 학교에 데려다 주거나, 애완동물과 공원에 산책을 가거나, 장바구니를 실어 오고, 새집으로 이사할 때 짐을 옮기는 식이다.

'게으른 자전거쟁이(Lazy Randonneur)'라는 블로그를 운영하는 빅 바네르지는 자칭 자전거광이다. 그의 말에 따르면, 화물 자전거가 새로이 주목받게 된 것은 두 타입의 사람들 때문인데, 하나는 '언제 어디서라도 자전거를 타고 싶은 자전거광'이고 다른 하나는 '환경보호를 위해 자동차 운전을 하지 않는 가족이나 개인. 즉, 일반적인 의미에서의 자전거 인구는 아니지만 화물 자전거를 자동차의 대체 수단으로 인식하고 있는 사람들'이다. 순환의 과정이라고 할까?

니콜과 앤서니 스타우트 부부는 3년째 차 없이 화물 자전거를 타고 있다. 콜로라도 근교에서 어린 두 아이를 키우는 부부에게 차 없는 생활이란 어떤 의미일까?

"미국의 교외 지역에서 차 없이 산다는 건 꽤 중대한 사고방식의 전환이 있어야 하는 일이죠."라고 앤서니가 말문을 열었다. "나의 세계가 확대되는 측면도, 축소되는 측면도 있어요. 차가 있을 때처럼 멀리까지 돌아다닐 수는 없지만 다른 방식으로 세계를 경험하면서 내가 속한 지역에서 훨씬 충실하게 많은 것을 느끼게 되거든요. 처음엔 돈을 모아서 하이브리드 자동차 같은 걸 사야겠다고 생각했는데, 막상 살아 보니 자전거로 충분하더라고요. 차 없이 살다 보니 아이들이 더 건강한 생활을 할 수 있게 되었어요. 자동차를 타고 이동할 때에 비하면 훨씬 많은 것을 보고, 냄새 맡고, 느끼게 되니까요."

앤서니는 도심지가 아닌 곳에서 차 없이 살기가 쉽지만은 않다는 것을 인정했다. "어디에나 한계 효용 체감의 법칙이 있잖아요? 자동차 이용을 80% 줄이는 건 할 만 해요. 하지만 완전히 자동차 없는 생활을 하기 위해서 그 다음 20%를 마저 줄이는 건 처음 80% 만큼이나 힘들죠. 더 어려운 것 같기도 해요." 그러나 앤서니는 재빨리 덧붙였다. "하지만 때때로 불편하다고 해서 자전거보다 차가 낫다고 생각한 적은 별로 없었어요."

화물 자전거에 관심이 있다면, 쉽고 저렴한 체험 방법으로 일반 자전거에 짐받이, 가방, 유아용 시트, 자전거용 바스켓(basket) 등을 고정시켜서 타 보는 것이다. 내가 가진 자전거가 어느 정도의 짐을 감당할 수 있는지 시험해 보자.

화물 적재량을 높이기 위해 강력한 화물 자전거나 삼륜자전거를 이용할 때의 좋은 점은 잠깐의 적응기만 거치면 핸들 조작이 본능처럼 쉬워진다는 것이다. 무게가 늘어나면 출발과 정지가 좀 느려지긴 하지만, 일단 가속도가 붙으면 평지에서 페달을 밟는 것이 어렵지 않다. 경사가 있는 지형에서는 강한 브레이크와 저속 기어를 사용하고, 전기 모터의 도움을 받거나 다리를 더 힘차게 움직여야 한다. 바퀴로 말하자면 타이어는 두꺼운 것으로, 테는 굵은 것으로, 바퀴살이 많은 것을 선택하면 완충재 역할을 해

줄 것이다. 지나친 적재를 피하고 양쪽에 균형 있게 짐을 실으면 안정성이
높아진다.

오늘날에는 여러 타입의 화물 자전거 중 지형, 용도, 예산에 따라 적합
한 종류를 골라서 탈 수도 있다.

◎

핀리 파간은 자전거를 좋아하고, 짐을 넉넉히 실을 수 있는 자전거를 특히 좋아한다. 그는 믿음직한
롱테일 화물 자전거에 터무니없는 양의 짐을 실으며 학대하고 있는데, 그 짐의 맨 위에는 주로 강아
지가 부조종사로 타고 있다.

화물 자전거의 역사에 대한 정보를 제공해 준 워크사이클의 경영주이자 책임자 헨리 커틀러(Henry
Cutler)에게 감사를 표한다.

괴짜 자전거

- 메굴론-5

괴짜 자전거란

괴짜 자전거는 상식적으로는 이해할 수 없는 방식으로 분해 및 재조립된 자전거를 말한다. 싸구려 자전거가 쌓여 있는 곳이라면 어디서든 괴짜 자전거를 볼 수 있다. 괴짜 자전거의 기본 형태로는 쵸퍼(Chopper, 앞바퀴가 크고 뒷바퀴가 작으며 핸들바가 높은 형태의 자전거), 톨바이크(Tall bike, 높이 1.5~2m의 키높이 자전거, 수작업으로 두 개의 프레임을 연결시켜 제작), 스윙바이크(Swing bike, 뒷바퀴 축에 힌지를 달아 회전할 수 있도록 만든 형태의 자전거) 등이 있다.

나는 몇 개의 자전거를 쇠톱으로 분해해서 다른 자전거 프레임에 박아 넣는 방식으로 내 생애 첫 쵸퍼를 만들었다. 공구라고는 쇠톱과 렌치(라고는 하지만 망치처럼 사용했다)밖에 쓸 줄 몰랐기 때문에 부득이하게 선택한 방법이었다. 나는 내가 조립한 자전거 틀이 사방으로 분해되며 도로 위로 내

동댕이쳐질 때마다 떨어져 나간 부분을 주워서 제자리에 쑤셔 넣어야 하는 것이 지긋지긋해서 용접하는 법을 배웠다. 곧 포크(앞바퀴를 잡아 손잡이와 연결해서 자전거를 탄 사람이 방향을 조절하고, 균형을 잡을 수 있게 하는 부품)를 긴 것으로 바꾸면 어떨까 생각하게 되었고, 그러려면 헤드튜브(앞대)의 각도를 바꾸고 프레임 길이를 연장해서 뒷 허브 앞에 체중이 실리도록 해야 했다. 숙련된 기술자든 뒷마당 철부지든, 이런 과정을 거쳐서 괴짜 자전거를 만든다. 쇠톱과 용접기를 들고 한 무더기의 자전거를 자르고 다시 조립하면서 어떻게 하면 원하는 모양이 나오는지 배우는 것이다. 하나를 만들고 나면 또 이것과 다르게 만들면 어땠을까 궁금해진다. 부품이 부서지면 톱으로 잘라내서 다른 자전거에 용접한다. 길을 가다가 떨어져 있는 금속 조각을 보면 내 자전거에 어떻게 연결할 수 있을지가 먼저 떠오른다. 자전거가 완전히 폐물이 될 때까지 몇 번이고 개조를 반복한다.

괴짜 자전거를 정의하는 조건은 개인에 의해서 만들어질 것, 그리고 실제로 타고 다닐 수 있는 자전거일 것 두 가지뿐이다. 쇼 바이크, 번쩍번쩍하는 장식용 로우라이더, 대량생산 자전거와는 분류가 다르다. 자전거 붐이 일어나면서 자전거 제조사에서는 그들의 상품이 분해되어 괴짜 자전거로 재탄생한다는 사실을 알게 되었고, 아예 처음부터 괴짜 자전거를 기성품으로 생산하기 시작했다. 엄밀히 말하자면 이런 제품은 진정한 의미에서 괴짜 자전거는 아니지만, 마니아들은 망가진 기성품 괴짜 자전거를 얻어서 개조 재료로 쓸 수 있게 되면 매우 기뻐한다.

괴짜 자전거가 무엇인지 엄격하게 정의내리는 것이 큰 의미가 있다고는 생각하지 않는다. 톨바이크는 1800년대 점등원들이 가로등을 켜고 끄기 편하도록 고안된 것이다. 시카고의 공장에서 톨바이크를 제조하고 판매했다. 자전거 시대 초기에는 기어가 있는 후륜 구동 하이휠러(앞바퀴가 크고 뒷바퀴가 작으며 앞바퀴 축에 페달이 달려있는 형태)나 바퀴가 5개 있는 톨바이크, 애완견 좌석이 달린 사륜자전거 등 각종 디자인이 쏟아져 나왔다. 이것들도 괴짜 자전거라고 볼 수 있을까? 뭐, 맞으면 어떻고 아니면 또 어떤가.

사람들은 왜 괴짜 자전거를 만들까

눈 속에서 자전거를 타기 위해서 마찰력을 높이려고 앞뒤로 벽돌을 가득 싣고 달린 적이 있는가? 정장을 입고 바에 가면 매력이 없어 보이는지 시험해 보았는가? 권위와 관습에 얽매이는 것이 신물 났던 적은 없는가? 지금 중요한 것들이 미래에는 무의미해지지 않을까 생각해 본 적은 없는가?

나는 그저 내가 괴짜 자전거를 만들 수 있는지 시험하려고 이 일을 시작했다. 내가 어떤 종류의 자전거를 만들고 탈 수 있는지 궁금했다. 나는 매일매일 자전거를 탔고, 고장이 나면 어설프게 손보곤 했다. 이미 여기저기서 얻은 부품으로 자전거를 고치기도 했으니, 좀 특이하게 조립한다고 안 될 게 뭐 있나 하는 생각이었다. 그때의 나에게 자전거를 타는 것은 마치 숨쉬기처럼 자동으로 이루어지는 동작이었다. 육체적 · 정신적인 노력을 들여야 탈 수 있는 자전거를 만들어 보면 어떨까? 말하자면 스스로에게 장난을 치는 것과 비슷했다. 한 번 시작하니 계속 새로운 것에 도전하지 않을 수 없었다. 괴짜 자전거는 내 사고방식을 바꾸어 놓았다. 일종의 강박증이 생긴 것인지도 모른다. 이해가 안 된다면 당장 자전거에 톱질을 해서 반으로 자르고 도로 용접해 보면 무슨 말인지 좀 이해가 될지도 모르겠다.

괴짜 자전거를 탈 때면 일반적인 자전거와는 다른 방식으로 세상과 상호작용하게 된다. 같은 장소를 다르게 보고, 원래는 아무것도 아닌 일을 하기 위해 안간힘을 써야 한다. 익숙하던 것이 낯설어지고, 이해할 수 없었던 것들이 이해된다.

게다가 대부분의 괴짜 자전거에는 필연적으로 바보 같고 무의미한 면이 있어서 행동에 변화를 가져온다. 나는 이제껏 괴짜 자전거를 타면서 조금이라도 변하지 않은 사람을 보지 못했다. 괴짜 자전거 라이더는 다른 길을 가고 다른 사람을 만난다. 새로운 세계가 열리는 것이다. 벌써 골백번 들어 본 그저 그런 히피 타령으로 들릴지 모르겠지만, 이것은 사실이다. 괴짜 자전거를 타는 것은 도로 표지판이 알아볼 수 없는 언어로 되어 있는 곳에서 돌아다니는 것처럼 자유의 느낌을 준다. 나 스스로를 이방인으로 만드는 느낌, 그래서 이를테면 바지를 벗고 다닌다고 해도 아무도 귀찮게 하거나 제재를 가하지 않을 것 같은 생각이 드는 것이다.

왜 하필 괴짜 자전거인가

왜 하필이면 괴짜 자전거인가? 자전거에는 인간성의 근본 같은 것이 숨어 있다. 자전거는 비교적 최근에 발명되었음에도 불구하고 지금은 너무나 자연스럽게 우리 삶의 일부가 되었다. 인류는 절대 자전거 만드는 법을 잊지 않을 것이다. 자전거를 그저 패션 액세서리쯤으로 생각하는 사람들은 느낄 수 없겠지만, 일상에서 자전거를 타는 사람들에게 자전거는 삶의 한 부분이다. 자전거는 우리 자신이다. 자전거는 우리가 어떤 방식으로 살아가고, 어떤 방식으로 다른 이들을 만나는지 정의한다. 그들은 우리를 바꾸어 놓지만 방해하지는 않으며, 사람과의 관계에 끼어들지도 않는다. 게다가, 누구든 자전거를 만들 수도 탈 수도 있다.

지금까지의 내 글을 읽고서도 괴짜 자전거를 만드는 건 역시 엄청난 바보짓이라고 생각하고 있을지도 모른다. 나 또한 그렇지 않다는 확신은 아직 없다. 그러나 후회는 없다. 괴짜 자전거는 내가 전에 할 수 없던 것들을 할 수 있도록 해 주었다. 나는 괴짜 자전거를 만들며 심하게 말다툼을 하고, 자전거를 불태워 보기도 했다. 차가 다니는 도로를 브레이크 없는 톨바이크로 달려 본 적도 있고, 보나마나 유독성 쓰레기가 잔뜩 버려져 있는 더러운 호수를 수륙 양용 페달 보트를 타고 휘젓기도 했다. 자전거를 타는 중에 갑자기 부품이 사방으로 분해되는 경험도 해 보았다. 모르는 사람들이 귀찮게 하기도 하고 응원을 보낸 적도 있었다. 나를 내동댕이친 자전거에 다시 올라타는 일을 수도 없이 반복하면서 어떤 어려운 일도 해낼 수 있다고 생각하게 되었다. 나는 목청껏 노래를 부르면서 밀수품 운반이라도 할 수 있을 것 같다. 여자애들 앞에서 제대로 고꾸라진 후에도 그중 한 명에게 데이트 신청을 할 수 있을 것만 같다.

◎

메굴론-5는 오리건 포틀랜드의 돌연변이 자전거 클럽이자 사회 개선 시민단체인 C.H.U.N.K. 666의 설립자이다. http://dclxvi.org/chunk에서 지금까지의 성과를 볼 수 있다.

고정 기어 자전거: 위험한 유행일까?

- 마틴 닐

고정 기어는 프리 휠(주행 중 페달을 밟지 않아도 전진하며, 페달을 뒤로 돌려도 몸체가 뒤로 가지 않는 구동 방식)이 없는 구동계를 말한다. 바퀴가 돌고 있다면 페달도 돌고 있는 것이고, 반대로 페달이 돌아가면 바퀴도 돌아간다.

최근 몇 년 사이에 일명 '픽시'라고 불리는 고정 기어 자전거의 유행에 대해서 들어 본 적이 있을 것이다. 주류 매체에서 이 트렌드를 소개할 때 내보내는 영상의 단골 레퍼토리가 있다. 세계 곳곳의 스타일리시한 20대 청년들이 자전거를 바닥에 닿을 정도로 기울여서 주행하거나 스키딩 기술을 선보이는 것이다. 그들의 자전거는 브레이크가 없는 경륜용 트랙바이크나 폐차장에서 주워온 것 같은 낡은 10단 기어 자전거일 때도 있고, 오래되긴 했지만 고급 모델인 일반 자전거에 고정 기어를 달아 개조한 경우도 있다.

현재 폭발적인 인기를 얻고 있는 도심의 고정 기어 자전거 타기는 뉴욕시 집배원과 배달부들이 트랙바이크를 타고 다닌 것이 그 기원이라고 볼 수 있다. 그러나, 고향에서 가져온 자전거를 타고 물건을 배달하던 자메이카 이민자들이 다른 배달원들에게 영향을 끼친 것이라는 설도 있다.

아주 최근에는 케이린레이싱(일본의 경륜 경기)이 '픽시 문화'에 영향을 주고 있다. 일본 자전거 연합이 주관하는 케이린에서는 규정상 연합이 부여하는 'NJS' 마크 인증 부품을 사용해야 한다. 북아메리카에서 타는 자전거에 NJS 인증이 있어야 할 필요는 없지만, 이 부품은 디자인이 아름답고 정교하게 제작되었다는 이유로 널리 사용되고 있다. 게다가 케이린레이싱이 치열한 경기를 펼치기로 유명하다는 것도 평판에 영향을 주고 있다.

1900년을 전후해서 프리 휠 기술이 도입되기 전까지 모든 자전거에는 고정 기어가 사용되었다. 하지만 그렇다고 현대의 고정 기어가 단순히 향수를 부르는 옛 시대의 유물이 절대 아니다. 트랙 레이싱용 자전거는 항상 고정 기어를 사용했고, 레이싱 규정을 보아도 브레이크 없는 자전거를 타도록 명문화되어 있다(역설적으로 들리겠지만, 이 규정은 비슷한 속도로 다닥다닥 붙어 달리는 경륜 선수들의 안전을 위한 것이다). 그리고 안전하고 편안하게 디자인된 프레임에 브레이크를 갖춘 고정 기어 자전거는 운동 및 교통수단으로 꾸준히 사랑받아 왔다.

왜 고정 기어인가

우리 부모님은 1950년대에 고정 기어 자전거를 같이 타는 사이였다가 결혼하게 되어 영국에서 캐나다로 이민을 갔다. 이들이 젊은 시절에 유행을 선도하는 사람들이었냐고 하면, 그렇지는 않다. 교통수단으로, 재미로,

그리고 가끔은 레이싱이나 트레이닝을 위해서 자전거를 탔을 뿐이다. 사실 고정 기어 자전거를 이런 목적으로 타는 것은 영국, 특히 자전거 동호회에서는 흔한 일이다.

전후 유럽에서 고정 기어를 많이 타게 된 이유 중 하나는 제작이 간단하고 내구성이 좋아 가격이 저렴했고, 부품을 구하기가 쉬웠기 때문이었다.

유행이나 스타일과 관계없이 고정 기어를 타는 또 하나의 이유는 사람과 도로 사이의 역학적인 연결 때문이다. 고정 기어 구동계는 사람과 자전거와 지표면을 신비로울 정도로 밀착시켜 준다고들 한다. 사실 다른 방식과 견줄 수조차 없는 반응성과 구동력을 느낄 수 있다. 페달과 바퀴가 서로 동력을 공급하기 때문에, 페달 밟는 것이 아주 미묘하게만 느려져도 자전거의 속력이 부드럽게 줄어든다. 페달을 거꾸로 밟으면 좀 더 확실한 제동 효과가 따른다. 경험이 쌓이면 라이더는 순간순간 상황에 맞추어 거의 무의식적으로 속도를 조절할 수 있게 된다. 이런 강점은 비가 올 때나 미끄러운 길에서 더욱 빛을 발한다. 브레이크 패드가 젖으면 제동력이 약해지는데, 페달 제동이 가능하면 여기에 그다지 신경 쓰지 않아도 되는 것이다. 게다가 바퀴의 마찰력이 떨어지면 이를 즉각적으로 느낄 수 있다.

고정 기어 자전거가 꼭 트랙바이크인 것은 아니지만, 트랙바이크는 모두 고정 기어를 사용한다. 트랙에 특화된 자전거는 힘과 스피드만을 위해서 디자인되었기 때문에 프레임 각이 매우 좁고 축간거리가 짧으며, 좁은 타이어와 프레임 사이에 간격이 거의 없고, 받침대나 펜더(흙받이), 물병 등 부속 장치가 전혀 없다. 핸드 브레이크를 아예 달 수 없게 되어 있는 경우도 많다.

안전하게 시작하기

일상 교통수단으로 고정 기어 자전거를 선택하려면 최소한 위급 상황에 대비해서 핸드 브레이크가 달려 있는지, 프레임 각이 지나치게 좁지는 않은지, 축간거리가 넉넉해서 방향 조절을 편하게 할 수 있는지, 그리고 발과 바퀴 사이에 적당한 간격이 있는지를 확인해야 한다. 프레임을 고를 때는 타이어와의 간격이 적당히 있어 넓은 타이어도 쓸 수 있고, 펜더 장착이 가능해야 하며, 물병 고정대나 짐받이 등 추가적인 부대 용품도 쓸 수 있는 제품이 좋다.

고정 기어 자전거가 변속 기어보다 위험하다는 고정 관념이 있지만, 여러 가지 요소를 고려하면 오히려 그 반대일 수도 있다.

솔직히 말하자면 일반 도로에서 핸드 브레이크가 없는 고정 기어 자전거로 주행하는 것은 당연히 위험하다. 제대로 작동하는 전면 브레이크는 자전거 제동력의 70%를 차지한다. 고정 기어는 속도 조절이 매우 간단하지만, 긴급 상황에서 뒷바퀴로 속도를 늦추거나 정지하는 것은 좋지 않다. 체중이 뒷바퀴보다 앞에 있기 때문에 앞바퀴로 무게가 쏠리면서 미끄러질 확률이 크기 때문이다. 하지만 장비를 제대로 갖추고 유지 관리를 잘해 준다면 다른 기어에 비해서 특히 위험하다고 할 수는 없다.

디레일러(구동계, 변속기)를 사용하는 자전거는 최소한 세 가지의 잠재적인 위험요소에 취약하다. 첫 번째는 체인과 뒷 톱니바퀴가 마모되거나 제대로 맞물리지 않았을 때, 뒷 디레일러 케이블의 조정이 잘못되었거나 이물질이 끼었을 때 일어난다. 페달을 세게 밟으면 체인이 뒷 톱니바퀴를 건너뛰어 돌면서 큰 구덩이를 밟았을 때처럼 자전거가 흔들려 넘어질 수 있다. 고정 기어의 톱니는 이가 훨씬 커서 마모가 잘 일어나지 않는다.

두 번째로, 뒷 디레일러의 내부 'L'자 나사의 조정이 잘못되는 일이 흔히 있다. 이럴 경우에 체인이 가장 큰 톱니로부터 분리되면서 뒷바퀴살에 엉켜 바퀴를 아예 멈추게 하면서 타는 사람이 큰 부상을 입거나 자전거가 손상될 수 있다. 고정 기어 구동계를 사용하면 당연히 일어나지 않을 일이다.

세 번째 문제는 프리 휠 메커니즘이 잘못되었을 때 일어난다. 주로 날씨가 궂은 겨울에 장치가 마모되거나 오염되어 멈추는 경우가 이에 해당된다. 예상치 못한(그리고 제대로 제어할 수 없는) 고정 기어 효과가 나타나서 페달을 밟지 않으면 앞으로 나아가지 않는 경우나, 그와는 반대로 페달을 밟아도 나아가지 않고 헛바퀴가 도는 경우가 생긴다. 양쪽 다 제동이 어려울 수 있어 위험하다.

고정 기어를 제대로 관리하지 않았을 때도 비슷한 문제가 일어날 수 있는데, 느슨해진 체인이 체인링이나 후면 톱니에서 분리되어 뒷바퀴에 엉키는 것이다. 체인의 아래쪽 가운데 부분을 위아래로 흔들면 0.5~1.5cm 정도의 미세한 움직임만 있어야 한다. 크랭크를 완전히 한 바퀴 돌리면서 신중하게 점검해야 한다. 또한 너무 타이트하게 조정된 체인은 마모를 일으키거나 사용하는 동안에 부러질 위험이 있다.

고정 기어를 사용할 때의 문제점 중 과장되어 알려진 것이 코너링 중에 페달이 땅에 닿을 수 있는 가능성이다. 고정 기어를 타면 안쪽 페달을 위로 정지시킨 채로 코너를 돌 수가 없기 때문에, 안쪽에서 움직이는 페달이 가장 낮은 지점에 도달했을 때 땅을 칠 수가 있다. 이 문제를 피하려면 크랭크는 짧은 것, 페달은 좁은 것을 써야 하며 커브나 장애물에 주의를 기울여야 한다.

고정 기어를 타면 무릎 부상의 위험이 있다는 말도 있지만, 자전거가 몸에 잘 맞고 장비가 잘 갖추어진 상태라면 그럴 가능성은 매우 낮다(사실 입증되지는 않았지만 고정 기어 자전거를 저강도로 타면 부상을 입은 무릎을 강화시키는 데 좋다는 이야기도 있다). 어떤 스타일의 자전거를 탈 때든 많이 저지르는 실수가 안장 높이가 맞지 않거나 기어 수를 너무 높이는 것인데, 양쪽 모두 장기적인 관점에서 부상을 부를 수 있다. 브레이크 없는 고정 기어를 일상적으로 타면서 백페달이나 다리 힘으로 자전거를 멈추면 특히 나이 든 사람들의 경우에 무릎 부상을 유발할 수 있다.

자전거를 탈 때는 항상 페달을 안전하게 밟고 있어야 하지만, 필요한 경우에는 언제라도 발을 뗄 수 있어야 한다. 발의 움직임을 빠른 리듬으로 유지하지 않으면 페달을 계속 밟고 있기가 힘들고, 다시 페달을 찾으려면 상당히 속도가 느려질 수 있다(핸드 브레이크가 필요한 또 다른 이유가 여기에 있다). 최근 페달에 발을 고정시키는 장치인 토클립과 스트랩이 부활했는데, 단순하면서도 효율적이고 가격이 저렴하며 다양한 디자인으로 출시되고 있다. 스트랩이 달린 페달은 조금만 연습하면 쉽게 사용할 수 있다. 발을 빼기가 힘들 정도로 스트랩을 타이트하게 맬 필요는 없다. 제대로 장착해서 조금만 연습하면 주행 중에도 스트랩을 조이거나 느슨하게 조정할 수 있다. 특수한 신발과 끈 없는 페달을 사용하는 것도 또 다른 선택권이다.

고정 기어 자전거는 페달을 밟지 않으면 자전거가 선다는 사실을 잊어버리지는 않을까, 멈추지 않는 페달 때문에 자전거에서 떨어지지나 않을까 두려워하는 사람들이 많다. 처음에는 페달을 멈추면 안 된다는 사실을 잠깐 잊어버려서 아찔한 순간이 있을 수 있지만, 그렇다고 자전거에서 떨어지는 경우는 별로 없다. 구동계를 멈출 수 없기 때문에 바짓가랑이나 신발끈이 말려들어가지 않도록 주의해야 한다. 또한 청소를 할 때도 휠과 체인이 멈추지 않기 때문에 움직이는 부분에 손가락이나 천이 끼지 않도록 조심하는 것이 매우 중요하다.

진짜 중요한 것은, 어떤 자전거든 적합한 장비를 갖추고 제대로 관리하고 조심해서 타야 한다는 것이다.

고정 기어 자전거의 단점은 곧 장점과 통한다. 기어 수가 하나라서 경사를 오를 때 힘들고 내려올 때도 페달을 밟지 않는 활주가 불가능하다. 하지만 계속해서 어쩔 수 없이, 심지어 내리막에서도 페달을 밟아야 하기 때문에 자연스럽게 효율성과 근력, 근육의 유연성, 운동성을 증대시키는 훈련을 할 수 있다. 페달을 밟으면 직접적으로 반응하는 뒷바퀴 덕분에 미끄러운 땅에서는 더더욱 컨트롤의 묘미를 느낄 수 있을 것이다. 고정 기어는 단순하고, 조용하고, 가볍고, 유지비가 적고, 상대적으로 저렴하다. 트랙 레이싱이 인기를 얻음과 동시에 트랙 경기용이 아닌 일상용 고정 기어가 폭발적으로 늘어난 것은 새로운 현상이다. 지금의 인기가 시들해지는 날이 올지도 모르지만, 나는 고정 기어가 계속 우리의 삶에 함께하리라 믿는다. 모든 사람이 고정 기어 자전거를 타는 일은 없겠지만, 오랜 기간 이 자전거를 탔던 사람에게는 고정 기어가 즐겁고 안전하고 실용적인 선택이다.

◎

마틴 닐은 10년 이상 고정 기어 자전거를 일상 교통수단으로 사용해 왔다. 그가 자전거에 매료된 것은 밴쿠버에서 자전거 배달원으로 일할 때의 일이다. 이후 지역사회의 자전거 행사를 기획하고, 글쓰기와 강의를 하거나, 비영리단체와 자전거 매장에서 일하는 등 다양한 직업을 거쳤다. 2009년 4월, 마틴은 토론토의 고향에 자전거 매장 드라이버 바이시클을 열었다. www.hoopdriver.ca

접이식 자전거

- 울리케 로드리게스

나는 차 없는 생활을 하고 있고, 여행하는 곳마다 자전거를 가져간다. 자전거로 메콩 강 황금삼각주의 둑을 따라 페달을 밟거나 마야의 정글에서 맑은 호수를 찾아다닌다. 피로해지면 자전거를 들고 먼지투성이 버스나 기차, 달구지를 타도 아무도 신경 쓰지 않는다. 어쨌든, 그냥 자전거일 뿐이니까.

그러나 북아메리카에서는 사정이 다르다. 여기서는 자전거가 귀중품으로 분류된다. 자전거를 가지고 고속버스를 타려면 분해해서 완충재로 포장하고 박스에 넣어 꼬리표를 달아서 무게를 달고 위탁 등록을 해야 한다. 게다가 탑승 한 시간 전에야 알게 된 일이지만 자전거 운송비는 내 티켓보다 더 비쌌다.

하지만 자전거를 타는 우리는 시스템을 피해 가는 방법을 알고 있다.

1893년(자전거가 처음 발명된 지 고작 20년 후)에 이미 친애하는 마이클 B. 라이언이 접을 수 있는 자전거를 발명했다. 쉽게 접히고 따라서 운송이나 보관 시 좌우 공간을 덜 차지하는 자전거였다.

자유를 누리고 싶은 많은 자전거 동지들이 라이언에게서 힌트를 얻어 교통 혁명을 위한 무기고에 접이식 자전거를 들여놓았다. 접이식 자전거는 그 작은 바퀴로 변화의 물결을 일으키고 다니는 혁명의 주역이다.

나는 접이식 자전거를 작아지는 자전거로 정의한다. 힌지(hinge), 클램프, 스프링, 퀵 릴리스 장치, 커플러 등 특수한 장비가 있으면 가능한 일이다. 모든 접이식 자전거가 문자 그대로 접히거나 분해되는 것은 아니다. 자전거의 부피를 줄이는 방식은 여러 가지가 있고, 그만큼이나 디자인도 다양하다.

폴딩 사이클리스트(foldingcyclist.com)라는 웹 사이트에는 140개 이상의 접이식 자전거 제조사 리스트가 있다. 나는 1970년식 라레이 20, 2008년식 다혼 스피드 TR을 갖고 있는데, 프레임 중심부에 힌지가 달려 있는 형태이다. 버디, 브롬톤, 바이크 프라이데이 사에서 나온 제품의 경우는 휠과 안장, 핸들을 접을 수 있다. 스트리다 사 제품의 경우 힌지와 클램프가 달려 유모차처럼 접을 수 있게 되어 있고, 로드리게스 사에서는 각 부분이 커플링으로 연결되어 있어 분리할 수 있는 제품이 출시된다.

전국 자전거 상호 연합(NBDA, National Bicycle Dealers Association)의 기록에 따르면 여가 활동을 목적으로 한 자전거 구매가 여전히 총 판매액에서 최고 비율을 차지하고 있지만(2009년 56억 달러), 접이식 자전거라는 '틈새시장' 또한 '녹색운동과 환경적 지속 가능성, 운동 부족으로 인한 건강 문제에 따르는 수요, 유가 상승에 대한 인식이 높아짐에 따라 굉장한 성장 잠재력을 가지고 있다.'고 한다.

얀코 베셀리노비치는 이러한 변화를 일찍 알아챈 사람들 중 하나다. 2003년 캐나다 밴쿠버에 JV 바이크숍(Bike-shop)을 열 때 접이식 자전거를 주요 취급 품목으로 삼은 것이다. 지금은 40종 이상의 접이식 자전거를 판매하고 있다. "예전에, 그러니까 사업을 처음 시작했을 무렵에는 여행을 하려는 사람들 아니면 레저용 자동차나 요트를 가지고 있는 사람들이 주 고객층이었어요. 하지만 지금은 일상생활용으로 접이식 자전거를 구매하는 사람들이 늘어나고 있어요. 자전거로 도시를 달리다가 대중교통에 들고 탈 수 있고, 좁은 아파트에도 쉽게 보관할 수 있으니까요."

여행 중에나 일상에서나 접이식 자전거를 타면 선택의 자유가 생긴다. 자동차 의존도를 줄이려고 생각한다면, 접이식 자전거가 정말 도움이 된다. 접는 자전거와 대중교통은 상호 보완이 잘되는 조합이다. 대중교통이 더 편할 때는 그쪽을 선택할 수 있고, 자전거를 가지고 다니는 건 더 많은 선택권과 자유를 보장한다. 접이식 자전거가 있으면 차 없는 생활이 훨씬 쉬워진다.

자유, 선택권, 지속 가능성이라는 이점들은 접이식 자전거가 가진 매력의 일부일 뿐이다. 접이식 자전거는 스타일리시하다. 독특한 디자인과 슬림한 프레임 때문에 접이식 자전거와 사랑에 빠졌다는 사람들도 많이 보았다. 접이식 자전거는 작은 바퀴, 편안한 프레임, 편의성을 높여 주는 부대 용품 등을 갖추고 있는 것이 보통이어서 촌스러운 사이클 복장 대신에 평소 옷차림 그대로 자전거를 탈 수 있다.

접이식 자전거는 개성을 표출하는 수단이기도 하다. 그 특징과 디자인 때문에 심지어 자전거 커뮤니티 내부에서도 접이식 자전거를 타는 사람들은 특별한 존재가 되곤 한다.

접이식 자전거는 우리가 이동하는 방식에 조용한 혁명을 일으켰다. 다양한 종류의 자전거가 각자 유행을 이끌고 있지만, 접이식 자전거는 은밀하게 주류 교통수단으로, 엘리베이터 안으로, 우리의 일상으로 들어왔다. 접이식 자전거는 문을 열고 문턱을 넘나든다. 차량 운전자와, 자전거를 타는 사람과, 보행자와, 대중교통 이용자의 경계를 흐린다. 아무도 모르게 버스, 기차, 비행기, 보트, 달구지에 오른다.

고급 세단의 좁은 트렁크에도, 어느 넓은 광장의 햇볕 아래에도 접이식 자전거가 있다. 도시의 풍경에 예술성과 우아함을 더해 주고, 판에 박힌 일상의 지루함을 날려 버린다. 이들은 지나가는 차를 잠시 멈추고, 대화를 시작하게 하고, 피로한 교통경찰의 옆을 지나간다. 나는 접이식 자전거가 현대적인 다중교통 모드 생활의 첫 관문이라고 생각하고 싶다. 접이식 자전거는 남녀노소 구별 없이 타는 미래형 표준 자전거가 될 것이다.

◎

울리케 로드리게스는 평생 자전거를 탔고 차량은 소유하지 않았다. 여성 취향의 여행, 섹스, 매력에 관한 이야기를 출간물, 인터넷, 와인바(방문 의사가 있다면 피노 그리지오Pinot Grigio 를 찾을 것)를 통해 나누고 있다.

자전거의 인체공학적 진화: 리컴번트 바이크

- 뱅상 드 투도네

내가 리컴번트(Recumbent bike, 누워서 타는 자전거)를 타고 지나가면 아이들은 웃음을 터뜨린다. 십대들은 잠시 할 말을 잃는다. "저걸 쿨하다고 해야 되나, 병신 같다고 해야 되나⋯⋯?" 어른들은 진지한 표정으로 눈만 끔벅끔벅한다. "저거 뭐지, 서커스용인가?" 나는 침착하게 논리적으로 설명하려 한다.

"리컴번트는 안락해요. 나는 일반적인 앉아서 타는 자전거를 다시는 탈 생각이 없고, 일단 이걸 타기 시작한 사람들은 누구나 그럴 겁니다."

"음, 뭐 편해 보이긴 하네요. 근데 페달 밟기 어색하지 않아요? 느릴 것 같은데."

느리다고? 아니다. 1934년에 리컴번트는 불공정 이득을 취한다는 이유로 자전거 레이싱에서 퇴출당했다. 2010년에는 여성 사이클 선수 바바라 부아토이스가 리컴번트 자전거로 미 대륙횡단 자전거 대회(RAAM, Race Across America)의 여성 개인 부문 최고기록을 세운 바 있다.

보통 자전거를 타는 사람들이 처음 리컴번트에 끌리는 이유는 빨라서가 아니라 편하기 때문이다. 리컴번트의 형태는 다양하다. 그들 간의 공통점이라면 완전한 등받이를 갖춘 안장인데, 일반적인 다이아몬드형 프레임에 앉아서 타는 자전거를 탔을 때 좌골 조면(딱딱한 의자에 앉아 있을 때 닿는 면)과 손목으로 체중이 집중되는 것에 비해 훨씬 넓은 면으로 탑승자의 체중을 지탱해 준다. 간단히 말해서, 리컴번트 자전거에는 압점이 없는 것이다. 손에 가해지는 무게 없이 그립을 쥘 수 있고, 얼굴은 자연스럽게 앞을 향하여 목에 무리가 가지 않으며, 양발은 안락의자에 앉은 것처럼 높게 위치한다.

리컴번트의 편한 자세는 어떤 의미에서 누명을 쓰고 있다. 많은 운동선

축간거리가 짧은 리컴번트는 도시에서의 출퇴근에 실용적이다.

수들이 리컴번트는 약골들이나 타는 거라고 생각한다. '고통 없이는 얻는 것도 없다.'는 사고방식이다. 그러나 일부에서는 리컴번트의 자세가 단순히 편하기만 한 것이 아니라 사실 더 인체공학적으로 뛰어나지 않은가 하는 의문을 제기하기 시작했다. 만약 그렇다면 한 번에 더 장시간을, 장기적으로 보았을 때는 더 늦은 나이까지 자전거를 탈 수 있지 않을까? 중년 인구나 과체중인 사람들이 자전거 타기를 중단하는 것은 보통 몸에 무리가 가서 더 이상 이 운동을 할 수 없다는 느낌 때문이다. 젊고 건강한 사람들이라고 해도 엉덩이와 손목, 목, 척추, 회음부의 통증을 없앨 수 있다면 더 즐겁게 자전거를 탈 수 있지 않을까?

현실적인 예를 찾기 위해서 '세계에서 가장 빠른 여성'인 바바라 부아토이스의 의견을 물어보았다. 그녀가 2010년 우승을 거둔 RAAM은 약 3800km를 달려야 하는 경기로, 세계에서 가장 힘든 사이클링 대회라고 평가된다. 날아갈 듯이 가벼운 다이아몬드 프레임의 직립형 자전거가 표준인 레이스에서, 부아토이스는 아무 매장에서나 살 수 있는 태국산 기성품 리컴번트를 타고 달렸다. 이 레이스 참가자들은 엄청난 기업 후원을 받는 경우도 많지만, 부아토이스의 팀은 렌터카를 탄 가족과 친구들이 전부였다. 부아토이스는 초반에 간단히 선두를 꿰찼고, 12일 안에 전미 횡단을 해냈다. 나는 프랑스에 있는 부아토이스에게 리컴번트가 어떤 면에서 이 기록에 도움이 되었는지 물었다.

부아토이스는 이런 답변을 주었다. "리컴번트를 타면 장거리일수록 신체적인 이득이 많아요. RAAM에 참가해서 직립형 자전거를 타는 사람들이 얼마나 고생하는지 봤죠. 자전거에 타고 내리는 걸 보기만 해도 그 고통이 고스란히 느껴졌을 정도니까요. 어떤 여자 선수는 신경압박이 일어나서 다리를 움직이지 못하게 되는 바람에 중도 포기했어요. 리컴번트를 타면 이런 문제가 전혀 없어요. 그래서 결국은 안락함 이상의 결과를 가져다주죠. 리컴번트를 타는 것은 사실 더 멀리, 더 빨리 이동하는 방법이예요."

오늘날 우리는 신체에 큰 관심을 쏟는다. 그리고 자전거를 타면서 실제로 신체적인 문제에 직면해 있는 사람들도 많다. 일반 직립형 자전거로 장거리 주행을 하면 생식기의 감각 손상과 성기능 장애를 유발할 수 있다.

리컴번트는 인체공학적인 이점을 비롯해서 다양한 장점을 가지고 있는데도 왜 오늘날까지 비주류일까? 그 해답은 자전거 레이싱의 역사에서 찾을 수 있다. 일상적으로 자전거를 타는 일반인들은 레이싱을 하지 않는데도, 경주용 자전거는 모든 자전거의 디자인과 마케팅, 판매량에 어마어마한 영향력을 미친다.

1920년대 후반 찰스 모쳇은 '벨로카(Velocar)'라는 리컴번트를 발명했다. 이 자전거는 재미있는 디자인으로 인기를 끌었다. 모쳇은 그의 발명품으로 고속 주행이 가능하다고 믿었지만, 일류 선수들을 설득해서 그의 괴짜 기계를 타게 만들 수는 없었다. 그래서 그는 2부 리그를 공략하기로 마음 먹었다. 그가 섭외한 선수는 벨로카를 타고 다수의 대회에서 우승했으며, 자전거 속도 세계기록을 세웠다.

국제 자전거 연합에서는 이에 대해 즉각 반응했다. 공기역학적인 이점이 있다는 이유로 리컴번트를 경주용으로 쓸 수 없다는 규정을 만든 것이다. 리컴번트를 타면 일반 직립형보다 공기 저항을 30% 정도 줄일 수 있는데, 다리가 몸 앞에 있다는 것이 가장 중요한 원인으로 작용했다. UCI에서는 자전거 레이스는 신체의 경쟁이어야 하며 기계의 경쟁이 되어서는 안된다는 주장을 내세웠고 여전히 그 입장을 유지하고 있다. 이 규정이 생긴

후 대규모 자전거 제조사들은 수십 년간 리컴번트를 제조·홍보하는 것을 꺼리게 되었는데, UCI에서 인증받은 다이아몬드 프레임에 모든 돈과 명성이 쏠려 있었기 때문이다. 결국 이 혁신적인 디자인이 더 이상 발전하지 못한 것은 속도가 빨랐기 때문이다.

전설적인 자전거 기술자 쉘던 브라운도 이런 역사적 배경을 고려하면 리컴번트의 발전 정도를 일반 직립형 자전거와 단순 비교하는 것은 무리가 있다고 주장한 바 있다. 그러나 바바라 부아토이스를 선두로 해서 유행이 변하고 있다. 2010년 RAAM 우승에 이어서, 그녀는 브리티시 콜롬비아의 바르나 사에서 디자인한 유선형 '총알' 리컴번트를 타고 시속 120km 이상으로 달려 여성 인력 이동 속도의 최고기록을 갈아치웠다. 부아토이스는 리컴번트의 공기역학적·인체공학적 이점을 활용해서 다른 기록도 차례차례 경신하고 있다.

리컴번트에는 몇 가지 단점도 있다. 먼저 경사를 오를 때 약간 느려지는 경향이 있다. 서서 페달을 밟을 수 없기 때문에 저속 기어로 오르막을 타는 법을 배워야 한다. 하지만 일단 정상에 오르면 차고 넘치도록 보상을 받을 수 있다. 공기역학적 이점에 의해 엄청난 가속도로 내리막과 평지를 달릴 수 있는 것이다. 몸체가 길게 나온 모델은 보관 공간이 많이 필요하다. 어떤 모델은 높이가 낮아서 자동차 운전자들의 눈에 잘 띄지 않을 수 있다는 문제가 있다. 그리고 리컴번트는 일반 직립형 자전거보다 고가다.

여기까지 언급된 장단점을 보고 리컴번트를 시도해 볼 마음이 생겼다면 처음에 어떻게 시작해야 할지 궁금할 것이다. 배우기 어렵지는 않을까? 매우 다양한 디자인 중에서도 초보자에게 좋은 모델로는 축간거리가 긴 타입과 축간거리가 짧은 타입 두 가지가 있다. 둘 다 앞바퀴가 작아서 발이

지면 가까이 위치한다. 일반 자전거를 탈 수 있는 사람이라면 이 타입의 리컴번트를 즉각 배울 수 있다. 이와는 반대로 앞뒤 바퀴가 모두 일반 사이즈인 하이레이서 타입도 점점 인기를 끌고 있다. 하이레이서는 등을 뒤로 젖히고 다리를 위로 올린 상태에서 지면으로부터 높이 위치하기 때문에 처음에는 배우기 어려울 수도 있지만 훨씬 빠르고 편안하다. 삼륜 리컴번트 또한 최근에 인기를 얻고 있는데, 안정감 있게 커브를 돌기 위해서 지면에 바짝 붙어 있긴 하지만 쉽고 재미있게 탈 수 있다.

리컴번트의 안전성에 대한 신뢰도 높은 연구 결과는 아직 없다. 그러나 타는 사람들은 안전감을 느낄 수 있다. 발이 앞으로 오는 탑승 자세는 머리가 앞에 있는 일반 직립형보다 안전한 느낌을 준다. 그리고 리컴번트의 디자인은 계속 진화하고 있다.

아마도 미래에는 리컴번트를 타는 사람이 더 많아질 것이다. 그리고 다른 이들보다 먼저 리컴번트를 받아들이기로 했다면 충고해 줄 말이 있다. 항상 남들의 시선을 한 몸에 받을 것을 예상하고 거리로 나서야 하고, 아이들의 웃음을 즐길 줄 알아야 한다.

◎

뱅상 드 투도네는 뮤직드라마 작가다. 그는 1985년부터 대규모의 정식 대하뮤지컬부터 작은 카바레 쇼에 이르기까지 다양한 작품을 했고, 늘 좋은 작품으로 칭송받고 있다. 열렬한 자전거광으로 토론토 자전거 연합에서 활발히 활동하는 중이며, 교통수단 다양화 실천연합의 이사직을 맡고 있다.

자전거는 모두의 것

- 론 리칭스

마사 시몬스는 최근에 다시 자전거에 올랐다. 마지막으로 자전거를 탄 지 수십 년 만에 다시 페달을 밟을 수 있게 된 마사는 요즘 자전거로 외출할 때마다 함박웃음을 짓는다. 안 타던 자전거를 다시 타는 게 뭐 별거냐고 하겠지만, 마사는 82세다. 다시 자전거를 탈 수 있을 것이라고는 상상도 하지 못했다는 것을 생각하면 놀라운 일이다. 포틀랜드 시에서 운영하는 고령자들을 위한 삼륜자전거 보급 프로그램이 그녀에게 새 꿈과 희망을 주었다. 처음에는 주변에서 하도 부추겨서 마지못해 등록했지만, 지금은 매주 즐겁게 자전거를 타고 있다. 많은 사람들이 자유와 이동 능력의 상실을 경험하는 나이에, 그녀에게는 완전히 새로운 세계의 문이 열린 것이다.

도빗 카플란은 몇 년 전에 찾아온 심각한 뇌졸중으로 왼쪽 반신이 거의 마비되었다. 사이클리스트이자 사진작가였던 도빗에게 찾아온 신체적 한계는 운동과 창조라는 취미가 불가능하다는 것을 의미했다. 하지만 방향 전환기를 달고 카메라 고정 장치를 설치해서 개조한 삼륜 리컴번트 덕분에 그는 이전의 취미 두 가지를 모두 다시 찾게 되었다. 도빗이 자유를 찾는 데 중요한 역할을 한 또 다른 요소는 뉴욕주에 있는 '오렌지 오솔길'이다. 옛 기찻길을 개조하여 만든 차 없는 거리로, 경사가 없어 안전하게 자연을 즐기며 사진을 찍고 신체적·창조적 욕구를 모두 채울 수 있다. 차가 다니는 도로에서 자전거를 탈 수 없는 그는 마음껏 달릴 수 있는 이 길을 자주 방문한다. 오렌지 오솔길과 자전거는 그가 삶을 즐기는 데 필수 요소이다.

현실로 돌아오면

장애를 가진, 혹은 다른 불편함이 있는 사람들이 자전거로 인해 행복을 찾는다는 생각에 마음이 따뜻해진다고? 글쎄, 현실은 그렇지 않다. 위에 소개된 이야기는 흔한 현실이라기보다는 슬픈 일이지만 규칙이 아닌 예외에 속하는 사례들이다. 물론 비장애인과 장애인 사이에 정확한 선을 그을 수는 없다. 젊고 에너지 넘치는 완벽하게 건강한 사람이 한 극단에 있고, 장애인과의 경계 가까이에는 고령인구와 사소한 장애를 가진 사람들이 있다. 우리 모두는 그 스펙트럼의 어디쯤에 위치한다. 나이, 체중, 시력, 관절 부상 등 다양한 조건이 영향을 미치고, 신체적 능력 말고도 변수는 존재한다. 두 아이를 트레일러에 태운 엄마는 일반 자전거를 탄 젊은 여성과 능력이 다르고, 특정한 조건 하에서만 주행이 가능하다. 무거운 짐을 가지고 이동하려면 기어를 저속에 맞추고 경사 없는 도로를 찾아 멀리 돌아가야 한다. 아이를 태우고 자전거를 타려면 중간중간 아이를 돌보아야 하는 문제도 있다. 기저귀를 갈 수 있는 평평한 받침대와 수도 시설이 갖추어진 일종의 휴식 공간이 필요한 것이다.

균형을 잡는 데 어려움을 느끼거나 넘어졌을 경우에 심각한 문제로 이어질 수 있는 사람들에게는 삼륜자전거가 해결책이 될 수 있다. 일반적인 두 바퀴 자전거를 탈 수 없는 경우에도 삼륜자전거는 수년 간 더 자전거를 탈 수 있게 해 준다. 그러나 자전거 도로의 입구는 보통 차량 진입 방지용 말뚝으로 막혀 있다. 자동차를 막기 위해 디자인된 말뚝의 간격이 너무 좁게 설치되어서 삼륜자전거도 들어갈 수 없게 막아 버리는 것이다. 게다가 자전거 도로의 표준 넓이는 1~1.5m인데, 두 삼륜자전거(또는 트레일러가 달린 자전거)가 마주 지나가기에는 너무 좁다. 심지어 삼륜자전거와 일반 자전거도 순조롭게 지나가기가 힘들다.

자전거 전용로는 보통 도심 구역이 아닌 조용한 산길을 따라 만들어지는데, 경사를 피할 수 있는 대체 도로가 없다면 이 길로 다닐 수 없는 사람

리컴번트 핸드사이클. 이는 신체적 능력이 다른 사이클리스트들이 선택할 수 있는 다양한 종류의 자전거 중 한 가지일 뿐이다.

들도 있다. 신체적 능력과 필요 사항이 서로 다른 자전거 인구를 수용하는 것은 생각보다 많은 시간과 노력, 비용을 필요로 하지 않는다. 경사가 적은 루트를 가리키는 표지판을 하나 세우는 것처럼 간단하게 해결이 가능한 경우가 많다.

자전거 타기 운동의 확장

자전거 타기 운동가들은 정말 멋진 사람들이지만, 이런 면에서는 맹점이 있다고 봐야 한다. 자전거 타기 운동가들은 거의 꽤 좋은 신체 조건의 사이클 경험이 많은 남성들이다. 그래서 이와는 다른 조건의 사람들이 필요로 하는 것에 대해 생각하기 어려울 수 있다. 자전거가 운전자와 같은 권리, 책임을 가지고 동등하게 대우받아야 한다고 주장하는 '차량으로서의 자전거' 지지자들은 이런 면을 전혀 생각하지 않는 듯하다.

자전거 인프라 구축을 위한 교통 기획을 할 때는 부속 기구가 없는 1인승 표준 자전거가 기준이 된다. 이 기준으로 보면 자전거 도로의 공간이 충분하다고 생각할 수 있다. 자전거를 타지 않는 사람들은 자전거에 왜 그렇게 많은 공간을 할애해야 하는지 의아해할지도 모른다. 그러나 1인용 자전거를 기준으로 만들어진 시설은 실제 사용자를 제대로 수용하지 못하는 경우가 많다.

앞으로 나아가기

자전거의 확산은 상당한 비율의 인구가 운동 부족을 해결하고 지역사회를 의식하며 생기 있는 삶을 살 수 있게 하는 기회가 될 수 있다. 거대한 수요가 아닐 수 없다. 그러나 헌법에서 보장하는 동등한 권리와 장애인 차

별 금지법은 실제로 길거리에서 적용되지 않을 때가 많다.

그렇다면 우리가 나아가야 할 방향은 무엇인가? 자전거 타기 운동가들과 정부 관련 부처에서는 누구든 신체적 능력의 제약 없이 자전거를 탈 수 있어야 한다는 것을 의식하고 주의를 기울일 필요가 있다. 시 당국에서는 특수한 형태의 자전거(나 휠체어)의 통행을 막는 장애물(보행로 및 자전거 도로의 차량 통제에 사용되는 방벽 등)을 목록화해서 수정해 나가야 한다.

자전거 타기 운동가, 교통 기획자, 엔지니어들이 사용하는 '자전거'를 나타내는 이미지는 다양한 형태로 자전거를 타는 사람들을 연상시킬 수 있도록 확장되어야 한다. 자전거 타기 운동가 중에는 이런 이야기를 하는 것이 기본 자전거 전용로만이라도 확보하고자 하는 힘든 싸움에 또 하나의 골칫거리를 더하는 것이라고 말하는 사람이 있을지도 모른다. 그러나 처음부터 시설을 제대로 디자인하는 것이 사후에 부가적인 건설이나 수정을 가하는 것보다 비용이 적게 들고 효율적이다.

자전거 전용로의 디자인이 개선되면 현실적으로 자동차 사이에서 자전거를 탈 수 없는 사람들에게 엄청난 도움이 될 것이다. 우리가 마음을 열고 모든 잠재적인 자전거 도로 이용자들을 위해 노력하면 충분히 가능한 일이다. 이는 이타주의를 위한 훈련이며, 또한 장기적인 관점에서 보았을 때 그 노력의 수혜자는 '그들'이 아니다. '우리'도 언제든 '그들'이 될 수 있지 않은가.

◎

론 리칭스는 자전거를 만났고, 자전거를 타고 등하교를 했고, 나중에는 자전거를 타고 통근을 했으며, 취미로 자전거를 탔다. 직장 문제로 대도시로 이사해 자전거를 타지 않는 동안에는 요트를 탔다. 결국 그는 다시 자전거를 타고 통근하며, 취미로 자전거를 타고 있다. 지금은 자전거의 즐거움을 홍보하고 있으며, 자전거 타기 운동 정보를 블로그 포스트로 공유하고 있다.

E-바이크, 도와줘!

- 사라 리플링어

자전거는 가까운 곳을 돌아다니는 데 좋은 교통수단이다. 하지만 사람들은 너무나 자주 유혹에 넘어가고 자전거 핸들바 대신 승용차 운전대를 잡는다. 경사로가 있어서, 거리가 멀어서, 근육통 때문에, 신체적 장애가 있어서, 땀을 흘리고 싶지 않아서 등 이유는 많다. 그러나 E-바이크(Electric-assist bicycle, 전동 자전거)가 등장하면서부터 주요 교통수단으로 자전거를 선택하는 사람이 예전보다 훨씬 늘어나고 있다.

E-바이크 기술은 배터리가 모터를 작동시키고 모터가 차체를 앞으로 나가게 한다는 점에서 전기 자동차에 사용되는 기술과 비슷하지만, 탑승자도 페달을 밟는다는 것이 전기 자동차와는 다른 점이다. 충전식 배터리(리튬-이온 배터리가 주로 사용됨)는 모터의 종류, 지형, 페달을 얼마나 밟는가에 따라 차이가 있긴 하지만 24~32km는 충분히 주행할 수 있다. 가끔 추진

력을 더해 주는 정도의 모터를 원하는 사람도 있고, 주행 내내 전력과 모터의 도움을 받아야 하는 사람도 있다.

E-바이크와 여타 엔진 차량에 유사점이 있다 보니, 어떻게 그 디자인과 사용 기준을 정하고 규제할 것이냐에 대한 논란이 끊이지 않았다. E-바이크와 오토바이, 모펫(모터 달린 자전거), 전동 스쿠터는 서로 차이점이 있지만 모두 분류가 힘든 회색 지대에 속해 있다. 예를 들어서 전동 스쿠터에 차체를 전진시킬 수 있는 페달이 달려 나오기도 한다. 그러나 스쿠터의 구조와 무게 때문에 페달 밟기가 편하지 않아서 실제로 사용하기보다는 장식처럼 달려 있는 경우가 많다. 이런 이동 수단은 자전거 전용로의 골칫거리이기도 한데, 공간을 많이 필요로 하는데다 같은 도로를 달리는 일반 자전거 탑승자 입장에서는 위협으로 다가오기 때문이다.

어떤 E-바이크에는 계기판(오토바이 계기판과 비슷한 형태)이 달려 있어서 페달을 밟지 않아도 주행이 가능하다. 하지만 페델렉이라고 불리는 대부분의 E-바이크는 페달을 밟아야 모터를 돌릴 수 있다.

면허가 없어도 되는 전동 차량에 부여된 속도 제한을 준수하기 위해서 오늘날 출시되는 E-바이크는 평지 최고 시속을 32km로 제한하는 장치가 달려 나온다. 모터 출력은 보통 250~750W 사이다. 그러나 일부에서는 속도 제한 장치가 있다고 해도 모터가 달린 이동 수단인 이상 면허가 필요하고, 자전거 전용로의 이용이 금지되어야 한다는 입장을 견지하고 있다.

E-바이크를 가장 강하게 반대하는 세력은 환경 운동 단체로, 전기에너지를 쓰지 않는 일반적인 자전거보다 E-바이크 제조에 더 많은 에너지가 소모된다고 주장한다. E-바이크를 제조하는 데는 일반 자전거 부품에 배터리, 전선, 디지털 계기판이 추가로 필요하다. 게다가 배터리는 쓰레기 매

립지에 유독성 오염물이 흘러들지 않도록 적절한 과정을 거쳐 폐기되어야 한다. 그리고 자전거를 충전하는 데 쓰이는 전기는 화석연료나 수력 발전 댐, 원자력 발전소에서 온다.

적은 에너지로 더 멀리까지 이동할 수 있다는 것은 사람들이 운전 대신 자전거를 선택하거나, 다른 교통수단과 자전거의 조합으로 이동할 가능성이 커진다는 의미다. E-바이크는 트레일러나 트레일러바이크로 아이들을 데리고 다니는 부모들, 자전거로 장을 보고 싶지만 짐을 나르는 것에 힘겨움을 느끼는 사람들에게 하나의 가능성을 열어 준다. E-바이크 기술이 향상되면 사이클링은 좀 더 현실적인 교통수단이 될 수 있다. 엑스트라사이클 사의 부품을 만드는 클레버 사이클 스톡몽키 사에서는 오르막을 오르는 것, 짐을 편하게 옮기는 것에 중점을 두고 E-바이크를 디자인한다. E-바이크의 무게가 최근 몇 년 사이 급격하게 가벼워진 것도 매력을 더하고 있다. 접이식 E-바이크 FMT 같은 모델은 중량이 10kg도 채 되지 않는다.

기술 발달, 유가 상승, 인구의 고령화는 E-바이크가 인기를 더해 가는 주요 원인일 것이다. 자전거 통근이 흔한 도시에서는 더욱 그렇다. E-바이크의 가격이 일반 자전거에 비해 두 배 이상인데도, 자전거가 교통수단의 40% 가량을 차지하는 네덜란드에서는 2009년 E-바이크 판매량이 전년 대비 45% 증가했다. E-바이크의 총 판매액수는 일반 도시 자전거 판매액보다 높았으며, 14만 대 정도가 판매되었다. 같은 해 일본에서는 E-바이크의 판매량이 41.7% 증가했고, E-바이크의 최대 생산·배급(전 세계 판매량의 98%) 국가인 중국에서는 현재까지 22만 대를 생산했다.

E-바이크는 주류 시장인 개인용 판매 말고도 인기를 끌고 있다. 자전거로 상품을 운송·배달하는 사업 수요가 늘고 있는 것이다.

E-바이크는 신체 조건의 제약을 받는 사람들이 자전거로 이동할 수 있도록 힘이 되어 준다. 무릎 부상을 입었거나 장애가 있어서 자전거 타기를 그만둔 사람들도 이제는 안장에 올라앉을 수 있다. 나이가 들더라도 몸에 큰 무리 없이 같은 거리를 이동할 수 있다.

약간의 추진력이 더해진 자전거는 많은 직장인들에게 훨씬 더 매력적인 통근 수단이 될 것이다. E-바이크 기술은 계속해서 발전하고 있으며, 개인 승용차를 대체하는 실용적인 교통수단에 대한 수요는 꾸준히 증가할 것이다. 바로 E-바이크 판매량이 계속해서 증가할 것이라고 예측하는 이유다. 이런 관점에서, E-바이크의 미래는 밝을 것 같다.

사라 리플링어는 모멘텀 지의 편집자다. 그녀는 밴쿠버에서 E-바이크로 오르막을 올르기 전까지 E-바이크가 그렇게 재미있을 줄 상상도 하지 못했다고 한다.

빗속에서 자전거 타기

- 에이미 워커

세상에 궂은 날씨를 즐길 수 있는 장소가 단 하나 있다면, 그건 자전거 안장 위가 아닐까? 자욱한 구름의 장막이 드리워져 있고, 지나가는 자동차 타이어가 물웅덩이를 지날 때마다 타악기처럼 경쾌한 소리가 난다. 빛이 반사되어 젖은 길 위에 어리는 비 오는 날의 촉촉한 세상에서 자전거를 타는 것은 정말 아름다운 일이다. 온몸을 꽁꽁 싸매서 추위와 비를 제대로 막기만 하면 호기심에 가득 차서 소풍을 떠나는 다섯 살 아이가 된 기분을 느낄 수 있다.

예전에는 날씨가 좋을 때는 자전거를, 비 오는 날에는 버스를 탔다. 갑자기 소나기라도 내리는 날이면 결국 바지를 질척하게 적시고 엉덩이에 진흙을 묻힌 채 기분도 엉망이 되어 목적지에 도착하곤 했다.

나는 16년간 자전거 통근을 한 끝에 결국 300달러쯤 하는 자전거 방우구를 샀는데, 내 평생 자전거에 들인 가장 큰 금액이었지만 최고의 투자였다고 생각하고 있다. 빗속에 서서 기다렸다가 사람 많고 푹푹 찌는 버스에 끼어 타고 출근할 필요가 없게 된 것이다. 자유를 얻은 것은 물론이고 시간과 돈도 절약하게 되었다. 무엇보다도 비 오는 날을 즐기는 법을 알게 된 것은 진짜 멋진 발견이었다.

처음에는 빗속에서 자전거를 탄다는 것이 내키지 않고 심지어 두렵기까지 할 것이다. 번거롭고 불편하고 위험한 일로 느껴지는 것도 당연하다. 하지만 약간의 준비만 하면 저항감이 사라지고, 자유와 기동성이 찾아올 것이다.

비 오고 추운 날이 그다지 환영받지 못하는 무미건조한 세상이다. 하지만 비가 오나 눈이 오나 많은 사랑을 받고 있는 아웃도어 스포츠(스키, 하이킹, 사냥, 낚시, 보트 등)를 생각해 보자. 긍정적인 마음가짐만 있다면 비가 올 때 자전거를 타는 것도 아주 신나고 상쾌한 일이다. 사무실까지 작은 모험을 하는 것이다. 비 오는 날의 자전거 통근자만큼 과격해 보이는 것도 없다. 이것보다 주목받으려면 아마 비 오는 날 외발자전거 정도는 타야 할 것이다. 하지만 사실 물웅덩이를 찰방찰방 밟고 다니는 것이 너무 재미있다는 건 비밀이다.

빗속에서 자전거를 타려면 무엇이 필요한가? 선택권은 여러 가지가 있다. 하나가 마음에 들지 않으면 다른 방법을 찾으면 된다.

해가 쨍쨍할 때 자전거를 타고 출근했는데 오후 5시쯤 비가 퍼붓고 있다고 해 보자. 쓰레기봉투에 구멍을 몇 개 뚫어서 뒤집어쓰면 옷을 적시지 않고 집에 갈 수 있다. 신발에는 작은 비닐봉지를 씌워서 고무줄로 묶자. 비용은 거의 들지 않지만, 스타일은 짱이다.

비가 올 때마다 자전거를 타려는 건 아니지만 때때로 오는 소나기에 대비하고 싶다면, 자전거용 비옷을 가방에 넣고 다니자. 비를 맞지 않고 이동할 수 있는 간단하고 쉬운 해결책이다. 자전거용 비옷은 핸들바부터 후면까지를 덮을 수 있다. 허리끈과 후드, 손에 고정시킬 고무 밴드가 필요하다.

폴리비닐(PVC) 소재의 비옷은 방수가 되지만, 신체 활동을 위해서 만든 것은 아니다. 할인점에서 싸게 살 수 있는 비옷이다. 통기성이 없고 디자인도 자전거를 탔을 때 몸의 자세와 움직임에 대한 생각 없이 만들어졌다. 자전거를 타기에는 적합성이 떨어진다.

나일론이나 폴리에스테르처럼 방수 가공이 된 방수 재킷도 쉽게 볼 수 있다. 이 옷은 내수성이라 가벼운 소나기 정도에는 젖지 않지만, 통기성은 그리 좋지 않다.

제대로 만들어진 사이클링용 방우구는 처음엔 비싸 보이지만 정기 통근자들이 연료비, 주차비, 버스비로 아낄 수 있는 돈을 더해 보면 금방 본전을 뽑고 남는다. 구매 시에는 다음 사항을 염두에 두어야 한다.

→ 통기성 소재일 것. 고어텍스나 이벤트가 여기 속한다. 재킷 내부에 습기가 차는 것을 막아 준다.

→ 테이프드 심(taped seam). 물이 스며들 수 있는 바느질 솔기에 특수한 방수 테이프가 덧대어져 있을 것.

→ 피트집(pti zip, 겨드랑이에 달린 지퍼. 체열로 상체가 과열되는 것을 막기 위한 것)이 달려 있을 것. 따뜻한 날 통풍이 된다.

→ 커프스(cuffs)를 갖추고 있을 것. 좋은 방우구에는 조정이 가능한 커프스가 달려 있어 따뜻할 때는 열어 두고, 추울 때는 꼭 맞게 잠글 수

있다. 저렴한 재킷에는 고무 밴드가 달려 있다.

→ 뒷부분이 길 것. 핸들바 쪽으로 몸을 기울였을 때 바람과 비로부터 엉덩이를 보호해 준다.

→ 팔꿈치와 무릎 부분의 연결. 이 부분에 천을 넉넉하게 대면 움직임이 자유롭다.

손발을 편안하게 하는 것도 중요하다. 차고 젖은 손발은 악몽 같다. 손은 몸 앞에 있기 때문에 쉽게 젖고 차가워지므로 적절하게 보호해 주어야 한다. 사이클링용 장갑은 제대로 된 방수 제품이 아닌 경우가 많으므로, 장갑을 고를 때는 꼼꼼히 따져 물어보아야 한다. 추운 날씨에는 장갑 위에 벙어리장갑을 겹쳐 낄 수도 있다. 모직 소재의 반장갑에 벙어리 커버가 달린 '글로밋츠'는 놀라울 정도로 성능이 좋다. 검지가 자유로워서 브레이크나 변속기를 조작하기 편한 로브스터 글러브(lobster glave)도 좋은 옵션이다. 발을 따뜻하고 건조하게 하려면 신발 위를 덮는 방수 부츠를 사용하자.

귀는 바람에 굉장히 민감하기 때문에 얇은 털모자나 헤드밴드, 귀마개 등으로 꼭 보호해 주어야 한다. 방수 헬멧 커버는 우스꽝스러워 보일 수 있지만, 비 오는 날 자전거를 타는 사람들 중에는 방수 헬멧 커버의 광신도들도 많다.

소지품을 젖지 않게 하려면 튼튼한 비닐봉지에 밀봉해서 패니어에 넣거나, 돈을 좀 투자해서 방수 패니어를 구매하자.

자전거를 젖지 않게 하는 준비도 필요하다. 물이 튀는 것을 막아 주고 자전거에 흙이 묻지 않도록 펜더를 설치하자. 비가 오는 날에는 반응성이 좋고 정확하며 휠을 마모시키지 않는 디스크 브레이크를 선호하는 사람들이 있다. 도로의 모래와 흙이 구동계와 휠에 묻어 있으면 사포로 문지르는 것이나 다름없다. 자주 흙을 털어내고 체인에 윤활유를 치는 것이 좋은 습관이다. 자전거를 세워 둘 때는 커버를 덮는 습관을 기르자. 자전거 커버를 구할 수 없다면 시트커버나 샤워캡, 비닐봉지로 안장을 덮어 두자.

빗속에서 자전거 타는 것이 위험한 가장 큰 이유는 일반 차량 운전자들이 자전거를 보지 못할 수 있기 때문이다. 예산 내에서 가장 밝은 조명을 사고, 어두컴컴하고 폭풍우가 불 때는 낮이라도 조명을 켜고 주행하자. 운전자들이 자전거를 쉽게 볼 수 있다는 생각이 들면 자신감을 가지고 주행할 수 있을 것이다.

안경을 쓰는 사람은 안경이 젖거나 습기가 차서 잘 보이지 않을 때가 있을 것이다. 스쿠터 헬멧 중에는 얼굴 가리개가 달려 있으면서도 자전거를 탈 때 쓸 수 있을 정도로 가벼운 제품이 있다.

출근해서는 젖은 우의를 갈아입고 말려야 할 것이다. 수건을 가지고 다니거나 직장에 하나쯤 보관하자. 몸을 말리고 나서 젖은 우의를 감싸 꼭 짠 후에 널어 둘 것. 젖은 우의를 도로 입고 퇴근하는 것은 그리 유쾌한 일이 아니기 때문에 우의를 말릴 장소는 매우 중요하다. 진정 자전거 친화적인 직장이라면 젖은 우의를 말릴 수 있는 공간을 제공해야 한다. 자전거를 타는 직원들에게는 엄청난 차이로 작용하기 때문에 건의해 볼 만한 가치가 있다. 젖은 채로 패니어에 넣어 둔 장갑이나 우의에서는 악취가 난다. 다음에 필요할 때를 대비해서 항상 청결하고 건조하게 관리하면 비 오는 날에도 늘 행복하게 자전거를 탈 수 있을 것이다.

자전거 타기 전, 반드시 해야하는 스트레칭

시티 사이클과 스포츠 바이크의 큰 차이점은 라이딩 포지션이다. 스포츠 바이크는 앞으로 기운 자세를 유지하고 고속 주행이 가능한 차종이다. 스포츠 바이크를 탄다는 것은 그야말로 '스포츠'라고 할 수 있다. 앞으로 기운 자세에 익숙해지지 않으면 상반신은 계속 힘을 주는 상태가 된다. 같은 자세를 계속 유지함으로써 상반신 전체의 혈액 순환이 나빠지고 장시간의 페달링으로 하반신은 비명을 지른다. 여기서는 사이클리스트에게 흔한 하반신 트러블과 그 해결 방법을 소개한다.

자전거를 타면 이렇게 많은 근육을 사용한다!!
사이클리스트가 주의해야 할 포인트

이상근

이상근 주변에는 좌골신경이 있다. 장시간 안장에 올라타 페달링을 하면 이상근이 안장에 내리눌린 상태가 되므로 좌골신경을 압박하여 좌골신경통을 일으킬 우려가 있다.

대퇴사두근

페달을 밟을 때 사용하는 큰 근육이다. 오랜만에 자전거를 타면 넓적다리가 팽팽해지는 것은 이 근육 때문이다. 또한 대퇴사두근이 딱딱하면 무릎을 구부렸다 폈다 할 때 무릎뼈 위에 부담을 준다.

햄스트링
(반막양근, 반건양근, 대퇴이두근)

넓적다리의 안쪽에 있는 것이 햄스트링이다. 서서 페달을 밟을 때는 엉덩이에서 햄스트링에 걸쳐 이 근육을 사용한다.

아킬레스건 · 넙치근
(하퇴삼두근)

페달링으로 가장 많이 움직이는 것이 아킬레스건이다. 장시간 페달링을 하면 아킬레스건염이 될 가능성도 있다. 아킬레스건을 유연하게 해두면 부상을 방지할 수 있다.

금방 팽팽해지는 허벅지와 무릎에 부담을 주지 않기 위한
대퇴사두근과 햄스트링 스트레칭

한쪽 다리는 무릎을 세우고 다른 한쪽 다리는 무릎을 꿇은 상태로 다리를 세운 쪽의 햄스트링이 쭉 펴지는 것을 의식하면서 전방으로 천천히 체중을 싣는다.

무릎을 꿇은 쪽의 발목을 잡고 천천히 호흡을 하면서 엉덩이 쪽으로 다리를 끌어당긴다. 대퇴사두근이 펴지는 것을 알 수 있다.

앉은 채로 한쪽 다리를 펴고 다른 한쪽 다리는 구부려 발뒤꿈치를 가랑이 쪽으로 가까이 당긴다. 그 상태로 편 쪽의 다리에 체중을 싣고 햄스트링을 편다.

페달링 시 부담이 가는 발목을 유연하게 하는

아킬레스건과 넙치근 스트레칭

계단 등의 단차를 이용하여 할 수 있는 아킬레스건과 넙치근의 스트레칭이다. 평소 발목을 유연하게 해두는 것에 유의하자.

ZOOM!

단차의 모서리에 엄지발가락의 부들기를 걸고 뒤쪽 다리에 체중을 실어 늘린다. 균형을 잡을 수 없는 사람은 난간을 잡으면 좋다.

주행 전후 상반신의 긴장을 풀어주는

등 · 견갑골 · 어깨 스트레칭

올바른 라이딩 포지션은 팔꿈치를 구부려 팔을 앞으로 뻗고 등을 완만한 활을 그리는 느낌으로 앞으로 기운 자세를 취하며 힘을 빼는 것이다. 그럼에도 불구하고 주행 중에는 같은 자세를 계속 유지하기 때문에 상반신 전체의 혈액 순환이 나빠진다. 주행 전후에는 상반신 스트레칭으로 근육을 풀고 혈액 순환을 좋게 하는 것이 중요하다.

1 무릎을 가볍게 구부린 상태로 허리를 안으로 넣고 가슴 앞쪽으로 팔을 뻗어 양손은 깍지를 낀다. 견갑골을 넓히는 느낌으로 팔을 앞으로 쭉 뻗어 스트레칭을 한다.

2 골반을 평소 위치로 되돌리고 등줄기를 펴고 손을 그대로 머리 위로 들어 올려 위로 쭉 뻗는다.

3 위로 뻗은 손을 풀고 팔을 어깨넓이로 벌리고 그대로 팔꿈치를 가슴 높이까지 내리고 가슴을 펴서 견갑골을 푼다.

등 · 견갑골 · 어깨 스트레칭

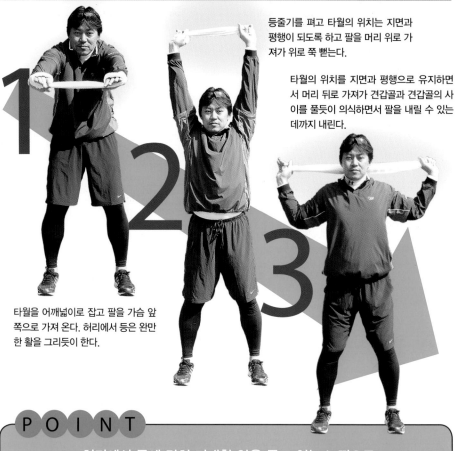

등줄기를 펴고 타월의 위치는 지면과 평행이 되도록 하고 팔을 머리 위로 가져가 위로 쭉 뻗는다.

타월의 위치를 지면과 평행으로 유지하면서 머리 뒤로 가져가 견갑골과 견갑골의 사이를 풀듯이 의식하면서 팔을 내릴 수 있는 데까지 내린다.

타월을 어깨넓이로 잡고 팔을 가슴 앞쪽으로 가져 온다. 허리에서 등은 완만한 활을 그리듯이 한다.

P O I N T

허리에서 등에 걸쳐 거대한 알을 품고 있는 느낌으로

골반을 배꼽 쪽으로 기울이고 등은 완만한 아치를 그리는 것이 올바른 스트레칭이다.

골반을 앞으로 쭉 내밀고 있을 뿐 견갑골이 펴지지 않아 전혀 스트레칭이 되지 않는 상태다.

장시간의 페달링으로 피로해진 좌골의 통증을 없애는
이상근 스트레칭

이상근은 이너 머슬이라고 불리며 대퇴골의 바깥쪽의 돌기(대전자)와 천골을 잇는 근육을 말한다. 장시간의 페달링으로 인해 좌골이 안장에 압박되면 이상근에 통증이 생긴다. 이것을 이상근 증후군이라고 하며 이상근이 좌골신경을 압박하면 좌골신경통을 일으킨다. 이 통증을 해소하기 위해서는 이상근을 펴서 유연하게 하는 것이 중요하다.

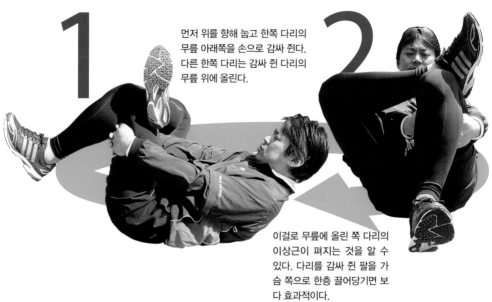

1 먼저 위를 향해 눕고 한쪽 다리의 무릎 아래쪽을 손으로 감싸 쥔다. 다른 한쪽 다리는 감싸 쥔 다리의 무릎 위에 올린다.

2 이걸로 무릎에 올린 쪽 다리의 이상근이 펴지는 것을 알 수 있다. 다리를 감싸 쥔 팔을 가슴 쪽으로 한층 끌어당기면 보다 효과적이다.

P O I N T

이상근이 딱딱한 사람은 이것!

이상근이 너무 딱딱하면 누운 상태에서 다리를 무릎에 올리는 것이 불가능하다. 그런 경우에는 상반신을 일으킨 상태로 실시한다.

상반신을 일으킨 상태로 세우고 있는 쪽의 다리를 손으로 감싸 쥐고 가슴 쪽으로 당기면 더욱 펴지만 무리하지 않도록 한다.

페달링으로 사용한 엉덩이의 혈액 순환을 돕는
중둔근 스트레칭

한쪽 다리와 무릎을 120도 정도로 굽히고 무릎 위에 양손을 얹는다. 다른 한쪽 다리는 뒤쪽으로 교차시켜 가능한 한 다리가 멀리 가도록 한다.

무릎의 직선상에 얼굴이 오는 것이 이상적이다. 이것은 상반신이 휘어져 있고 뒤로 뻗은 다리는 너무 가까워서 중둔근이 펴지지 않고 있다.

P O I N T

하나의 포즈만으로 좌우 중둔근을 펼 수 있다.

다리를 교차시킴으로써 좌우 양쪽의 중둔근을 펼 수 있지만 좌우를 서로 바꿔서 하면 좋다.

옆에서 봤을 때 굽힌 쪽 다리의 발뒤꿈치와 뻗은 쪽 다리의 발끝이 일직선상이 되도록 하면 뻗은 쪽 다리의 중둔근도 펴진다.

장시간의 주행에 대비하여 평상시 해둬야 할
근력 단련

스포츠 바이크의 라이딩 포지션은 앞으로 기운 자세가 기본이다. 이 자세를 장시간 유지하려면 어느 정도의 근육이 필요하다. 예를 들면 언덕을 올라갈 때는 핸들을 쥔 팔이나 어깨에도 힘이 들어가고 체간부의 근육도 앞으로 기운 자세를 유지하기 위해 항상 풀가동하고 있다. 여기서는 자전거에 필요한 근력 단련을 소개한다.

앞으로 기운 자세로 인한 어깨 부담을 막기 위한
복부의 근력 트레이닝

반대쪽 다리와 팔도 실시한다. 이로써 복직근, 복사근군, 대요근을 단련할 수 있다.

위를 향해 누워 배의 근육을 의식하면서 오른쪽 팔꿈치와 왼쪽 무릎을 붙인다.

P O I N T
올바르게 하지 않으면 효과가 없다.

배꼽 위 주변에서 팔꿈치와 무릎을 붙인다. 이때 무릎이 직각이 되면 복횡근과 대요근에 보다 부담이 가해진다.

등을 바닥에 대지 않는 것이 포인트. 상체를 일으키면 복직근에 부하가 걸리고 다시 비틂으로써 복사근이 단련된다.

몸을 흔들리게 하지 않고 효율 좋게 달리기 위한
체간부 근육 트레이닝

1 네발로 기는 자세가 되어 오른쪽 팔과 왼쪽 다리를 띄우고 균형을 잡으면서 손과 발을 끌어당긴다.

그 상태로 띄우고 있는 손은 앞으로 다리는 뒤로 뻗는다.

2

3 반대쪽 팔다리도 같은 식으로 띄우고 손발을 끌어당긴다. 이때 체간부의 근육이 수축되고 있음을 알 수 있다.

4 천천히 팔과 다리를 뻗는다. 대둔근과 햄스트링, 광배근이 동시에 단련된다.

선생님으로부터의 조언

좌우 균등한 근육을 만든다.
생활 습관이나 버릇에 의해 사용하는 근육이 치우쳐 대부분의 사람은 좌우균등하게 근육이 붙어 있지 않다. 예를 들어 자전거의 페달링 시 자주 쓰는 발에만 힘을 넣어 크랭크를 회전시키고 있지는 않은가? 그럴 경우 다리의 근육량이 치우쳐서 붙게 된다. 또한 엎드려 팔굽혀펴기의 경우도 힘이 있는 쪽의 팔으로만 들어 올리고 있는 경우가 많다. 먼저 의식적으로 균등하게 근육을 사용하는 것부터 시작하자. 큰 거울로 자신을 비춰서 몸이 대칭이 되고 있는지를 확인하면서 근력 단련을 하는 것이 최상이다.

근육을 극한까지 몰아붙이는 것은 NG.
근력 단련으로 근육을 극한까지 몰아붙이면 근육이 커진다고 하는데 근육을 극한으로 몰아붙이면 몰아붙일수록 강한 쪽의 근육만을 사용하게 되어 역효과다. 어느 한쪽의 근육이 강해지면 등뼈가 휘고 추간판 헤르니아의 원인이 되기도 한다. 근력 단련은 횟수를 정해 좌우 힘을 넣는 방법에 의식하면서 하자.

Part 11

자전거 용어 사전

ㄱ

가이드 풀리
뒤 디레일러에 붙어 있는 풀리 중에서 아래쪽에 붙어 있는 것을 가리킨다. 체인이 극도로 날뛰지 않도록 하고 프런트 기어를 향해 체인의 방향을 결정한다.

공기 주입기
펌프. 주행 전에 사용하는 플로어 펌프와 주행 중의 펑크 수리 등에 사용하는 휴대용 펌프 2종류가 있다.

공기압
타이어 속에 들어 있는 공기의 압력. 충격흡수성의 유지나 펑크의 위험성을 피하기 위해 알아두면 편리한 수치. 공기는 부피가 작을수록 공기량이 적기 때문에 압력을 높게 하여 형상을 유지할 필요가 있다. 굵은 타이어일수록 적정 공기압은 낮아진다.

그리스
윤활 오일의 일종으로 페이스트 상태. 주로 베어링에 대한 회전축이 큰 마찰 부분, 급유하기 어려운 부분 등에 사용한다.

그립 시프트
그립 시프트사(현 스램사)가 개발한 변속 시스템. 그립의 일부를 회전시키는 동작으로 케이블을 잡아당기거나 느슨하게 함으로써 변속을 하는 것.

기계식 디스크 브레이크
케이블을 당김으로써 디스크 패드를 집는 기구를 가진 디스크 브레이크를 말한다. 관리하기 좋다.

기어
크랭크에 붙어 있는 프런트 기어와 스프로켓의 각 기어를 총칭.

ㄴ

나사
안쪽에 나선형의 홈이 들어가 있어 볼트와 한 쌍을 이루는 고

정용 부품. 보트를 받아들이는 역할을 한다.

뉴턴
힘의 단위로 기호는 N. 토크 렌치 등으로 나사를 조일 때 사용되며 어느 정도의 힘이 걸리고 있는지를 수치로 나타낸 것.

ㄷ

다운 튜브
프레임을 구성하고 있는 것으로 헤드 튜브(포크가 안으로 들어가는 튜브)에서 바텀 브래킷을 향해 내려가는 부위. 주로 프레임의 강성을 담당한다.

더블 레버
시프터, 혹은 시프트 레버의 일종으로 다운 튜브에 장치된 것. 브레이크 레버 일체형이 등장한 1988년 이전에는 이 타입이 주류였다.

뒤 디레일러
변속기 중에서 리어 휠에 달린 스프로켓과 체인의 변속을 실행하기 위한 것.

드롭 핸들
로드바이크나 투어링 바이크에 사용되는 핸들. 플랫 부분에서 양끝이 호를 그리는 형상을 하고 있다. 플랫 핸들과 달리 어깨넓이 정도의 횡폭과 복잡하게 휘어진 형상이 어울려 쉽게 지치지 않는다.

디레일러

변속기. 기본적으로 케이블로 제어되며 복수의 기어에 체인을 바꿔 걸기 위한 장치. 로드 바이크에는 보통 프런트와 리어 측 각각에 달려 있다.

디스크 브레이크

오토바이와 마찬가지로 금속으로 만들어진 원반형의 로터를 패드로 집음으로써 스피드를 떨어뜨리는 기구의 브레이크. 맑은 날. 우천 관계없이 제동력이 높기 때문에 MTB에 자주 사용된다.

디스크 휠

스포크 휠은 스포크가 공기를 거품기처럼 흩뜨려서 공기저항이 생긴다. 그 단점을 해소하기 위해 스포크가 들어가는 곳을 판 형태로 만들어 버린 것. 카본제가 많다. 옆바람에 약하다는 단점이 있어 주로 후륜에 사용된다.

ㄹ

레일 고정판

시트 필러 또는 시트 포스트의 최상부에 있으며 안장을 장착하기 위한 것. 싱글 볼트식과 더블 볼트식이 있으며 싱글 볼트식은 안장의 고정과 각도조정을 1개의 볼트로 할 수 있어 작업성이 좋다. 더블 볼트식은 1개로 안장의 고정, 다른 1개로 안장의 각도조정을 한다. 경륜 선수가 자주 사용하는데 섬세한 조정을 할 수 있다는 장점이 있다.

로드 바이크

드롭 핸들과 폭이 좁고 날씬한 타이어가 특징적인 자전거 종류. 본래 레이스 용으로 개발되어 스피드를 내고 빨리 멀리 가기 위한 설계가 되어 있다.

로우 기어

스프로켓 중에서 가장 가벼운 기어. 가장 스포크 쪽에 있으며 직경이 가장 크다.

로터

디스크 브레이크의 구성 상품으로 이것에 패드를 좌우에서 밀어붙임으로써 브레이크가 걸리도록 되어 있다.

림

휠의 부품으로 타이어를 유지하고 스포크에 의해 허브와 연결되어 있다. 휠의 강성과 충격흡수성의 상반된 조건을 역할로 담당하고 있다.

ㅁ

마운틴 바이크(MTB)

오프로드를 달리기 위해 미국에서 개발된 자전거의 종류. 앞 또는 앞뒤에 서스펜션을 지닌 구조를 갖는다. 또한 타이어는 주로 블록 타이어를 사용한다. 시내 주행에서 본격 오프로드까지 폭넓게 용도가 있는 차종.

몽키 스패너

주로 나사 등을 조이거나 풀 때 사용하는 렌치. 다양한 폭에 대응하기 위해 턱 부분이 가변식으로 되어 있는 것도 있다. 1891년 요한손이 발명. 이름의 유래는 여러 가지 설이 있다.

미국식 밸브

자동차나 오토바이와 같은 구조를 가진 밸브로 MTB에 많이 채용되는 형식의 밸브.

미니벨로

지름이 작은 휠을 가진 자전거를 가리키는 프랑스어. 세련된 외관이나 쉽게 탈 수 있는 것에서 시가지 사용을 중심으로 인기를 모으고 있다.

ㅂ

바텀 브래킷

크랭크의 회전축을 가리킨다. 최근에는 크랭크 축이 크랭크와 일체형이 된 것이 많고 베어링을 담는 컵을 통칭하여 사용하는 경우도 많다.

바테이프

주로 드롭 핸들에 사용되며 충격흡수와 손의 미끄럼 방지용으로 사용하는 아이템. 코르크나 발포 플라스틱으로 만들어진다. 나선형으로 휘감아 사용한다. 가죽제도 있다.

변속장치

디레일러 참조.

브레이크 레버

브레이크 케이블을 당기기 위한 레버.

브레이크 슈

브레이크 아치에 설치되어 있는 고무제 부품. 브레이크 레버를 당기면 이것이 림을 집어 브레이크가 걸리도록 되어 있다. 전후좌우 1개씩, 1대에 4개 사용한다.

브레이크 아치
캘리퍼 브레이크의 본체를 말한다. 슈 이외의 힘을 전달하는 부분 전체를 말한다.

브레이크 케이블
브레이크 레버에서 브레이크 아치에 힘을 전달하기 위한 케이블.

브레이크 패드
디스크 브레이크의 부품으로 로터를 집기 위한 부품. 메탈식과 수지식, 메탈/수지식이 있다. 메탈식은 제동력이 강하지만 일정량 레버를 당기면 브레이크의 작동이 급격하게 강해지고 수지식의 제동력은 메탈식만큼은 아니지만 섬세한 브레이크 터치가 가능하다. 메탈/수지식은 쌍방의 좋은 점을 살리기 위해 복합된 것이다.

비드
타이어 사이드의 케이블 등이 들어가 있는 부분. 타이어를 림에 거는 데에 중요한 역할을 한다. 케이블제와 케블라(섬유)제가 있다. 케블라제는 접어서 개는 것이 가능하다.

ㅅ

사이클 컴퓨터
속도, 주행거리, 평균속도 등을 표시하는 자전거 전용 계측기. 상급 모델에서는 케이던스, 현재의 기어 단수 등을 표시하는 것이나 센서가 무선으로 된 것도 있다.

사이클로크로스
로드 레이스 선수의 동계 트레이닝의 하나로 시작된 자전거 경기. 오프로드에서 실시되며 코스에는 계단이나 단차 등 수많은 장해물이 있고 장해물은 자전거를 짊어지고 통과하는 것이 규칙으로 되어 있다.

새들
영어로 '안장'을 가리킨다. 엉덩이를 얹는 자전거의 부품. 앉는다는 이미지가 강하지만 실제로는 깊게 앉는 타입은 영어로는 '시트'라고 부른다.

새들백
새들의 뒤쪽 아래에 매달듯이 다는 작은 가방. 휴대용 공구나

부속품을 넣을 수 있고 용도에 따라 다양한 형태나 크기가 발매되고 있다.

서스펜션
충격을 흡수하는 이미지가 강하지만 실제로는 다르다. MTB 등 험한 길을 달릴 때 전륜 및 후륜이 튀어 그립을 놓치지 않도록 가급적 타이어가 지면과 접촉하도록 (트랙션을 번다고 한다.) 하기 위한 부품. 전륜에서는 포크의 블레이드가 오르내리도록 되어 있고 후륜은 다양한 타입이 있다.

스탠드
스포츠 사이클의 경우는 자전거에 장착하는 스탠드는 일부 차종(초보자용 차종) 이외에는 거의 사용하지 않는다. 실내 보관 등을 위해 주행 후에 휠의 퀵 릴리스에 끼워 넣어 장치하는 타입이나 후륜을 얹는 것, 안장을 얹는 것, 톱 튜브를 지탱하는 타입 등이 있다.

스템
프레임과 핸들을 잇는 부품의 명칭. 길이가 10mm 혹은 5mm단위로 체격이나 팔 길이로 길이를 결정한다. 스틸, 알루미늄, 카본, 티탄으로 채용되고 있는 소재가 많은 것이 특징이다.

스페이서
간격을 메우는 역할을 하는 것 전부를 가리킨다. 주로 헤드 부분, 프레임에 붙어 있는 헤드부품과 스템 사이에 넣는 링 형태의 것이나 스프로켓의 일부의 것으로 옆의 기어와의 사이에 넣는 것 등을 가리킨다.

스포크
휠에 사용하는 부품의 일종으로 중요한 역할을 달성하는 것. 허브(회전부)와 림(타이어에 장치하는 것)을 접속하는 것. 금속제에 대해서는 허브와 림을 텐션을 걸어 당김으로써 접속,

휠의 강성 유지나 충격흡수성의 역할 등을 다하고 있다. 스틸, 스테인리스, 알루미늄, 카본 등 사용되고 있는 소재의 종류도 많다.

스프로켓
휠에 장착하고 있는 부품으로 뒤쪽의 기어. 6단~11단까지 존재한다.

시트 스테이
시트 클램프의 밑에서 리어 휠을 향해 뻗은 프레임 부위를 가리킨다. 충격흡수의 역할을 주로 완수하는 부위.

시트 클램프
시트 필러를 프레임에 고정하기 위한 부품. 조이면 조일수록 고정력이 늘어나는 것이 아니라 클램프의 전체가 프레임에 접촉함으로써 고정력을 얻을 수 있는 것. 고정할 때는 원칙적으로 클램프의 비율이 평행이 되도록 한다.

시트 튜브
바텀 브래킷에서 안장 방향을 향해 뻗은 프레임 부위를 가리킨다. 자전거의 강성·강도와 충격흡수라는 상반된 역할을 동시에 달성하는 부위.

시트 포스트
시트 필러의 별칭.

시트 필러
안장과 프레임을 접속하는 봉과 같은 부품. 상부에 안장을 고정하는 레일 고정판이 달려 있다. 알루미늄제와 카본제가 있다.

시프터
변속을 하기 위한 것. 최근에는 로드, MTB 모두 브레이크 레버와 일체형이 된 것이 등장하고 있다. 그립 시프트도 시프터 중 하나다. 다른 핸들바의 끝부분에 장착하는 엔드 시프터나 프레임의 다운 튜브에 다는 더블 레버 등의 종류도 있다. 또한 전동식도 있다.

시프트 레버
시프터의 별칭으로 변속을 하는 레버를 가리킨다.

시프트 케이블
전동식을 제외한 모든 변속기기는 이 부품을 사용한다. 케이블을 당기거나 느슨하게 함으로써 디레일러가 움직여 기어가 바뀌는 구조로 되어 있다.

○

아우터 기어
크랭크에 장착되어 있는 기어 중에서 가장 바깥쪽에 위치한 기어.

앨런 렌치
소위 육각 렌치. 고정력이 필요한 곳에 사용되며 자전거에 가장 많이 사용되는 나사의 종류.

어저스터
다이얼식 조정 나사. 스프링이 달려 있어 케이블의 장력 등을 조정하는 것.

엔드
프레임 중에서 리어 휠을 장치한 부위 전반을 가리키는 말. 리어 엔드, 엔드 쇠장식이라고도 한다.

엔드 캡
케이블의 끝부분을 절단한 뒤에 씌우는 캡. 절단면이 풀려 몸에 박힐 위험을 막는다. 케이블 하우징용은 케이블이 좌우로 움직이지 않도록 하는 역할도 지닌다.

연결핀
체인의 양단을 연결하여 고리 형태로 만들기 위해 사용하는 작은 핀.

영국식 밸브
시티 사이클이나 경륜 선수가 사용하는 타이어에 사용되고 있는 타이어 밸브의 일종. 밸브 코어를 나사로 위에서 꽉 누르는 구조를 가진다.

오일
소위 유활제. 액체상태의 기름으로 브레이크나 체인 등의 부품류나 케이블의 움직임을 원활하게 하고 마모와 녹을 방지하는 역할을 한다.

옥타링크용 어댑터
스프로켓을 고정하고 있는 락링을 조이거나 풀기 위한 도구.

유압식 디스크 브레이크
오토바이와 마찬가지로 기름을 넣은 튜브를 사용해 기름의 압력으로 브레이크를 움직이는 타입의 디스크 브레이크.

육각 렌치
앨런 렌치를 참조.

이너 기어
크랭크에 붙어 있는 기어 중에서 가장 가벼운 기어. 가장 프레임 측에 장치되어 있다.

ㅊ

체인
크랭크에 전달되는 힘을 구동륜인 후륜에 전달하는 중요한 부품.

체인 스테이
바텀 브래킷에서 휠을 향해 가는 프레임 부위. 프레임의 강성, 강도를 주로 담당하는 역할을 지닌다. 후륜에의 힘 전달 상태를 결정하는 중요한 부위.

체인커터
체인의 길이를 조정하기 위한 전용 공구. 체인을 자르는 것이 아니라 체인의 이음매에 있는 핀을 밀어내거나 밀어 넣는다.

ㅋ

캘리퍼 브레이크
주로 로드 바이크용의 브레이크로 금속제의 아치가 움직여 브레이크 슈가 림을 집는 구조의 것을 말한다.

컴포넌트
변속기나 브레이크 등의 메인 부품의 세트를 부르는 명칭으로 시마노사가 사용하고 있는 호칭 방법. '컴포'라는 약칭이 브랜드에 한정되지 않고 전체적인 통칭으로 사용되고 있다. 캄파뇰로사에서는 그룹 셋이라고 부른다.

케이블 고정 볼트
브레이크나 시프트 케이블을 고정하는 볼트. 볼트를 너무 세게 조이면 케이블이 찌그러지므로 주의.

케이블 머리
브레이크 케이블이나 시프트 케이블의 끝에 장치된 둥근 북 형태의 쇠장식. 레버에 고정할 수 있게 되어 있다.

케이블 스톱
브레이크 케이블이나 시프트 케이블의 하우징을 장착하기 위해 프레임에 달려 있는 작은 컵. 이것으로 케이블의 장력을 유지할 수 있다.

케이블 커터
브레이크 케이블이나 시프트 케이블을 절단하기 위한 전용 공구. 케이블이 잘 풀리지 않게 절단할 수 있는 설계가 되어 있으므로 케이블을 자를 때 반드시 사용해야 하는 것.

콤팩트 크랭크
PCD(pitch circle diameter : 크랭크의 기어를 장착하는 핀의 중심을 이어 생긴 원의 직경)가 110mm인 로드용 크랭크를 말한다. 110mm는 MTB의 규격으로 기어를 가볍게 할 수 있어 로드 본래의 기어가 무겁다고 느끼는 사람을 위한 것. 기어가 작아지는 만큼 앞뒤 기어비의 각 단의 격차가 줄어들기 때문에 다리에 기어비의 차를 느끼기 어려워진다는 이점이 있다. 투르 드 프랑스에서 쇄골이 골절된 미국의 타일러 해밀턴이 사용하여 인기에 불을 붙였다.

퀵 릴리스
휠을 프레임에 고정하기 위한 부품. 휠의 회전축의 안으로 통과하여 레버를 젖혀서 고정하는 것.

크랭크
자전거 주행 시 페달에 전달되는 다리 힘을 자전거에 전달하는 중요한 부품.

크랭크 분리 공구
테이퍼BB(바텀 브래킷축에 크랭크가 붙는 부분이 사각형이 되어 있다.)에서 크랭크를 떼어내기 위한 공구. 안에 있는 나사를 밀어 넣으면 절구가 BB축을 눌러 크랭크가 빠진다. 현재는 비교적 저렴한 등급의 자전거에 필요한 공구.

크롬몰리

철재의 일종으로 정식명칭은 크롬몰리브덴강. 크롬과 몰리브덴을 첨가하여 강도나 강성을 지니게 한다. 자전거 프레임에 채용되는 소재로서 가장 긴 역사를 지녔다.

클린처 타이어

시티 사이클과 같이 타이어를 림에 감합시켜 공기압에 의해비드를 림에 밀어붙임으로써 고정되는 타이어의 종류. WO라고도 부른다.

E

타이어

휠의 가장 바깥쪽에 장착된 것으로 그립, 충격흡수성을 담당하고 있는 부품. 로드바이크에서는 튜블러, 클린처, 튜브리스, MTB.에서는 클린처와 튜브리스 타입이 있다.

타이어 레버

클린처 타이어를 림에서 벗길 때 사용하는 공구. 플라스틱제가 많다. 일반적으로 2개 내지 3개를 비치해 둔다.

테이퍼

구조물의 세계에서 끝으로 갈수록 가늘어지게 되어 있는 것을 가리키는 말. 자전거에서는 바텀 브래킷의 크랭크 접지부가 사각형이 되어 있는 것을 그 단면이 끝이 가늘어져 있는 것에서 테이퍼BB라고 한다.

텐션 풀리

풀리란 도르래를 말한다. 뒤 디레일러에 있는 2개의 도르래중 위에 붙어 있는 도르래. 체인을 잡아당겨 텐션을 걸고 있는 도르래이므로 이 이름이 붙었다.

토인

브레이크 슈 등에 사용하는 말로 숫자 '八'의 형태가 되어 있는 상태. 반대는 '토 아웃'인데토 아웃이 되는 것은 거의 없다.

토크 렌치

볼트를 너무 세게 조이면 파괴되고 조임이 약하면 고정력이충분하지 않다. 조이는 힘을 나타내는 계기가 달린 조임용 공구가 토크 렌치. 카본 제품이 많아진 요즘 너무 세게 조이는것에 의한 카본의 파손이 많은 것에서 토크 렌치의 사용을 권

장하는 부품이 많아졌다.

톱 기어

스프로켓 중에서 가장 무거운 기어. 가장 바깥쪽에 붙어 있는직경이 작은 것.

톱 캡

헤드 부품의 일부로 스템 위에 장치하는 캡을 말한다. 어헤드시스템의 헤드는 이것을 나사로 조임으로써 베어링 조정을한다.

톱 튜브

프레임 중에서 헤드 튜브 상부에서 시트 클램프를 향해 뻗은부위를 가리킨다. 프레임의 비틀림을 막는 역할을 한다.

튜브

클린처 타이어, 튜블러 타이어의 안에 넣어 공기가 들어가는고무제 부품.

튜블러 타이어

림 시멘트라는 유기계접착제를 사용하여 림에 붙이는 타입의 타이어. 코너에서의 그립, 충격흡수성을 시작으로 한 주행성능에 이점이 있지만 펑크 수리 등이 어렵다는 단점이 있다.

티탄

티타늄의 별칭으로 사용되는 말. 실제로는 티타늄과 티타늄에 알루미늄과 바나듐을 첨가한 티타늄 합금 모두를 가리키는 말로 사용되고 있다.

ㅍ

페달

발에서 크랭크로 힘을 전달하는 부품. 신발을 고르지 않고 사용할 수 있는 플랫 페달과 발을 클리트라는 쇠장식으로 고정하는 바인딩 페달, 경륜 등 강한 고정력이 필요한 경우에 사용하는 스트랩식 페달이 있다.

페달 렌치

렌치 규격으로는 15사이즈. 페달의 탈착에 사용하는 공구. 페달이 빠지기 쉽도록 일반적인 렌치보다 얇다.

폴딩 바이크

접이식 자전거. 자동차나 전철 등으로 운반하기 위해 접어서작게 할 수 있으며 16인치에서 20인치가 많다. 손쉽게 접어서 운반할 수 있는 것이 최대의 장점이지만 지름이 짧아 구름저항이 큰 것과 접이 기구가 붙어 있기 때문에 다소 무거워지는 경향이 있다.

풀 서스

풀 서스펜션의 약어로 전후(전륜과 프레임 뒷부분) 양방에 서스펜션 시스템을 지닌 자전거를 말한다. MTB에 많다.

프라이어
끼워 넣어 구부리거나 뽑아내기 위한 공구. 두꺼운 것을 집을 수 있도록 피봇 부분이 가동식으로 되어 있다.

프랑스식 밸브
로드 바이크에 많이 사용되는 타이어 밸브의 일종. 나사를 느슨하게 하는 것만으로 공기를 넣을 수 있기 때문에 특히 로드나 MTB의 레이스용 튜브에 채용되는 구조의 밸브이다.

프런트 디레일러
변속기 중에서 크랭크에 붙어 있는 기어를 바꾸기 위한 것. 시트 튜브나 바텀 브래킷에 장치한다.

프런트 포크
프레임과 전륜을 연결하고 있는 프레임에 속하는 부품. 프레임 성능을 좌우하는 중요한 아이템으로 충격흡수성, 강성을 담당한다. 스틸, 알루미늄, 카본을 소재로 채용한다.

프레임
자전거의 구조체라고도 할 수 있는 것. 차체를 말한다. 또한 프레임과 포크를 세트로 한 것도 프레임이라고 한다. 포크가 세트가 되어 있지 않은 것은 프레임 단체라고 표현된다.

프레임 사이즈
프레임의 기본 길이. 바텀 브래킷에서 안장 받침 기둥이 들어가는 파이프의 상단까지의 거리를 말한다. 신장에 맞춘 자전거를 고르기 위해서도 구입 시 중요한 수치가 된다.

프리 허브
본래 바퀴의 회전축(허브) 중에서 발을 멈추면 공전하는 래칫 방식의 허브를 가리키지만 스프로켓이 붙은 부분의 내부에 그 래칫부가 들어가 있는 것에서 스프로켓 설치의 감합부를 가리키는 경우도 많다.

플랫 핸들
MTB에 처음에 사용된 핸들. 문자 그대로 직선 형태를 하고 있는 핸들. 폭이 넓고 MTB 등의 진동을 억누르는 듯한 주행 방식에 이점이 있다. 또한 그립을 쥐는 것뿐인 포지션이므로 홀가분함에서 하이브리드에도 사용된다. 장거리의 온로드 주행은 약간 벅차다.

피봇
브레이크나 서스펜션의 암의 가동 부분.

ㅎ

하우징
브레이크나 변속기의 케이블을 통과시키고 있는 튜브. 아우터 케이블, 아우터 호스라고도 한다.

하이브리드
로드바이크의 쾌적함과 MTB의 편안한 승차감을 융합시켜 부담 없이 스포츠 사이클을 즐길 수 있도록 궁리된 자전거. 플랫 핸들을 채용하고 있는 것 외에 딱히 차종으로서의 규정은 없다. 가는 타이어를 달고 캘리퍼 브레이크 방식이 되어 있는 것은 플랫바 로드라는 별칭을 갖는다.

허브
휠 중앙에 있는 회전축. 바퀴를 지지하고 회전시키는 원통형 부품.

헝겊(waste)
오일이나 진흙, 먼지 등을 닦아내는 천. 상품도 있지만 오래된 타월이나 티셔츠를 사용하는 것이 일반적이다.

헤드
포크를 회전시키기 위한 부품으로 주로 컵과 베어링으로 구성되어 있다. 헤드 튜브에 설치되어 있다. 스템을 직접 포크 칼럼에 붙이는 어헤드식과 포크만 프레임에 장착하는 스레드식이 있다.

헤드 튜브
프레임 중에서 포크가 끼워지는 부위를 말한다. 프레임의 크기에 견주어 길이가 결정되며 실은 포지션 설정에 중요한 곳이다.

홀로테크2
시마노가 크랭크에 적용한 기술의 명칭. 크랭크 암이 중공으로 크랭크축이 크랭크와 일체형이 되어 있다.

휠
바퀴를 말한다. 튜블러, 클린처, 튜브리스의 3종류가 있다. 또한 허브, 스포크, 림을 손으로 조립한 수조 휠과 제조회사에서 조립한 완조 휠이 있다.

V브레이크
캔틸레버 브레이크의 구조를 응용하여 시마노가 개발한 오프로드용 브레이크. 조정이나 관리가 캔틸레버 브레이크보다 간단하고 제동력도 높다. 진흙이 차기 어렵고 굵은 타이어를 장착하기 쉬우므로 MTB나 하이브리드에 채용된다.

X자형 걸기
체인에 사용하는 용어. X자 형태로 좌우 반대 측을 향해 비스듬하게 걸린 상태를 가리킨다. '이너 체인링×톱 기어'나 '아우터 체인링×로우 기어'가 그것이다. 옆의 기어에 체인이 닿아 효율이 나쁘다.